헬렌 켈러 자서전

**THE STORY OF MY LIFE/OPTIMISM/
THREE DAYS TO SEE**

BY

HELEN KELLER

헬렌 켈러 자서전

헬렌 켈러 지음 | 김명신 옮김

문예출판사

차례

내가 살아온 이야기

들지 못하는 사람들에게 말하는 법을 가르쳐주시고
들으려는 의지만 있다면 대서양에서부터
로키산맥에 이르는 미국 전역의 사람들에게
들을 수 있도록 해주신
알렉산더 그레이엄 벨 박사님께
이 책 〈내가 살아온 이야기〉를 바칩니다.

1

내가 살아온 이야기를 시작하려고 하니 두려움 비슷한 감정이 앞선다. 금빛 안개처럼 내 어린 시절을 드리우고 있던 베일을 걷어내려니 괜스레 망설여지는 것이다. 자서전을 쓰는 일은 어려운 작업이다. 어릴 적 기억들을 정리하자니 과거와 현재를 연결하는 세월 속에서 사실과 상상이 뒤섞여 어디까지가 사실이고 어디까지가 상상인지 구분이 되지 않는다. 여자들에겐 어린 시절의 경험에 자신만의 환상을 덧칠하는 경향이 있는지도 모르겠다.

내 생애 처음 몇 해 동안 받은 인상 가운데 화려한 색채로 선명히 떠오르는 게 일부 있긴 하지만 그 외의 것들에는 감옥의 그림자가 드리워져 있다. 게다가 어린 시절에 느꼈던 기쁨이며 슬픔은 세월이 흐르면서 그 날카로움이 무디어졌고, 내 생애 처음으로 교육을 받을 때 새로운 것을 알게 되어 느꼈던 감격이나 흥분도 차츰 스러져갔다. 그러므로 나는 독자들을 지루하게 하지 않기 위해 가장 재미있고 중요하다고 여겨지는 일화들만을 간략하게 소개할 작정이다.

나는 1880년 6월 27일 앨라배마 주 북부의 소도시 터스컴비아에서 태어났다.

나의 증조할아버지 카스파 켈러(Caspar Keller)는 스위스 태생으로 메릴랜드 주로 이주하여 정착한 이주민이었다. 스위스에 살던 조상들 가운데는 취리히 시 최초로 농아를 가르친 선생님이 한 분 계셨는데, 그분은 농아 교육에 관한 책도 쓰셨다고 한다. 왕의 조상들 가운데 한 명쯤은 노예가 있을 수 있고 노예의 조상들 가운데 한 명쯤은 왕이 있을 수 있다 하더라도 이건 좀 기이한 우연의 일치가 아닐 수 없다.

카스파 켈러의 아들, 다시 말해 나의 할아버지는 앨라배마 주의 광활한 땅에 소유권을 신청하여 정착하셨다. 할아버지는 일 년에 한 번씩 농장에 필요한 물품을 사러 터스컴비아에서 필라델피아까지 말을 타고 다녀오곤 하셨다. 할아버지가 그 여행길에서 있었던 일을 생생하고 재미있게 적어 보낸 편지의 상당수를 고모는 보관하고 있다.

할머니는 라파예트[Lafayette (1757~1834):미국 독립전쟁 때 혁명군을 도운 프랑스의 장군, 정치가, 자유주의 지도자]의 부관 가운데 한 사람인 알렉산더 무어의 딸이자, 버지니아 주의 초기 식민지 총독을 지낸 알렉산더 스포츠우드의 손녀였다. 할머니는 또한 로버트 E. 리[Robert Edward Lee (1807~1870) : 미국 남북전쟁 당시 남군의 장군]의 육촌이기도 했다.

남부동맹군의 대위였던 내 아버지 아서 H. 켈러는 내 어머니 케이트 애덤스와는 재혼이었고, 어머니는 아버지보다 나이가 훨씬 어렸다. 어머니의 할아버지 벤저민 애덤스는 수재너 E. 굿휴와 결혼하여 매사추세츠 주 뉴베리에서 오랫동안 사셨다. 그들의 아들, 다시 말해 나의 외할아버지인 찰스 애덤스는 매사추세츠 주 뉴베리포트에서 태어났으나 아칸소 주 헬레나로 이주하셨다. 남북전쟁이 발발하자 외할아버지는 남부동맹군에 가담하여 싸우셨고 육군 준장까지 올랐다. 외할머니 루시 헬렌 에버렛은 에드워드 에버렛[Edward Everett(1794~1865) : 미국의 정치가, 웅변가로 링컨의 게티즈버그 연설에 앞서 연설한 인물]과 에드워드 에버렛 헤일 박사[Edward Everett Hale(1794~1865) : 미국의 목사, 작가]와 한집안이었다.

시력과 청력을 앗아간 질병에 걸릴 때까지 나는 널찍한 정사각형 방 하나와 하인이 묵는 작은 방 하나로 이루어진 자그마한 별채에 살았다. 남부에서는 필요할 때 가끔씩 사용하기 위해 농가의 본채 가까이에 작은 별채를 짓는 게 풍습이었다. 그래서 아버지도 남북전쟁이 끝나자 이런 별채를 지으셨고, 어머니와 결혼하고 나서 별채에 들어가 사셨다. 포도넝쿨과 넝쿨장미, 인동덩굴 같은 덩굴류가 별채를 온통 뒤덮고 있어서 안뜰에서 보면 별채는 마치 덩굴을 얹은 정자(亭子)처럼 보였다. 이 집의 자그마한 현관은 노란 장미와 청미래덩굴에 가려 잘 보이지 않을 정도여서, 벌새와 꿀벌들이 즐겨 찾아오곤 했다.

켈러 가의 본채는 이 작은 장미 정자에서 몇 걸음 떨어진 곳에 있었다. 이곳은 집 건물이며 주위의 나무들과 울타리 할 것 없이 온통 아름다운 담쟁이덩굴에 뒤덮여 있어서 '초록넝쿨집(Ivy Green)'

이라 불렸다. 이 집의 고풍스런 정원은 내 어린 시절의 낙원이었다.

설리번 선생님이 오시기 전에도 난 각진 딱딱한 회양목 울타리를 손으로 더듬어가며 정원을 거닐었고, 향기가 이끄는 대로 걸음을 옮겨 그해 맨 처음 피어난 제비꽃이며 나리꽃을 찾아내곤 했다. 또 한 한바탕 화를 낸 뒤에도 안뜰로 나가 시원한 나뭇잎이나 풀숲에 얼굴을 파묻고 있으면 마음이 진정되곤 했다. 꽃이 만발한 뜨락에서 무아지경에 빠져 여기저기를 행복하게 거닐다 문득 아름다운 포도나무와 맞닥뜨리고는 이파리와 꽃을 손으로 만져보고서 그것이 뜰 한쪽 구석의 다 쓰러져가는 정자를 뒤덮고 있는 포도넝쿨과 같은 식물이라는 것을 알아내고 얼마나 기뻤는지 모른다.

정원에는 이외에도 길게 뻗어나간 클레마티스와 축 늘어진 재스민, 그리고 가냘픈 꽃잎이 나비의 날개를 닮았다 해서 나비나리꽃이라 불리는 무척 향기로운 꽃 들이 지천으로 피었다. 그러나 무엇보다 아름다운 건 장미였다. 북부의 어느 온실에서도 남부의 고향집에 피던 그 넝쿨장미만큼 마음 깊이 만족감을 안겨주는 장미를 본 적이 없다. 넝쿨장미는 현관 위로 늘어진 꽃줄기에 달려 있었으므로 퀴퀴한 흙냄새에 오염되지 않은 순수한 꽃향기가 집 안 가득 흘러넘쳤고, 이른 아침 이슬에 함빡 젖은 꽃잎의 감촉은 또 어찌나 부드럽고 순결했던지 신의 정원에 핀다는 아스포델이 이런 모습이 아닐까 하는 생각이 들었다.

내 생애의 시작은 여느 아이들의 삶과 다를 게 없었다. 난 여느 가정의 첫 아기가 늘 그러하듯 왔고, 보았고, 정복했다. 내 이름을

초록넝쿨집이라 불린 켈러 가문의 집(오른쪽에 보이는 작은 집에서 헬렌 켈러가 태어났다).

어떻게 지을지 어른들 사이에 의견이 분분했다. 첫 아기의 이름을 아무렇게나 지을 수 없다는 게 모든 이들이 강조하는 바가 아니던 가. 아버지는 당신이 존경하는 조상의 이름을 따서 내게 밀드레드 캠벨이라는 이름을 지어주자고 제안하고는 더는 말씀이 없으셨다. 어머니는 외할머니의 결혼 전 이름을 따서 헬렌 에버렛으로 했으면 좋겠다고 하셨고, 그렇게 하기로 결론이 났다. 그러나 아버지는 나를 안고 교회에 가는 동안 그 이름을 잊어버리셨다. 아버지가 내놓은 의견이 아니었으므로 그렇게 된 건 당연한 일인지도 모르겠다. 목사님이 내 이름을 물었을 때 아버지는 외할머니의 이름을 따르기로 했다는 것만 기억하고는 헬렌 애덤스라고 대답하셨다.

어른들이 말씀하시기를 나는 아직 기저귀에서 벗어나지 못했을 때부터 열성적이고 고집스런 성격의 기미를 보였다고 한다. 다른 사람이 하는 행동을 보면 무엇이든 따라해보려고 성화를 부렸다는 것이다. 태어난 지 6개월이 되었을 때 나는 새된 아기 목소리로 "안녕하세요"라고 말할 수 있었고, 어느 날에는 "차(tea), 차, 차" 하고 아주 분명하게 발음하여 사람들의 주의를 끌었다고 한다.

심지어 병을 앓고 난 뒤에도 그때 익힌 단어들 중 하나는 잊지 않고 있었다. "물(water)"이라는 단어였는데, 나는 다른 말을 모두 잃은 뒤에도 그 말은 일부나마 소리를 낼 수 있었다. 내가 그 단어의 철자를 쓸 수 있게 되어서야 "무⋯무(wah-wah)" 하는 그 소리를 그쳤다.

내가 걸음을 걷기 시작한 건 만 한 살이 되었을 때였다고 한다. 어머니가 나를 막 욕조에서 꺼내어 무릎에 앉혀두고 계실 때였는데, 햇빛이 찬란한 매끄러운 마룻바닥에 나뭇잎 그림자가 어른대는 모습에 이끌려 갑자기 어머니의 무릎에서 미끄러지듯 빠져나가더니 그것을 향해 내달렸다는 것이다. 추진력이 다하자 나는 바닥에 쓰러졌고 어머니가 나를 들어 올려 품에 안을 때까지 소리 내어 울었다.

이 행복한 시절은 오래가지 않았다. 울새와 흉내지빠귀의 지저귐이 음악처럼 울려 퍼지던 짧은 봄, 과일이 주렁주렁 열리고 넝쿨장미가 흐드러지게 피어나던 여름, 나뭇잎이 황금빛 진홍빛으로 물들던 가을이 한 차례씩 쏜살같이 지나가며, 한 열성적이고 발랄한 아이의 발 아래에 선물을 내려놓았다. 그러고 나서 음울한 이월에 내 눈과 귀를 닫아버린 질병이 찾아와 나를 아무것도 감지하지 못하는 갓난아기 상태로 몰아넣었다. 위와 뇌에 급성 울혈이 생겼다는 진단이 내려졌고 얼마 살지 못할 거라고들 생각했다. 그러나 어느 이른 아침, 병이 찾아왔을 때만큼이나 갑자기, 그리고 불가사의하게 열이 내렸다. 그날 아침 가족들은 몹시 기뻤다. 그러나 누구도, 의사조차도 내가 다시는 볼 수도 들을 수도 없게 되리라는 것을 알지 못했다.

병에 걸렸을 때의 기억이 아직도 희미하게나마 남아 있는 것 같다. 특히 어머니의 따스한 손길이 떠오른다. 내가 통증과 불안 때문에 깊은 잠을 이루지 못하고 선잠을 자다 깨어나서 어리둥절해하며 고통으로 몸부림칠 때 어머니는 나를 어루만져주셨다. 눈이 어찌나 메마르고 따갑던지 난 한때 그토록 좋아하던 빛을 바라보지 못하고

17

벽을 향해 돌아누워야 했고, 날이 갈수록 눈이 침침해져갔다. 이렇게 주마등처럼 스치고 지나가는 기억(기억이라고 부를 수나 있을지)들을 제외하고는, 모든 것이 마치 악몽처럼 너무도 비현실적으로 느껴진다. 나는 어떤 소리도 들리지 않는 적막과 아무것도 보이지 않는 암흑에 차츰 익숙해져서 그전에는 세상이 달랐었다는 것도 잊어버렸다. 내 영혼을 해방시켜주신 설리번 선생님이 오시기까지 그런 상태로 지냈다. 하지만 내 생애의 첫 열아홉 달 동안 나는 넓고 푸른 들판과 빛나는 하늘, 나무와 꽃 등을 보았고, 뒤이은 암흑도 그 기억을 완전히 지워버리지는 못했다. 단 한 번이라도 본 적이 있다면 "빛이 비추는 그날은 우리 것이고, 그날이 보여준 것도 우리 것"이므로.

2

병을 앓고 난 뒤 처음 몇 달 동안의 일은 잘 떠오르지 않는다. 다만 어머니가 집안일을 하실 때 치맛자락을 붙잡고 어머니를 졸졸 쫓아다니거나 어머니의 무릎에 앉아 있던 것만은 기억이 난다. 손으로 모든 사물을 만져보고서 누가 어떤 동작을 하고 있는지 감을 잡았고, 이런 식으로 많은 것들을 알게 되었다. 머지않아 나는 다른 사람들과 의사소통이 필요하다는 것을 느끼게 됐고 투박한 몸짓으로 생각을 전달하기 시작했다. 머리를 흔드는 것은 "아니오"를, 끄덕이는 것은 "예"를, 잡아당기는 것은 "오라"를, 밀치는 것은 "가라"를 의미했다. 빵이 먹고 싶으면 빵을 칼로 써는 동작을 해 보인 뒤 버터를 바르는 시늉을 했다. 정찬 때 아이스크림이 먹고 싶을 때에는 냉동기를 작동하는 동작을 해 보인 뒤 차갑다는 표시로 몸을 부르르 떨었다. 더욱이 어머니도 내가 말을 이해하도록 이끄는 데 탁월한 재능이 있으셨다. 어머니가 뭘 좀 가져다줬으면 하고 바랄 때마다 나는 바로 알아차리고 이층으로 뛰어 올라가거나 어머니가 가리키는 곳으로 달려갔다. 정말이지 내가 암흑 속에서 보낸 그 긴 기간이 그

나마 밝고 좋았던 건 모두 어머니의 애정 어린 지혜 덕분이었다.

나는 주위에 무슨 일이 일어나고 있는지 거의 다 알아차릴 수 있었다. 다섯 살에 나는 세탁실에서 가져온 깨끗한 옷들을 개켜 서랍장에 넣는 것을 배웠으며 내 옷과 다른 사람들의 옷을 구분할 줄 알았다. 어머니와 아주머니가 옷을 차려입을 때면 외출을 하리라는 것을 알아채고는 매번 따라나서겠다고 졸라댔다. 손님이 오면 나는 어김없이 조르르 달려가 손님을 맞이했고 손님이 떠날 때에는 손을 흔들어 인사를 했는데, 그 손짓이 무엇을 의미하는지를 어렴풋이 기억하고 있었던 것 같다. 어느 날 신사들 몇 분이 어머니를 찾아왔다. 나는 현관문이 닫히는 진동을 느끼고 그들이 도착했음을 나타내는 소리를 감지했다. 갑자기 떠오른 생각에 이끌려 나는 누가 말릴 새도 없이 이층으로 뛰어 올라가서는 손님에게 보여줄 만하다고 생각되는 옷을 입었다. 거울 앞에 서서, 다른 사람들이 하던 대로 머리에 기름을 바르고 얼굴에 분칠을 했다. 그런 다음 얼굴에 둘러쓴 베일을 머리에 핀으로 고정시켜 어깨까지 내려뜨리고, 거대한 버슬[치맛자락을 퍼지게 하려고 허리에 덧대는 허리받이]을 내 조그만 허리에 동여맸는데 그것은 뒤로 늘어져 거의 치맛단까지 내려왔다. 이렇게 차려입고서 나는 손님들을 맞이하려고 아래층으로 내려갔다.

내가 다른 사람들과 다르다는 것을 언제 맨 처음 알게 되었는지는 기억나지 않는다. 하지만 선생님이 오시기 전이었다는 것만은 분명하다. 난 어머니와 내 친구들은 무언가를 원할 때 나처럼 몸짓을 사용하지 않고 입으로 말을 한다는 것을 알게 되었다. 이따금 나는 이야기를 나누는 두 사람 사이에 서서 그들의 입술에 손을 대보았다. 나는 이해할 수 없어 당혹스러웠고, 입술을 움직이며 미친 듯이 손짓, 발짓을 해보았으나 아무 소용이 없었다. 때론 너무 화가 나서 기진맥진해질 때까지 발길질을 하고 괴성을 질러댔다.

그때 내가 못되게 굴고 있다는 것은 나 스스로도 알았던 듯하다. 보모 엘라를 발로 걷어차면 그녀가 아파한다는 것을 알았고 화가 가라앉고 나면 후회 비슷한 느낌이 들곤 했으니까. 그러나 내가 원하는 대로 하지 못할 때 이 후회스런 느낌 때문에 못된 짓을 그만두려고 했던 적이 한 번이라도 있었는지는 통 기억나지 않는다.

당시 늘 내 곁에 있던 친구로는 마사 워싱턴이라는 흑인 소녀와 벨이라는 늙은 사냥개가 있었다. 마사는 우리 집 요리사의 딸이었고 벨은 한창 때에 뛰어난 세터[사냥감의 위치를 알려주는 사냥개]로 활약했다고 한다. 마사 워싱턴은 내 몸짓의 의미를 곧잘 알아챘으므로 별 어려움 없이 내가 원하는 대로 해주었다. 나는 마사를 내 마음대로 부릴 수 있어서 기뻤고, 마사는 나와 드잡이를 하느니 나의 횡포를 받아주는 편이 낫겠다고 생각했던 것 같다. 난 힘이 셌고, 활동적이었으며, 어떤 결과가 빚어질지는 안중에도 없었다. 언제나 내 마음 내키는 대로 행동했고 물어뜯고 할퀴어대는 한이 있더라도 하고 싶은 대로 해야 했다.

우리는 부엌에서 많은 시간을 보냈는데, 밀가루를 반죽하거나 아이스크림 만드는 것을 돕거나 커피콩을 갈거나 과자 그릇을 사이에 놓고 실랑이를 벌이거나 부엌 앞 층계로 모여드는 암탉과 칠면조에게 모이를 주었다.

녀석들은 대부분 길이 잘 들어서 건네주는 모이를 잘 받아먹었고 만져도 가만히 있었다. 하루는 커다란 칠면조 수컷 한 마리가 내 손에서 토마토를 낚아채어 달아나는 일이 있었다. 우리는 이 칠면조 선생의 성공에 고무되었던 듯 요리사가 막 설탕을 입힌 과자를 몰래 장작 창고로 가져가 조금도 남김없이 다 먹어치웠다. 그 일로 나는 배탈이 나서 혼이 났는데, 그때 칠면조도 벌을 받았는지 궁금하다.

뿔닭은 눈에 띄지 않는 곳에 알을 숨겨두는 습성이 있었다. 그러나 긴 풀에 감춰진 알을 찾아내는 건 나의 가장 큰 기쁨 가운데 하나였다. 알을 찾으러 가고 싶을 때면 난 마사 워싱턴에게 그러자고 말할 수는 없었으나 둥글게 말아 쥔 두 손을 바닥에 내려놓으며 풀 속의 둥근 어떤 것을 표현했고, 그러면 마사는 금세 내 뜻을 알아챘다.

옥수수를 저장해두던 헛간이며, 말을 넣어두던 마구간, 아침저녁으로 우유를 짜던 안뜰 등은 마사와 내게 끊임없는 흥미거리를 선사해주는 장소였다. 우유 짜는 사람들은 우유를 짜는 동안 내가 젖소에 손을 대어도 내버려두었지만, 나는 호기심에 대한 대가로 젖소가 채찍처럼 휘둘러대는 꼬리에 자주 얻어맞아야 했다.

크리스마스를 맞을 준비를 하는 일은 내게 언제나 기쁨을 안겨주었다. 물론 나는 무얼 어떻게 준비하는 건지 속속들이 알지 못했으나, 집 안에 감도는 향긋한 냄새와 마사와 나를 잠시라도 조용히 있게 하려고 어른들이 건네주는 맛난 음식이 좋았다. 어른들이 일하는데 우리는 몹시 방해가 되는 성가신 존재들이었겠지만, 그렇다고 해서 우리의 즐거움이 줄어들지는 않았다. 어른들은 우리가 양념을 빨고, 건포도를 집어먹고, 음식을 휘젓던 숟가락을 핥아먹도록 해주었다. 나는 다른 사람들이 하는 대로 긴 양말을 걸어두었다. 그러나 내가 그 일을 특히 재미있어 했던 것 같지는 않다. 날이 밝기 전에 일어나 양말 안에 어떤 선물이 들어 있는지 찾아볼 만큼 호기심이 일었던 기억이 없으니.

마사 워싱턴도 나만큼이나 장난을 좋아했다. 무더운 칠월의 어느 날 오후, 두 꼬마는 베란다 층계에 앉아 있었다. 한 아이는 피부가 흑단처럼 까맸고 갈래갈래 구두끈으로 동여맨 꼬불꼬불한 머리는 마치 코르크 마개 뽑이처럼 사방으로 뻗쳐 있었다. 또 한 아이는 백인이었고, 굽이치는 긴 금발을 하고 있었다. 한 아이는 여섯 살, 또한 아이는 그보다 두세 살 위였다. 어린 쪽이 시력을 잃은 나였고 다른 아이가 마사 워싱턴이었다. 우리는 종이인형을 오려내는 일에 빠져 있었으나 이내 이 놀이에도 싫증을 느끼고는 우리의 구두끈이며 인동덩굴 나뭇잎이며 손에 닿는 것은 모조리 잘라냈다. 그 다음에 내 주의를 끈 것은 코르크 마개 뽑이 같은 마사의 머리카락이었다. 처음에 마사는 반발했으나 결국엔 내가 하는 대로 내버려두었다. 서로 돌아가며 하는 게 정당하다고 생각한 마사는 가위를 집어 들고 내 곱슬머리 한 줌을 잘라냈다. 때맞춰 어머니가 나타나서 말리지 않으셨다면 내 머리카락은 모조리 잘려나갈 뻔했다.

나의 또 다른 벗인 우리 집 개 벨은 늙고 게을러서 나와 함께 뛰어놀기보다는 난롯가에서 잠자는 것을 더 좋아했다. 나는 벨에게 내 손짓 언어를 가르쳐보려고 갖은 애를 썼다. 녀석은 아둔한 데다 주의를 기울이려고도 하지 않았다. 이따금 움찔 놀라고 흥분에 떨다가 마치 사냥개가 새의 위치를 알릴 때처럼 완전히 굳어 있곤 했다. 나는 녀석이 왜 이런 행동을 하는지 알지 못했으나 녀석이 내 뜻대로 움직이지 않으리라는 것은 알 수 있었다. 그러면 나는 짜증이 치밀어올라 늘 그 수업을 일방적인 권투 시합으로 끝내곤 했다. 얻어맞은 벨은 몸을 일으켜 느릿느릿 기지개를 켜고는 경멸 어린 표정으로 한두 번 킁킁거린 뒤 난로 반대편으로 가서 다시 드러누웠고, 나는 지치고 실망한 나머지 마사를 찾으러 밖으로 나갔다.

어린 시절의 그 많은 사건들은 이렇듯 단편적인 형태로나마 기억 속에 분명하고 또렷이 새겨져 있어, 소리도 없고 빛도 없고 목표도 없던 그때의 삶을 더욱 통렬하게 느끼게 한다.

어느 날 나는 어쩌다 앞치마에 물을 엎질렀는데, 말리려고 거실 난로의 꺼져가는 불 앞에 앞치마를 펼쳐놓았지만 생각처럼 빨리 마르지 않았다. 그래서 앞치마를 점점 불 앞으로 들이밀다 급기야는 뜨거운 재 바로 위로 던져 넣었다. 꺼진 줄 알았던 불이 갑자기 살아나더니 불길이 나를 감싸고 순식간에 내 옷에 불이 붙었다. 난 겁에 질려 비명을 질렀고 유모 비니가 나를 구하러 달려왔다. 비니는 내 머리 위로 담요를 힘껏 내던져 불을 꺼주었으나 난 하마터면 숨이 막혀 죽을 뻔했다.

이즈음 나는 열쇠를 사용하는 법을 알게 되었다. 어느 날 아침에는 어머니를 식품 저장실에 가둬버렸고, 그 바람에 어머니는 그 안

일곱 살 때의 헬렌 켈러.

에서 세 시간 동안 갇혀 있어야 했다. 마침 하인들마저 멀찍이 떨어진 다른 쪽에서 일하고 있었다. 어머니는 문을 쾅쾅 두드려댔고, 나는 집 밖 현관 계단에 앉아서 그 진동을 느끼며 회심의 미소를 짓고 있었다. 이런 지나치리만치 짓궂은 나의 장난에 부모님은 되도록이면 빠른 시일 내에 나를 교육해야 한다는 확신을 갖게 되었다. 설리번 선생님이 오신 지 얼마 되지 않았을 때에도 난 선생님을 방에 가둘 기회를 놓치지 않았다. 나는 어머니가 선생님께 갖다드리라고 주신 것을 들고 이층으로 올라가 선생님께 전해드리자마자 방문을 쾅 닫아 잠근 뒤 열쇠를 복도에 놓여 있던 옷장 밑에 감춰버렸다. 어른들이 아무리 설득하고 협박해도 난 열쇠가 어디에 있는지 밝히지 않았다. 하는 수 없이 아버지는 사다리를 가져다가 설리번 선생님이 창문을 통해 밖으로 나오도록 하셨다. 난 이런 소동을 너무나 좋아했다. 몇 달이 지나고 나서야 난 그 열쇠를 내놓았다.

내가 다섯 살쯤 되었을 때 우리는 넝쿨로 감싸인 그 아담한 집을 떠나 널찍한 새집으로 이사했다. 우리 가족은 아버지와 어머니, 배다른 오빠 둘, 나, 그리고 나중에 생긴 여동생 밀드레드로 이루어져 있었다. 어릴 적 아버지에 대한 기억 가운데 뚜렷하게 떠오르는 게 있다. 아버지가 계신 곳에 이르려면 여기저기 늘어놓은 신문 더미를 헤치고 가야 했고, 아버지는 혼자서 신문을 펼쳐 들고 계셨다. 아버지가 무슨 일을 하고 계신 건지 몹시 궁금했던 나는 수수께끼를 풀 수 있을까 싶어 아버지의 안경까지 걸치고 아버지의 행동을 따라해보았다. 그러나 여러 해가 지나도록 그 비밀을 알아낼 수 없었다. 철이 든 뒤에야 그 종이들이 무엇이었는지, 그리고 그때 아버지는 신문 편집 일을 하고 계셨다는 것을 알게 되었다.

아버지는 무척 인자하고 너그러우셨다. 게다가 사냥철을 제외하고는 우리 곁을 떠나 있는 일이 좀처럼 없는 가정적인 분이었다. 그리고 사람들의 평에 따르면 아버지는 사냥을 잘하셨다. 아버지의 사격 솜씨는 유명했다. 아버지가 가족 다음으로 애지중지하던 것은 개와 총이었다. 그리고 아버지는 사람들을 초대하여 대접하는 것을 지나치다 싶을 정도로 좋아하셔서 퇴근하여 집에 돌아오실 때마다 늘 손님과 함께였다. 아버지의 특별한 자랑거리는 동네에서 가장 질 좋은 수박과 딸기를 기를 수 있는 드넓은 정원이었는데, 아버지는 해마다 맨 처음 익은 포도와 가장 맛있어 보이는 딸기를 내게 갖다 주셨다. 나무와 나무 사이로, 넝쿨과 넝쿨 사이로 나를 이끌고 가실 때 느껴지던 아버지의 따스한 손길과, 나를 기쁘게 하는 일이라면 무엇이든 기꺼이 해주시던 아버지의 사랑은 잊히지 않는다.

아버지는 뛰어난 이야기꾼이었다. 내가 글을 깨치자 아버지는 당신이 알고 있는 이야기 가운데 가장 재미난 일화를 내 손바닥에 투박한 글씨로 적어주셨는데, 적절한 순간에 내가 그 내용을 다시 상기시켜드리면 더없이 기뻐하셨다.

1896년 북부에서 아름다운 여름의 마지막 며칠을 즐기고 있을 때 나는 아버지의 부음을 들었다. 아버지는 짧게 앓은 뒤 돌아가셨다. 짧은 기간 극심한 고통 속에 계시다 갑자기 세상을 뜨신 것이다. 내 생애 그토록 큰 슬픔은 처음이었다. 죽음을 가까이서 경험한 건 처음이었다.

어머니에 대해서는 어떻게 쓸 수 있을까? 내게 너무도 가까운 분이어서 어머니에 대해 뭐라 말하는 건 무례한 일일 것 같다.

오랫동안 나는 내 여동생을 훼방꾼으로 여겼다. 그 애가 태어나고부터 내가 더는 어머니 사랑을 독차지할 수 없다는 생각이 들자 질투심이 끓어올랐다. 전에는 내 자리였던 어머니의 무릎을 줄곧 차지하고 앉아 어머니의 사랑과 시간을 내게서 송두리째 앗아가버린 것만 같았다. 그러던 어느 날 이런 상실감에 모욕까지 더하는 듯 여겨지는 사건이 일어났다.

그 당시 내게는 어루만지고 쓰다듬으며 아주 귀여워하다가도 화가 나면 마구 화풀이를 해대곤 하던, 나중에 내가 낸시라는 이름을 지어준 인형이 하나 있었다. 가엾게도 낸시는 폭발하듯 터지는 내 성깔과 사랑을 속수무책으로 받아내야 하는 희생양이었다. 그래서 녀석은 안쓰러울 정도로 해지고 닳아 있었다. 이런 낸시 말고도 내게는 말을 하고 울기도 하고 눈을 떴다 감았다 하기도 하는 인형이 여럿 있었지만 가여운 낸시만큼 내가 사랑한 인형은 없었다. 낸시에겐 요람 하나가 있었는데, 나는 자주 그 요람에 낸시를 눕히고 한 시간도 넘게 흔들어주곤 했다. 나는 누구도 낸시와 그 요람을 건드리지 못하게 했다. 그런데 어느 날 내 동생 밀드레드가 그 요람에서 평화로이 잠들어 있는 걸 본 것이다. 아직 어떤 사랑의 감정도 주고받은 적 없는 녀석의 이런 뻔뻔한 행동에 화가 치밀었다. 와락 요람으로 달려들어 엎어버렸다. 어머니가 아래서 받아내지 않았다면 동생은 죽었을지도 모른다. 두 겹의 고독에 싸인 골짜기를 걸을 때 우리는 친절한 말과 행동, 친교에서 생겨나는 따스한 사랑을 알기 어려운 법이다. 그러나 나중에 내가 인간의 유산을 되찾고 철이 들면서 밀드레드와 나는 자매간의 우애를 나눌 수 있게 되었다. 비록 그 애가 내 손짓 언어를 이해하지 못하고 내가 그 애의 재잘대는 소리를 들을 수는 없었지만 우리는 가고 싶은 곳이면 어디든 손을 맞잡고 즐겁게 쏘다니곤 했다.

3

그러는 사이 의사를 표시하고 싶은 욕구는 날이 갈수록 커져갔다. 그때까지 내가 사용해온 손동작 몇 가지만으로는 내 생각이나 감정을 제대로 전달할 수 없다는 것을 깨닫게 되는 날이면 나는 어김없이 울화통을 터뜨리곤 했다. 마치 보이지 않는 손이 나를 억누르고 있는 것만 같았으므로 나는 거기에서 벗어나려고 미친 듯이 몸부림쳤다. 그러나 이런 노력은 사태를 해결하는 데 아무런 도움이 되지 않았고, 내 내면의 반항심만 강해질 뿐이었다. 난 걸핏하면 울음을 터뜨렸고 기진맥진해질 때까지 발버둥쳤다. 그러다 어머니가 옆에 계시기라도 하면 어머니의 품으로 기어들어갔는데, 얼마나 슬프고 비참하던지 내가 왜 울고불고 난리를 쳤는지 그 이유조차 잊어버리곤 했다. 의사소통 수단의 필요가 몹시 절박해지자 이런 식의 감정 폭발이 날마다, 때론 시간마다 일어났다.

부모님은 깊이 상심하시고 어찌해야 할지 몰라 난감해하셨다. 맹아학교나 농아학교는 우리 집에서 너무 먼 곳에 있었고, 들을 수도 볼 수도 없는 아이 하나를 가르치려고 터스컴비아 같은 외진 곳에

와줄 만한 사람도 없을 것 같았다. 어머니는 디킨스의 《미국 여행기 (American Notes)》에서 한 가닥 희망을 발견하셨다. 어머니는 언젠가 그 책에서 로라 브리지먼의 사례를 읽은 적이 있는데, 로라가 듣지도 보지도 못하는 상황에서도 교육을 받았다는 사실을 어렴풋이 기억해냈던 것이다. 하지만 곧이어 어머니는 농아 및 맹아 교육법을 발견해낸 하우〔Samuel Gridley Howe(1801~1876)〕 박사가 이미 오래전에 돌아가셨다는 사실을 떠올리고는 절망했다. 그 교육법은 하우 박사의 죽음과 함께 사라졌을 테고, 설령 그 교육법이 보존되어 있더라도 앨라배마의 구석진 소도시에 있는 한 소녀가 어떻게 그 혜택을 받을 수 있단 말인가?

내가 여섯 살쯤 되었을 때, 아버지는 볼티모어에 저명한 안과의사가 있다는 소문을 들으셨다. 가망이 없을 것만 같던 수많은 눈병 환자들을 성공적으로 고친 의사라고 했다. 그 즉시 부모님은 내 눈도 치료할 수 있을지 알아보러 나를 볼티모어에 데리고 가봐야겠다는 결정을 내렸다.

그 여행은 아직도 내 기억 속에 생생히 남아 있는데, 정말 즐거운 경험이었다. 나는 기차 안에서 많은 사람들을 친구로 사귀었다. 한 아주머니는 나한테 조가비 한 상자를 주셨다. 아버지는 조가비에 구멍을 내어 내가 실에 꿸 수 있도록 해주셨고, 그 조가비 덕분에 나는 한동안 행복하고 흐뭇한 시간을 보냈다. 차장 아저씨도 친절한 분이었다. 아저씨가 차표를 검사하려고 기차 안을 순회하실 때면 난 그의 웃옷 뒷자락을 붙잡고 졸졸 쫓아다니곤 했다. 아저씨가 내게 빌려주

섰던 차표 뚫는 기계는 나의 재미난 장난감이 되었다. 나는 의자 구석에 웅크리고 앉아 몇 시간이고 마분지에 구멍을 내며 놀았다.

고모는 수건으로 큼지막한 인형을 하나 만들어주셨다. 즉석에서 만든 이 인형은 코도 입도 귀도 눈도 없어 어린아이의 상상력으로도 도무지 얼굴이라고는 생각되지 않는 더없이 우스꽝스럽고 엉성한 것이었다. 이상하게도 나는 그 인형의 다른 어떤 결함을 다 합친 것보다 눈이 없는 게 가장 마음에 걸렸다. 그래서 난 어른들에게 이 점을 짜증날 만큼 끈질기게 지적했지만 인형에게 눈을 만들어줄 수 있는 사람은 없어 보였다. 그런데 문득 내 머릿속에 멋진 아이디어가 떠올라 문제를 바로 해결할 수 있었다. 나는 자리에서 뛰어내린 뒤 의자 밑을 뒤져 가장자리에 구슬 장식을 두른 고모의 케이프[어깨에 걸치는 망토]를 찾아냈다. 난 거기서 구슬 두 알을 떼어내어 고모에게 내밀며 인형에 달아주었으면 좋겠다는 내 생각을 전했다. 고모는 내 손을 들어 올려 당신의 눈에 갖다 대면서 내 뜻을 확인했고, 나는 그렇다는 뜻으로 세차게 고개를 끄덕였다. 고모가 바느질로 구슬을 제 위치에 달아주어 인형에게 눈이 생기자 나는 너무 기뻐서 마음을 진정시킬 수가 없었다. 그러나 이내 그 인형에 대한 모든 흥미가 사라졌다. 어쨌든 나는 그 여행을 하는 동안 한 번도 울화통을 터뜨리지 않았다. 내 주의를 끄는 게 너무 많아 내 마음과 손가락이 잠시도 쉴 틈이 없었으므로.

우리가 볼티모어에 도착했을 때 치점 박사는 우리를 친절히 맞아주었으나 내 눈을 치료할 수 없었다. 대신에 그는 나를 교육하는 일

은 가능하다는 말과 함께 워싱턴에 있는 알렉산더 그레이엄 벨
[Alexander Graham Bell(1847~1922) : 스코틀랜드 에든버러에서 태어나 미국에서 활약한 청각과학자로 전화를 발명한 것으로 유명하다]을 찾아가면 농아 및 맹아를 가르치는 선생님과 학교에 대한 정보를 얻을 수 있을 거라고 일러주었다. 치점 박사의 조언에 따라 우리는 벨 박사를 만나려고 바로 워싱턴으로 갔다. 그때 아버지는 깊은 상심과 갖가지 불길한 생각에 괴로우셨겠지만, 난 아버지의 이런 고뇌는 전혀 알지 못한 채 또 다른 곳으로 여행을 하게 되었다는 것만 기뻐서 희희낙락했다.

　그때 난 어렸지만 벨 박사를 만나자마자 그의 친절과 호의를 느낄 수 있었다. 그분의 뛰어난 업적이 사람들의 존경을 불러일으키는 것처럼, 그분의 이런 따스한 성품이 그토록 많은 이의 마음을 감동시키고 그를 사랑하게 하는 것이리라. 내가 벨 박사의 시계에 관심을 보이자 그는 나를 무릎에 앉히고는 시계가 울리도록 작동시켰다. 박사는 내 손짓 언어를 잘 이해했고, 그것을 감지한 나는 단박에 그를 좋아하게 되었다. 그러나 그때만 해도 나는 그 만남이 어둠에서 빛으로, 고립에서 친교와 우정의 세계로, 사랑과 앎의 세계로 들어가는 문이 되리라고는 꿈에도 생각지 못했다.

　벨 박사는 아버지에게 보스턴에 있는 퍼킨스 맹아학교의 교장 애나그노스 씨한테 편지를 써서, 내 교육을 시작할 유능한 교사가 있는지 알아보라고 조언했다. 퍼킨스 맹아학교는 하우 박사가 맹아들을 위해 훌륭한 업적을 남긴 곳이었다. 아버지는 곧바로 벨 박사의 조언에 따랐고 몇 주 뒤에 애나그노스 교장한테서 적임자를 찾아냈

다는 답장을 받았다. 우리는 그의 확답에 안도했다. 1886년 여름의 일이었다. 그러나 설리번 선생님은 이듬해 삼월이 되어서야 우리 집에 도착하셨다.

이렇게 해서 난 이집트에서 탈출하여 시나이 산 앞에 이르렀고, 어떤 신성한 힘이 내 영혼에 접촉하여 내게 볼 수 있게 한 덕분에 수많은 경이를 보았다. 그리고 신성한 산에서부터 들려오는 이런 소리를 들었다. "아는 것이야말로 사랑이요, 빛이요, 비전이라."〔성서 〈출애굽기〉 19장 참조〕

4

내가 기억하기로 지금까지의 내 삶에서 가장 중요한 날은 앤 맨스필드 설리번 선생님이 내게 오신 날이다. 그날을 사이에 두고 이어지는 두 삶의 어마어마한 차이를 생각하면 놀라지 않을 수 없다. 1887년 3월 3일, 내가 일곱 살이 되기 석 달 전의 일이었다.

그날 오후, 나는 말없이 기다리며 현관에 서 있었다. 어머니의 움직임이며 집 안에서 느껴지는 분주한 기운으로 무언가 특별한 일이 일어나리라는 것을 어렴풋이 예감했으므로 현관 계단에서 기다리고 있었던 것이다. 오후의 햇살이 현관을 뒤덮은 인동덩굴 틈새로 뚫고 내려와 치켜든 내 얼굴을 비추었다. 내 손가락은 감미로운 남부의 봄을 맞아 갓 피어난 꽃이며 친근한 나뭇잎을 향해 거의 무의식적으로 더듬더듬 움직이고 있었다. 나는 내 앞에 어떤 놀라운 미래가 펼쳐질지 알지 못했다. 몇 주 내내 분노와 비통이 나를 떠나지 않았고, 이런 격렬한 분투에 뒤이어 깊은 무력감이 찾아왔기 때문이다.

바다를 항해할 때 마치 부연 어둠이 당신을 가둬버린 것처럼 짙은 안개에 싸여본 적이 있는가? 커다란 배는 잔뜩 긴장하고 불안해하며 다림추와 측연을 이용해 해안선을 향해 더듬더듬 길을 찾아갈 것이고, 당신은 두근대는 마음으로 무슨 일이 일어날지 기다릴 것이다. 교육을 받기 전의 내 모습은 꼭 그 배와 같았다. 다만 내게는 나침반이나 측연도 없었고, 항구를 찾아가려면 어떻게 해야 하는지 알 수 있는 방법도 전혀 없었다. "빛을! 나에게 빛을 주세요!" 이게 내 영혼의 소리 없는 외침이었고, 바로 그때 사랑의 빛이 나를 비추었다.

다가오는 발걸음 소리가 들렸다. 나는 어머니일 거라 생각하며 손을 내밀었다. 누군가 내 손을 잡고 끌어당기더니 나를 꼭 품에 안았다. 그때껏 내가 알지 못하던 모든 사물을 내게 드러내어 밝혀주시고 나를 사랑하려고 오신 분이었다.

이튿날 아침 선생님은 나를 당신 방으로 데리고 가시더니 인형 하나를 주셨다. 그 인형은 퍼킨스 맹아학교의 어린이들이 보내준 것으로 로라 브리지먼이 손수 옷을 만들어 입힌 것이기도 했는데, 나는 그 사실을 나중에야 알게 되었다. 인형을 갖고 논 지 얼마쯤 지났을 때 설리번 선생님이 내 손바닥에 천천히 '인형(doll)'이라고 쓰셨다. 나는 단박에 이 손가락 놀이에 흥미를 느끼고 그대로 따라서 써보았다. 마침내 그 글자들을 올바로 쓰는 데 성공하자 나는 어린애다운 기쁨과 자랑스러움으로 얼굴이 발그레해졌다. 그리고 어머니가 계신 아래층으로 내려가 손을 치켜들고 '인형'이라고 썼다. 그때 나는 내가 한 단어의 철자를 쓰고 있다는 것도, 심지어 단어라는 게 존재한다는 것조차 알지 못했다. 나는 그저 원숭이가 하듯 흉내 내어 손가락을 움직였을 뿐이었다. 그 뒤로 나는 수많은 단어의 철자

헬렌 켈러와 설리번 선생.

를 익혔는데, 그 단어들 중에는 '핀, 모자, 컵'은 물론 '앉다, 서다, 걷다' 같은 동사도 있었다. 그러나 몇 주 동안 이런 식의 단어 공부가 계속된 후에야 나는 모든 것에는 이름이 있다는 사실을 깨닫게 되었다.

어느 날 내가 새 인형을 가지고 놀고 있을 때 설리번 선생님은 내게 '인형'이라는 단어가 두 인형 모두에게 적용된다는 사실을 이해시키기 위해 나의 커다란 봉제 인형을 내 무릎 위에 올려놓으시며 내 손바닥에 '인형'이라고 쓰셨다. 그날 아침 이미 우리는 '머그컵(mug)'이라는 단어와 '물(water)'이라는 단어를 놓고 한바탕 씨름을 벌인 뒤였다. 설리번 선생님은 '머그컵'은 물을 담는 그릇이고 '물'은 그 안에 담긴 것이라는 사실을 내게 확실히 알게 해주려고 애쓰셨지만 나는 계속해서 둘을 혼동했다. 실망한 선생님은 적절한 기회에 다시 가르치기로 하고 잠시 그 문제를 접어두었다. 나는 같은 방식으로 되풀이되는 선생님의 가르침에 짜증이 치밀어오른 나머지 새 인형을 들어 올려 바닥에 내동댕이쳤다. 깨진 인형 조각이 발에 닿자 몹시 기뻤다. 난폭하게 화를 분출한 뒤에도 어떤 슬픔이나 후회도 들지 않았다. 사실 나는 그 인형을 좋아하지 않았다. 내가 살고 있던 정적과 암흑의 세계에는 어떤 강렬한 감정이나 애정도 존재하지 않았다. 선생님이 깨진 인형 조각을 난로의 한쪽 구석으로 쓸어내시는 것을 느꼈을 때 나는 나를 성가시게 했던 원인이 없어졌다는 데 만족했다. 그러고 나서 선생님이 내 모자를 갖고 오시자 나는 바깥의 따뜻한 햇살 속으로 나가게 되리라는 걸 알았다. 말 없는 느낌을 생각이라 부를 수 있다면, 이 생각에 나는 기쁨에 겨워 펄쩍펄쩍 뛰었다.

우리는 우물을 뒤덮은 인동덩굴 향기에 이끌려 오솔길을 따라 내려갔다. 누군가 물을 끌어올리고 있었고 선생님은 물이 뿜어져 나오는 꼭지 아래 내 손을 갖다 대셨다. 차가운 물줄기가 나의 한쪽 손위로 쏟아져 흐르는 동안 선생님은 나의 다른 쪽 손에 처음에는 천천히, 두 번째는 빠르게 '물'이라고 쓰셨다. 나는 선생님의 손가락이 움직이는 것에 온 정신을 집중한 채 가만히 서 있었다. 잊고 있던 무언가가 갑자기 희미하게 떠오르는 것을 느꼈다. 생각이 되돌아오는 감격에 전율이 일었다. 언어의 신비가 내 앞에서 베일을 벗는 순간이었다. 그제야 나는 '물'이 내 손 위로 흘러내리는 그 차갑고 놀라운 물질을 뜻한다는 것을 알았다. 그 살아 있는 단어가 내 영혼을 깨우고 내 영혼에 빛과 희망과 즐거움을 안겨주었다. 내 영혼이 드디어 자유를 얻은 것이다! 사실 장애물이 여전히 남아 있었지만 그것들은 시간이 흐르면 자연히 사라질 터였다.

우물을 떠날 때 내 마음은 배움의 열의로 차올랐다. 모든 사물에는 이름이 있었고, 각각의 이름은 새로운 생각을 불러왔다. 집에 돌아오자 내 손에 닿는 모든 사물에서 생명의 떨림이 느껴졌다. 그것은 그날 처음 알게 된 새로운 통찰력을 통해 모든 사물을 볼 수 있게 되었기 때문이다. 문을 열고 집 안으로 들어서자 집을 나서기 전 산산조각내버린 인형이 생각났다. 나는 더듬거리며 난롯가로 걸어가, 인형 조각을 찾아 들고 다시 붙여보려고 했지만 허사였다. 내 눈에

I left the well-house

eager to l(ea)r n . Everything

had a name, and each

name gave birth to a

new thought . As we

returned to the house,

every object I touched

s'eemed to quiver with life .

39쪽의 한 구절("우물을 떠날 때~떨림이 느껴졌다") 가운데 생략 가능한 부분을 빼고 점자로 옮겨놓은 원고의 사본.

눈물이 맺혔다. 그제야 내가 무슨 일을 저질렀는지 깨닫고 난생처음으로 후회와 슬픔을 느꼈던 것이다.

그날 나는 굉장히 많은 단어들을 배웠다. 그날 배운 단어를 전부 기억할 수는 없지만, 그 중에 어머니, 아버지, 여동생, 선생님 같은 단어들이 있었다는 것은 기억이 난다. "아론의 지팡이에 꽃이 핀 것처럼"〔구약성서 〈민수기〉에 따르면 하느님은 모세의 형 아론의 지팡이에 싹을 틔우고 꽃을 피우고 열매를 맺게 했다. 이는 메마르고 죽은 지팡이에 생명의 능력을 불어넣어 생명을 부활시켰음을 의미한다〕 이 단어들은 세상을 내 앞에 새로이 피어나게 했다. 많은 일이 있었던 그날 밤, 잠자리에 누워 그날의 즐거웠던 일들을 되새기며 내 생애 처음으로 다가올 새날을 기다리자니 나 자신보다 더 행복한 아이는 없을 것 같았다.

5

내 영혼을 갑작스레 눈뜨게 한 그 일이 있고 나서, 그러니까 1887
년 여름에는 많은 사건들이 있었다. 나는 온종일 손으로 사물을 더
듬어보며 손에 닿는 모든 사물의 이름을 알려고 했다. 그것들을 더
잘 다루게 되고 그 이름과 사용법을 알게 되자 외부 세계와의 친밀
감이 커졌고 한결 즐겁고 자신감 있는 생활을 하게 되었다.

데이지와 미나리아재비가 피는 철이 되자 선생님은 내 손을 잡고
사람들이 씨 뿌릴 준비를 하는 들판을 가로질러 테네시 강둑으로 데
리고 가셨다. 나는 그곳의 따뜻한 풀밭에 앉아 자연의 혜택에 관한
첫 수업을 받았다. 우리 눈을 즐겁게 할 뿐 아니라 우리에게 양식도
제공하는 온갖 나무들은 햇빛과 비를 받아 어떻게 땅에서 자라는지,
새는 어떻게 둥지를 틀고 살아가며 번식하는지, 다람쥐와 사슴과 사
자를 비롯한 온갖 동물들은 어떻게 양식과 피난처를 찾아내는지 등
을 배웠다. 사물에 관해 아는 것이 많아질수록 나는 내가 살고 있는
세상의 즐거움을 더 많이 느낄 수 있게 되었다. 내가 셈을 배우거나
지구의 모양을 배우기 오래전에 설리번 선생님은 내게 향기로운 숲

의 아름다움과 풀 잎사귀의 아름다움, 그리고 내 여동생의 손에서 움푹 들어간 부분과 굴곡진 부분의 아름다움을 발견하도록 가르치셨다. 선생님은 나의 첫 생각을 자연과 연결해주셨고 '새와 꽃이 나의 행복한 친구'임을 느끼게 해주셨다.

그러나 이 무렵 나는 자연이 늘 우호적이지만은 않다는 사실을 깨닫는 경험을 하게 되었다. 어느 날 선생님과 내가 긴 산책을 하고 돌아오던 길에 일어난 일이었다. 그날 아침만 해도 쾌청했던 날씨가, 점점 더워진 탓에 결국 우리는 집으로 발걸음을 돌릴 수밖에 없었다. 두세 차례 걸음을 멈추고 길가의 나무 그늘에서 쉬어야 할 정도로 찌는 듯한 더위였다. 우리가 마지막으로 멈춘 곳은 집에서 얼마 떨어지지 않은 거리에 있는 야생 벚나무 아래였다. 그늘은 기분 좋을 만큼 상쾌했고 나무는 오르기가 아주 쉬워서 나는 선생님의 도움을 받아 가지의 앉을 수 있는 부분까지 기어오를 수 있었다. 설리번 선생님은 나무 그늘이 아주 시원하니 거기서 점심을 먹는 게 어떻겠냐고 제안하셨다. 나는 선생님이 집에 가서 점심을 가져오시는 동안 나무 위에 가만히 앉아 있기로 약속했다.

그런데 갑자기 날씨가 바뀔 것 같은 조짐이 나무 위로 스쳐 지나가더니, 공기 중에 느껴지던 태양의 온기가 자취를 감췄다. 나는 하늘이 어두워졌음을 알았다. 빛을 의미하는 모든 온기가 대기에서 사라졌음을 느꼈기 때문이다. 땅에서부터 이상한 냄새가 훅 끼쳐왔다. 나는 이 냄새를 알고 있었다. 폭풍우가 몰아치기 전이면 늘 나는 냄새였다. 형언할 수 없는 두려움이 몰려왔다. 나는 땅에 발을 디딜 수도 없는 채로 도와줄 사람 하나 없이 완전히 혼자였다. 알 수 없는 어마어마한 기운이 나를 에워쌌다. 가만히 앉아 기다릴 수밖에 다른 도리가 없었다. 으스스한 공포가 등줄기를 훑고 지나갔다. 나는 그저 선생님이 돌아오기만을 간절히 기다릴 수밖에 없었다. 무엇보다 얼른 나무에서 내려가고 싶었다.

잠시 불길한 정적이 감도는가 싶더니 나뭇잎들이 한꺼번에 동요하기 시작했다. 오싹한 기운이 나무를 관통하여 지나가고, 바람이 돌풍으로 바뀌었다. 어찌나 세차게 몰아치던지 온힘을 다해 가지에 매달리지 않았다면 하마터면 나무에서 떨어질 뻔했다. 나무는 부러질 듯 기우뚱대며 휘청거렸다. 딱딱 소리를 내며 부러진 잔가지들은 소나기처럼 내 머리 위로 쏟아져내렸다. 순간 나무에서 뛰어내리고 싶은 충동이 일었으나 두려움 때문에 꼼짝도 하지 못했다. 나뭇가지가 두 갈래로 갈라지는 그 지점에 몸을 잔뜩 웅크린 채 앉아 있을 따름이었다. 나뭇가지들이 채찍질하듯 내 주위를 후려쳤다. 드문드문 진동이 느껴지는 것이 마치 육중한 무언가가 쓰러져 그 충격이 내가 앉은 큰 가지에까지 전해져 오는 듯했다. 불안이 극에 달하여 이러다 나무와 내가 한꺼번에 뽑혀나가고 말겠구나 하는 생각을 하는 순간, 선생님이 내 손을 잡고 나를 내려주었다. 선생님한테 매달려 다시 땅에 발을 딛게 되자 기쁨의 전율이 일었다. 이 일로 나는 새로운 깨달음—자연은 '제 자식들에게도 싸움을 걸어오며 더없이 부드러운 손길 뒤에 위험한 발톱을 숨기고 있다는 것'—을 얻었다.

이 일을 겪고 난 뒤 나는 한참 동안 나무에 오르지 못했다. 생각만 해도 너무 무서워 소름이 돋곤 했다. 그러나 마침내 꽃이 만발한 미모사 나무 향기에 이끌려 그 두려움을 극복하게 되었다. 어느 아름다운 봄날 아침 별채에서 혼자 책을 읽는데 공기 중에 은은한 향기가 퍼져 있는 게 느껴졌다. 나는 벌떡 일어나서 본능적으로 두 손을 뻗어보았다. 막 봄의 정기가 스쳐간 것 같았다. '이게 뭘까?' 생각하던 나는 곧 미모사 꽃향기라는 것을 알아차렸다. 나는 오솔길이 구부러지는 곳 울타리 근처에 미모사 나무가 있다는 것을 알고 있었으므로, 더듬거리며 정원 끝으로 걸어갔다. 과연 미모사 나무는 거기에서 햇볕을 받으며 온몸을 흔들고 있었는데, 나뭇가지들은 한가득 피어난 꽃송이의 무게로 길게 웃자란 풀잎에 닿을 듯 늘어져 있었다.

세상에 그토록 절묘하게 아름다운 게 또 있을까! 사람의 손이 닿자 가냘픈 꽃은 마치 지상에 옮겨 심은 천국의 나무처럼 금세 움츠러들었다. 나는 소낙비처럼 떨어지는 꽃잎을 맞으며 나무의 큰 줄기(몸통)로 다가갔다. 잠시 망설이며 서 있다가 드디어 나무줄기가 두 갈래로 갈라지는 넓찍한 부분에 발을 딛고 나무를 오르기 시작했다. 가지가 너무 굵고 껍질은 손이 아플 정도로 거칠어서 가지에 매달리기가 쉽지 않았다. 그러나 뭔가 특별하고 멋진 일을 하고 있다는 흐뭇한 느낌에 이끌려 계속 올라가다가 누군가 아주 오래전에 만들어놓은 작은 의자에 이르렀는데 그 의자는 이미 나무의 일부가 되어 있는 듯했다. 마치 내가 장미 구름에 앉은 요정이라도 된 것처

럼 느끼며 거기 오래도록 앉아 있었다. 이 일이 있고부터 나는 자주
그 천국의 나무 위에 앉아 아름다운 생각을 하고 밝은 꿈을 꾸면서
행복한 시간을 보내곤 했다.

6

이제 나는 모든 언어로 통하는 열쇠를 손에 넣었으므로 빨리 그것을 사용하는 법을 배우고 싶었다. 들을 수 있는 아이들은 특별한 노력을 기울이지 않고도 언어를 익힌다. 그들은 다른 사람들의 입술에서 떨어지는 단어들을 날아다니며 즐겁게 낚아채는 반면, 들을 수 없는 아이들은 느리고 고통스런 과정을 통해 단어들을 올가미로 잡아야 한다. 그러나 그 과정이 어떻든 결과는 놀랍다. 사물의 이름을 익히는 것부터 시작하여 한 걸음 한 걸음 앞으로 나아가다 보니 마침내 최초의 한 음절을 더듬거리던 수준에서 셰익스피어의 시구를 논하는 수준까지 광대한 거리를 가로질러 갈 수 있었던 것이다.

처음에는 선생님이 새로운 것에 대해 알려주실 때에도 나는 질문할 게 거의 없었다. 당시 내 생각은 모호했고 내 어휘도 부족했기 때문이다. 그러나 사물에 대해 아는 게 많아지고 더 많은 단어를 배우게 되자 내 질문의 영역이 넓어졌고, 더 많은 걸 알고 싶은 마음에 몇 번이고 같은 주제로 되돌아가곤 했다. 이따금 새 단어는 이전의 경험이 내 뇌리에 새겨놓은 인상을 되살려놓기도 했다.

내가 처음으로 '사랑'이란 단어의 의미를 물었던 어느 날 아침이 기억난다. 아직 많은 단어들을 익히기 전의 일이었다. 뜰에서 일찍 피어난 제비꽃 몇 송이를 찾아낸 나는 그것을 꺾어다 선생님께 드렸다. 선생님은 내게 입을 맞추려고 했으나, 그때만 해도 나는 어머니 외에 다른 누구도 내게 입 맞추는 것을 좋아하지 않았다. 그래서 설리번 선생님은 한쪽 팔로 포근히 내 몸을 감싸 안고, 내 손바닥에 "나는 헬렌을 사랑해"라고 쓰셨다.

"사랑이 뭔데요?" 내가 물었다.

선생님은 나를 더 가까이 끌어당기더니 내 심장을 가리키며 "그건 여기에 있단다" 하고 말씀하셨다. 그때 처음으로 나는 심장이 뛰고 있다는 것을 알았다. 당시 나는 만질 수 없는 것은 어떤 것도 이해할 수 없었으므로 선생님의 그 말씀은 나를 몹시 어리둥절하게 했다.

나는 선생님의 손에 들린 제비꽃 향기를 맡고는, 알고 있는 몇 안 되는 단어들과 몸짓을 섞어가며 물었다. "사랑은 꽃의 향기인가요?"

"아니란다." 선생님이 대답했다.

나는 다시 생각해보았다. 따뜻한 햇볕이 우리를 비추고 있었다. "이게 사랑이 아닐까?" 하는 생각에 나는 온기가 느껴지는 방향을 가리키며 물었다. "이게 사랑인가요?"

그때의 내겐 만물을 키워내는 따뜻함의 원천인 태양보다 더 아름다운 것은 없어 보였다. 그러나 설리번 선생님은 고개를 가로저으셨다. 나는 무척 당황하고 실망했다. 선생님이 왜 사랑이 무엇인지 알려줄 수 없는 건지 이상하기만 했다.

이 일이 있고 하루 이틀이 지났을 때, 나는 크기가 다른 구슬들을 큰 구슬 두 개, 작은 구슬 세 개 하는 식으로 실에 꿰는 놀이를 하고 있었다. 나는 자꾸 틀렸지만 그럴 때마다 선생님은 상냥하고 참을성 있게 바로잡아주셨다. 드디어 나는 내가 꿰어놓은 구슬의 순서가 잘못되었다는 것을 스스로 알아차리고 잠시 선생님이 알려주신 순서에 집중하여 어떤 순서로 꿰어야 맞았을지 생각하게 됐다. 설리번 선생님은 내 이마에 손을 대고는 '생각하다'라는 단어를 꾹꾹 눌러 쓰셨다.

그 순간 나는 그 단어가 내 머릿속에서 일어나고 있는 과정을 뜻하는 것임을 알았다. 추상적인 개념을 최초로 이해한 순간이었던 것이다.

나는 오래도록 가만히 앉아 내 무릎 위에 놓인 구슬을 생각하고 있던 게 아니라, 새로 깨우친 개념에 비추어 '사랑'의 뜻을 알아내려고 애쓰고 있었다. 그날은 온종일 구름이 해를 가린 채 잠깐씩 소낙비를 뿌리곤 했는데 갑자기 남부 특유의 찬란한 해가 구름을 뚫고 나왔다.

나는 다시 물었다. "이게 사랑인가요?"

"사랑은 해가 나오기 전 하늘에 있는 구름 같은 거란다." 선생님이 대답하셨다. 당시의 나는 이 말을 이해할 수 없었으므로 선생님은 더 간단하고 쉬운 말로 설명해주셨다.

"헬렌, 너도 알겠지만 구름은 만질 수 없단다. 그러나 비는 느낄 수 있지. 한낮의 뙤약볕이 걷히고 단비가 내릴 때 목마른 흙과 꽃들이 얼마나 반가워하는지 너도 알 거야. 사랑도 구름처럼 우리가 손으로 만질 수는 없지만 모든 것에 퍼부어지는 그 달콤함을 우리는 느낄 수 있지. 사랑이 없다면 행복하지도 않고 놀고 싶지도 않을 거야."

돌연 이 아름다운 진리를 깨닫게 되었다. 내 영혼과 다른 사람들의 영혼을 연결하는 보이지 않는 끈이 느껴졌다.

설리번 선생님은 처음부터 마치 들을 수 있는 아이에게 말하듯 나한테 말하는 것을 원칙으로 삼으셨다. 다만 한 가지 다른 점이 있다면 말로 하는 대신 내 손바닥에 그 말을 쓰셨다는 것이다. 선생님은 내가 단어와 어구를 몰라서 내 생각을 표현하지 못할 때면 필요한 어휘를 보충해주셨고, 내가 하고 싶은 말을 제대로 표현하지 못하여 쩔쩔맬 때면 이런 말을 하고 싶은 거냐고 재차 물으며 대화를 이끌어가셨다.

이런 과정은 여러 해 계속되었다. 듣지 못하는 아이가 일상의 아주 간단한 교류에 필요한 수많은 어구와 표현을 익히는 것은 한 달 또는 이삼 년 만에 되는 일이 아니다. 그러나 들을 수 있는 아이는 지속적인 반복과 모방을 통해 이런 것들을 익힌다. 가정에서 듣는 대화는 아이의 정신을 자극하고 말할 거리를 생각나게 하여 아이는 자연스레 자신의 생각을 표현하게 된다. 그러나 들을 수 없는 아이에게는 이런 식의 자연스런 생각의 교환이 일어나지 않는다. 선생님은 이 사실을 자각하고 나한테 부족한 자극을 보충해주기로 결심하셨다. 그래서 선생님은 되도록이면 당신이 들은 것을 말 그대로 나한테 반복하여 알려주셨고 내가 대화에 어떻게 참여할 수 있는지 보

헬렌 켈러와 애견 점보.

여주셨다. 그러나 내가 대화에 주도적으로 참여하고 적시에 적절한 말을 할 수 있게 되기까지는 아주 오랜 시일이 걸렸다.

듣지 못하거나 보지 못하는 아이가 대화의 즐거움을 알게 되기란 아주 어려운 일이다. 하물며 듣지도 보지도 못하는 아이의 경우엔 이 어려움이 얼마나 더 크겠는가! 이들은 목소리의 어조를 구분할 수 없고 말에 중요한 의미를 부여하는 어조를 사용할 수 없을 뿐 아니라, 말하는 이의 얼굴 표정을 볼 수 없고 대개 하는 말의 정수(精髓)에 해당하는 눈빛 또한 볼 수 없다.

7

내가 받은 교육에서 다음으로 중요한 단계는 읽기를 배운 것이었다.

내가 몇몇 단어를 쓸 수 있게 되자 선생님은 내게 볼록하게 인쇄된 단어 카드들을 주셨다. 나는 얼른 인쇄된 각 단어들이 어떤 사물, 어떤 동작, 어떤 성질을 뜻하는지 익혔다. 그리고 나는 단어를 순서대로 늘어놓아 짧은 문장으로 만들 수 있는 판을 하나 갖고 있었는데, 판에다 단어 카드를 늘어놓아 문장을 만들기 전에 해당되는 사물에 단어 카드를 올려놓으며 문장을 만들어보곤 했다. 예를 들어, '인형', '있다', '위에', '침대'라고 적힌 카드를 찾아낸 다음, 인형을 침대에 올려놓고는 인형 옆에다 '침대', '위에', '있다'라고 적힌 카드를 순서대로 늘어놓는 것이다. 이렇게 단어로 문장을 만드는 동시에 그 문장이 뜻하는 의미를 물건으로 직접 나타내보았다.

하루는 설리번 선생님이 '소녀는 옷장 안에 있다'라는 문장을 만들어보라고 하셨다. 나는 '소녀'라고 적힌 카드를 내 앞치마에 핀으로 꽂고 옷장 안에 들어가서는 선반 위에다 '옷장', '안에', '있다'라고 적힌 카드들을 순서대로 늘어놓았다. 이런 게임보다 더 즐거운 놀이는 없었다. 선생님과 나는 몇 시간이고 이렇게 문장 만들기 게임을 하며 놀았다. 방 안의 모든 물건이 이 문장 만들기 게임에 활용되었다.

인쇄된 카드에서 인쇄된 책으로 옮겨가는 데에는 단 한 걸음이면 충분했다. 나는 《기초 독본(Reader for Beginners)》을 펼쳐 들고 내가 아는 단어들을 찾아보았다. 아는 단어를 발견할 때면 마치 숨바꼭질에서 숨은 아이를 찾아낸 것처럼 기뻤다. 이렇게 나는 글을 깨우쳤다. 연결된 이야기를 읽기 시작했을 때의 일에 대해서는 나중에 쓰기로 하겠다.

나는 오랫동안 정규 수업을 받지 않았다. 심지어 가장 열심히 공부할 때조차 그것은 일이라기보다 놀이에 가까웠다. 설리번 선생님은 내게 가르치는 모든 것을 아름다운 이야기나 시로 풀어서 설명해주셨다. 특히 내가 재미있어 하거나 흥미를 보이는 것에 대해서는 마치 당신 자신이 어린 소녀인 양 나와 함께 느끼고 이야기를 나누셨다. 많은 아이들이 두려워하는 과목, 이를테면 고통스런 문법이나 까다로운 계산, 그보다 더 어려운 정의(定義) 같은 것들은 내게도 쉽지만은 않았으나, 그때 그것들을 배웠던 일들이 이제는 내게 가장 소중한 추억들 가운데 하나가 되었다.

나는 설리번 선생님이 어떻게 나의 즐거움과 욕구에 대해 그토록 깊이 공감할 수 있었는지 알 수 없다. 아마도 그것은 앞 못 보는 아이들과 오랫동안 교류해온 경험에서 비롯된 것이 아니었을까 하는 생각이 든다. 그 외에도 선생님은 묘사와 설명에 놀랍도록 뛰어난 능력을 갖고 계셨다. 재미없는 세세한 것들은 빠르게 넘어갔고 전전 날 배운 내용을 기억하고 있는지 알아보려고 질문을 하여 나를 들볶는 일도 없었다. 선생님은 건조하기만 한 과학의 전문적인 내용까지도 아주 생생하게 설명해주셨으므로 선생님이 가르쳐주신 것은 기억에 오래 남았다.

우리는 집 안보다 볕이 드는 숲을 더 좋아하여, 늘 야외에서 책을 읽고 공부를 했다. 그래서 어린 시절에 받은 수업마다에는 그윽한 솔잎 향과 달콤한 머루(야생포도) 향이 스며 있다. 그러니까 나는 야생 튤립나무의 상쾌한 그늘에 앉아 모든 사물에는 배우고 생각할 거리가 있음을 알게 되었다. 만물의 아름다움을 통해 그 유용성을 깨닫게 되었던 것이다. 목청껏 울어대는 개구리며, 내 손에 잡혀서도 기죽지 않고 새된 소리로 노래하는 여치와 귀뚜라미, 솜털에 싸인 작은 병아리, 갖가지 들꽃들, 산딸나무꽃, 제비꽃, 과일나무 등 윙윙거리거나 붕붕거리거나 지저귀거나 피어나는 모든 것이 내 교육의 중요한 부분을 이루었다. 나는 껍질을 갓 터뜨린 목화다래에 손을 대보고 그 부드러운 섬유와 솜털에 싸인 씨앗을 만져보았다. 그리고 나지막이 쏴쏴 소리를 내며 옥수숫대 사이로 불어가는 바람결이며, 긴 잎사귀가 서걱거리며 흔들리는 것이며, 목초지에서 내 망아지를 붙잡아 입에 재갈을 물릴 때 녀석이 화를 내며 콧김을 내뿜는 것을 느끼곤 했다. 아, 그때 녀석의 숨결에서 나던 향긋한 토끼풀 냄새가 너무도 생생하게 되살아난다!

이따금 새벽에 일어나 정원에 나가보면 풀과 꽃에 굵은 이슬방울이 고스란히 맺혀 있었다. 손에 느껴지는 장미꽃의 보드라운 감촉이나 아침 미풍에 살랑대는 나리꽃의 고운 움직임을 아는 사람은 아마 거의 없을 것이다. 간혹 내가 따는 꽃 속에 있던 곤충을 잡게 될 때가 있었는데, 그럴 때면 이 작은 생명체가 외부의 압력을 감지하고 소스라치게 놀라 날개를 비비며 희미한 소리를 내는 게 느껴지곤 했다.

내가 즐겨 찾던 또 다른 장소는 칠월 초가 되면 과일이 무르익는 과수원이었다. 솜털로 뒤덮인 튼실한 복숭아가 내 손이 닿는 곳까지 열리고 나무 사이로 상쾌한 산들바람이 불어오면 사과가 발밑으로 후드득 떨어졌다. 아, 앞치마 한가득 과일을 주워 담고서 아직 햇살의 온기가 남은 사과의 부드러운 볼에 내 얼굴을 대고 집으로 깡충거리며 돌아올 때 얼마나 행복했던지!

우리가 가장 좋아했던 산책 코스는 켈러 상륙지까지 가는 것이었다. 테네시 강변에 위치한 이 켈러 상륙지는 다 허물어져가는 목재 부두로 남북전쟁 때 군인들을 상륙시키는 데 이용되었다. 우리는 거기서 지리를 배우기 위한 놀이를 하며 즐거운 시간을 보냈다. 나는 조약돌로 댐을 쌓고 섬과 호수를 만들고 강바닥을 파며 놀았다. 어찌나 재미있었는지 내가 공부를 하고 있다는 생각이 전혀 들지 않았다. 설리번 선생님이 불타는 산이며, 파묻힌 도시, 움직이는 빙하, 그 밖의 신기한 일들이 일어나는 커다랗고 동그란 지구에 대해 이야기해주실 때 나는 그 흥미진진한 이야기에 놀라고 감탄하며 귀를 기울이곤 했다. 선생님은 찰흙으로 지형을 본뜬 올록볼록한 지도를 만들어주셨다. 그 덕분에 나는 손으로 짚어가며 산맥과 골짜기를 구분할 수 있었고, 강이 어떻게 꾸불꾸불 이어지고 있는지 알 수 있었다. 나는 선생님이 만들어주신 이 지도를 좋아했지만, 지구를 극지방과 여러 구역으로 나누는 것은 혼란스럽고 짜증이 났다. 위도와 경도를 표시하는 끈과 북극과 남극을 나타내는 오렌지 나뭇가지가 어찌나 실제처럼 여겨졌던지 지금도 나는 누가 기후대에 대한 이야기를 꺼내면 끈을 두른 구체가 떠오른다. 만약 누군가 나를 놀려주려고 북극점에 실제로 말뚝이 꽂혔고 흰곰이 거기에 기어오른다고 해도 곧이곧대로 믿었을 것이다.

산수는 내가 좋아하지 않은 유일한 과목이었다. 처음부터 나는 숫자의 과학에 흥미가 없었다. 설리번 선생님은 구슬 꿰기 놀이를 통해 숫자 세는 법을 가르치셨고, 나는 유치원에서 쓰는 밀짚을 늘어놓으며 더하기와 빼기를 배웠다. 그러나 나는 한 번에 대여섯 묶음 이상을 늘어놓을 만큼 인내심이 많지 않았다. 일단 이만큼을 하고 나면 나는 양심에 거리낄 것 없이 얼른 밖으로 나가 같이 놀 친구를 찾았다.

이와 마찬가지로 느긋하게 동물학과 식물학을 공부해나갔다.

한번은 지금은 이름이 기억나지 않는 어떤 신사분이 화석 채집한 것을 보내왔다. 아름다운 무늬의 작은 조가비들, 새의 발자국이 새겨진 사암 조각, 얕은 양각으로 굳어진 아름다운 양치식물들이었다. 이것들은 내게 노아의 방주가 일어나기 이전 세계의 보물 상자를 여는 열쇠와도 같았다. 설리번 선생님은 발음조차 어려운 투박한 이름을 지닌 무시무시한 짐승들에 대한 이야기를 해주셨는데, 이 짐승들은 언제인지 가늠할 수조차 없을 정도로 먼 옛날 거대한 나뭇가지를 뜯어 먹으며 원시림을 터벅터벅 걸어 다니다 음산한 늪지에서 죽었다는 것이다. 나는 손가락을 떨면서 선생님 이야기에 주목했다. 그 후 오랫동안 이 기이한 생물들이 내 꿈에 나타났고, 햇볕과 장미로 가득하고 내 망아지의 경쾌한 발소리가 메아리치는 즐거운 현재에 그 음산한 시대가 어두운 배경을 드리우곤 했다.

또 언젠가 아름다운 조가비를 받았는데, 나는 어린아이 특유의 놀라움과 기쁨을 느끼며 어떻게 그 작은 연체동물이 제가 살 공간에 나선 모양으로 그 번쩍이는 껍데기를 만들었는지, 그리고 어떻게 앵무조개가 바람 한 점 없는 잔잔한 밤바다에서 인도양의 푸른 물 위를 '진주의 배'를 타고 항해했는지를 알게 되었다. 선생님은 바다 생물의 생활과 습성에 관한 갖가지 재미있는 이야기, 즉 세찬 파도 속에서 작은 폴립이 어떻게 태평양의 아름다운 산호섬을 만드는지, 유공충(有孔蟲)이 어떻게 많은 백악의 언덕을 만들었는지를 들려준 뒤, 내게 〈방이 있는 앵무조개(The Chambered Nautilus)〉[미국의 내과 의이자 문필가였던 올리버 웬델 홈스(Oliver Wendell Holmes(1809~1894)의 시)를 읽어주셨다. 그리고 연체동물이 조가비를 만들어가는 과정은 사람의 정신이 성장해가는 과정을 상징한다고 일러주셨다. 놀라운 일을 하는 앵무조개의 외투막이 물에서 흡수한 물질을 변화시켜 제 몸의 일부로 만드는 것처럼 사람들이 모아들인 지식도 그와 비슷한 변화를 겪으며 생각의 진주가 되는 것이다.

식물의 성장은 내가 받은 교육의 또 다른 교재가 되어주었다. 우리는 백합을 사서 볕이 잘 드는 창가에 놓고 관찰했다. 얼마 지나지 않아 푸르고 뾰족한 봉오리들이 벌어질 기미를 보였다. 가느다란 손가락 모양의 꽃잎이 천천히 열리는 품이 마치 제 안의 아름다움을 마지못해 드러내는 것처럼 여겨졌다. 그러나 일단 봉오리가 열리기 시작하자 개화 과정은 빠르게, 그러나 순서에 따라 체계적으로 진행되었다. 언제나 다른 것들보다 크고 아름다운 봉오리가 하나 있었는데, 이것은 마치 부드러운 실크 드레스를 입은 미인이 당연한 신의 권리로 백합의 여왕이 되리란 것을 알고 있는 듯 화려하고 당당하게 덮개를 열어젖히고 나온 반면, 그녀의 수줍은 자매들은 자신의 녹색 모자를 살그머니 들어 올리고 모습을 드러냈다. 이렇게 꽃을 피워 어느새 백합 한 포기가 아름다움과 향기로 그득해지곤 했다.

한번은 올챙이 열한 마리를 유리 어항에 넣어 나무 우거진 창가에 놓아둔 적이 있었다. 그때 나는 올챙이에 대해 새로운 것을 알아내려고 열심이었다. 어항에 손을 넣어 올챙이들이 내 손가락 사이로 미끄러지듯 헤엄치며 돌아다니는 것을 느끼는 게 어찌나 재미있었는지 모른다. 하루는 야심 찬 녀석 하나가 어항 밖으로 뛰어올라 바닥으로 떨어졌다. 바닥에 누운 녀석의 모습은 어느 모로 보나 살아 있다고 보기 어려웠다. 꼬리를 꿈틀대는 것만이 녀석이 살아 있다는 유일한 표시였다. 그러나 물속에 다시 넣어주자 녀석은 쏜살같이 바닥으로 달음질치더니 신나게 어항을 돌면서 헤엄을 쳐대는 게 아닌가. 힘차게 뛰어올라 이미 거대한 세계를 본 그 녀석은 개구리로 자랄 때까지 키 큰 푸크시아 나무 아래에 놓인 자신의 예쁜 어항에 머무르는 걸 수긍했다. 개구리가 되자 녀석은 정원 구석의 수풀 우거진 연못으로 이사하여 여름밤을 아취 있는 사랑의 세레나데로 가득 채웠다.

이렇게 나는 실생활을 통해 하나하나 배워갔다. 처음에 나는 그저 가능성을 지닌 어린아이에 불과했다. 그 가능성을 펼치고 계발해준 분은 선생님이었다. 선생님이 오시자 내 주위 모든 것이 사랑과 기쁨을 내뿜고 의미를 띠기 시작했다. 선생님은 모든 것에 존재하는 아름다움을 알려줄 기회를 그냥 흘려보내는 법이 없었을 뿐 아니라 내 삶을 행복하고 유익하게 만들기 위해 늘 생각하고 행동하고 모범을 보이며 노력하셨다.

내가 교육을 받기 시작한 처음 몇 해가 그토록 아름다울 수 있었던 건 선생님의 천재적인 재능과 민감한 공감력, 그리고 사랑의 기술 덕분이었다. 선생님이 적절한 순간을 포착하여 내가 알아야 할 것들을 가르쳐주셨기 때문에 나는 그 지식을 즐겁고 쉽게 받아들일 수 있었던 것이다. 선생님은 아이의 정신은 여기의 꽃을, 저기의 덤불을, 저 너머의 양털구름을 물 위에 비추며 돌 많은 교육 과정 위를 즐겁게 춤추듯 흐르기도 하고 잔물결을 일으키기도 하는 시냇물과 같아서, 산의 계곡물과 숨은 샘물을 대주어야 작은 꽃송이의 귀여운 모습은 물론 첩첩이 이어진 동산이며 은은한 빛을 머금은 나무와 파란 하늘을 잔잔한 수면 위에 비추면서 더 깊은 강으로 넓고 유장하게 흘러갈 수 있다는 것을 알고 계셨으므로 내 정신을 그렇게 이끌어주려고 노력하셨다.

아이를 교실로 데리고 가는 건 어느 선생님이나 할 수 있는 일이지만, 그 아이로 하여금 배우도록 하는 건 선생님이라고 해서 누구나 할 수 있는 일이 아니다. 아이는 공부를 하든 놀든 자기가 자유롭다고 느끼지 않는 한 즐겁게 배울 수 없다. 벅찬 승리감과 가슴이 내려앉는 실망감을 느껴본 뒤에야 재미없는 과목도 의지를 가지고 시작할 수 있고 지루한 교과서를 용감하게 펼쳐 들고 즐겁게 공부할 수 있다.

선생님은 늘 내 곁에 계셨다. 그래서 나는 나 자신을 선생님과 떼어놓고 생각할 수 없다. 아름다운 것들을 대할 때 느꼈던 기쁨 가운데 얼마만큼이 나 스스로 느낀 것이고 얼마만큼이 선생님의 영향인지 가늠할 수 없다. 선생님은 나와 분리될 수 없는 존재이고, 내 삶의 발자국은 선생님 삶의 발자국과 일치한다는 느낌이 든다. 내가 지닌 좋은 점은 모두 선생님에게서 비롯된 것이다. 나의 재능이나 영감이나 기쁨은 모두 선생님의 사랑의 손길에 의해 깨어났으므로.

8

설리번 선생님이 터스컴비아에 오신 뒤 처음으로 맞는 크리스마스는 정말 성대했다. 가족 모두가 나를 놀라게 해줄 선물을 준비한 것도 기쁜 일이었지만, 무엇보다 가장 즐거웠던 일은 모두에게 줄 깜짝 선물을 설리번 선생님과 함께 준비하는 일이었다. 어떤 선물을 받게 될까 하는 궁금증과 기대로 들뜨고 신났다. 친구들은 선물이 무엇인지 내 손에 힌트를 적어주다가도 조금만 더 알려주면 알아맞힐 것 같은 결정적인 순간에 문장을 중단해버리는 등 온갖 꾀를 다 내며 내 호기심을 불러일으켰다. 그 무렵 설리번 선생님과 나는 한창 선물 알아맞히기 게임을 했는데, 어떤 정해진 수업에서보다 말의 사용법에 대해 더 많은 것을 깨우칠 수 있었다. 매일 저녁 은은하게 타오르는 장작불 주위에 둘러앉아 선물 알아맞히기 게임을 했다. 크리스마스가 다가올수록 더욱 흥분되었다.

크리스마스 전날 밤이 되자 크리스마스트리를 꾸민 터스컴비아 학교 아이들이 나를 초대했다. 교실 중앙에 아름다운 트리가 은은한 빛을 받으며 반짝이고 있었는데, 트리의 가지마다 신기하고 멋진 과

일이 달려 있었다. 최고로 행복한 순간이었다. 나는 너무 황홀해서 깡총거리며 트리 주위를 돌면서 춤을 췄다. 모든 아이를 위해 선물이 준비되어 있다는 것을 알고 나는 무척 기뻤다. 그런데 트리를 준비한 친절한 사람들이 나더러 그 선물을 아이들에게 나눠주라는 것이었다. 그 일이 얼마나 즐거웠던지 나는 내 몫의 선물을 살펴보는 것도 뒤로 미룬 채 아이들에게 선물을 나눠주었다. 그러나 내 선물을 풀어볼 생각을 하자 얼른 크리스마스 날이 되었으면 하는 생각에 안달이 날 정도였다. 크리스마스이브에 내가 받은 선물들은 친구들이 내게 감질나게 힌트를 주다 말곤 하던 그 선물이 아니라는 것을 알았다. 내일 이보다 훨씬 더 멋진 선물을 받게 될 거라고 선생님이 말씀해주셨다. 오늘은 그 선물로 만족하고 다른 선물들을 풀어보는 일은 내일 아침으로 미루자고 설득하셨다.

그날 밤 나는 긴 양말을 매달아놓은 뒤 침대에 누워 잠든 척했지만 산타클로스가 와서 어떻게 하는지 알고 싶은 마음에 신경을 곤두세우느라 오랫동안 잠을 이루지 못했다. 그러다 결국 나는 새 인형과 흰곰 인형을 품에 안은 채 잠이 들었다. 이튿날 아침 맨 처음 일어나 "메리 크리스마스!" 하고 외치며 온 가족을 깨운 건 바로 나였다. 긴 양말 안은 물론 탁자 위, 의자 위, 문 앞, 창턱 할 것 없이 곳곳에서 나는 깜짝 선물을 발견했다. 정말이지 걸을 때마다 포장지에 싸인 크리스마스 선물이 발에 차일 정도였다. 선생님이 선물로 주신 카나리아를 받았을 때 내 행복의 잔은 넘쳐흘렀다.

우리가 리틀 팀이라 이름 지어준 이 작은 카나리아는 아주 길이 잘 들어서 내 손가락 위에 뛰어올라 손바닥에 놓인, 설탕에 절인 버찌를 쪼아 먹곤 했다. 설리번 선생님은 이 귀염둥이를 어떻게 돌봐야 하는지 자세히 일러주셨다. 매일 아침 나는 식사를 한 뒤, 녀석을 목욕시킬 준비를 하고, 새장을 깨끗이 청소하여 향긋하고 쾌적하게 만들어주고, 모이 그릇에 우물에서 방금 길어온 신선한 물과 모이를 넣어주고, 그네에 벌꽃 가지를 매달아주었다.

하루는 창가 의자에 새장을 내려놓고 목욕시킬 물을 뜨러 나갔다. 집으로 돌아와 문을 여는데 커다란 고양이가 스쳐 지나가는 게 느껴졌다. 처음엔 무슨 일이 벌어진 건지 알지 못했으나, 새장에 손을 넣었을 때 팀의 예쁜 날개가 만져지지 않고 녀석의 작고 뾰족한 발톱이 내 손가락을 잡지 않자 이제 다시는 내 귀여운 작은 새를 볼 수 없다는 것을 알게 되었다. 가슴이 철렁 내려앉았다.

9

내 인생에서 그 다음으로 중요한 사건은 1888년 5월 보스턴을 방문했던 일이다. 여행을 준비하던 일에서부터 선생님과 어머니와 함께 출발할 때의 느낌, 여행하는 동안에 있었던 일들, 그리고 드디어 보스턴에 도착했을 때의 일이 마치 어제 일처럼 생생히 떠오른다. 이번 여행은 2년 전 볼티모어에 갈 때와는 사뭇 달랐다. 나는 이제 열차 안에 있는 모든 사람의 주목을 받아야 직성이 풀리고 쉽게 흥분하며 잠시도 가만히 있지 못하는 어린아이가 아니었다. 나는 설리번 선생님 옆에 조용히 앉아 선생님이 들려주시는 창밖 풍경, 즉 아름다운 테네시 강, 드넓은 목화밭, 언덕과 숲, 정거장마다 무리 지어 늘어선 흑인들이 웃으며 열차 승객들에게 손을 흔들고 맛있는 사탕이며 팝콘을 파는 광경에 대한 설명 하나하나에 열렬한 흥미를 보이며 집중하고 있었다. 맞은편 의자에는 나의 커다란 봉제인형 낸시가 바둑판 무늬의 새 드레스와 주름이 잡힌 보닛을 쓴 채 구슬로 만들어진 두 눈으로 나를 보고 있었다. 이따금 설리번 선생님의 이야기에 집중하지 않을 때면 낸시가 거기에 있다는 것을 떠올리고는 낸시에게 다가가 안아주었다. 그러나 대개는 낸시가 잠이 들었을 거라 여기며 내 양심을 잠재웠다.

다시는 낸시 이야기를 꺼낼 기회가 없을 것 같으니 우리가 보스턴에 도착했을 때 낸시가 겪은 슬픈 일을 이쯤에서 말하는 게 낫겠다. 낸시가 특별히 좋아하는 내색을 한 적이 없었음에도 나는 낸시에게 억지로 진흙 파이를 먹였다. 그러는 바람에 낸시는 흙투성이가 되었다. 그래서 퍼킨스 맹아학교의 세탁부가 낸시를 몰래 들고 나가 목욕을 시켰던가 보다. 그러나 가여운 낸시에게 그것은 너무도 과분한 호의였다. 그 다음에 낸시를 봤을 때 녀석은 형체 없는 솜뭉치가 되어 있었다. 원망스런 눈초리로 나를 쳐다보는 구슬로 만들어진 녀석의 두 눈이 없었다면 나는 낸시를 알아보지 못했을 것이다.

마침내 기차가 보스턴 역으로 들어서자 마치 아름다운 동화가 현실이 된 것처럼 느껴졌다. '옛날 옛적에'는 지금이요, '멀고 먼 나라'는 바로 여기였다.

퍼킨스 맹아학교에 도착하자마자 나는 앞 못 보는 아이들과 친구가 되었다. 그 아이들도 나처럼 손바닥에 글자를 써서 의사소통을 한다는 것을 알게 되자 말할 수 없이 기뻤다. 내가 쓰는 언어로 다른 아이들과 이야기할 수 있다니 얼마나 기뻤겠는가! 그때까지 나는 통역을 통해 말을 해야 하는 외국인이었다. 로라 브리지먼이 공부했던 그 학교에서 나는 조국에 온 것 같다고 느꼈다. 새로 사귄 친구들이 앞을 보지 못한다는 사실을 깨달았던 건 얼마쯤 시간이 흐른 뒤의 일이었다. 내가 앞을 볼 수 없다는 것은 알았지만, 내 주위에 모여 나와 함께 명랑하게 장난치며 노는 그 다정한 그 아이들 모두가 앞 못 보는 아이들이라니 믿을 수가 없었다. 내가 말할 때 그들이 내 손 위에 자신의 손을 포개어놓는다는 것과, 그들이 손가락으로 책을 읽는다는 것을 알게 되었을 때 내가 얼마나 놀라고 마음이 아팠는지 잊을 수가 없다. 비록 나는 그전에 그 사실을 들은 적이 있고 나의 결핍된 능력에 대해 알고 있었지만, 이 아이들은 들을 수 있으니 '제 2의 눈'을 가지고 있는 셈이라고 막연히 생각했다. 때문에 이 아이 저 아이 할 것 없이 모두에게 귀중한 천부적 능력인 시력이 결여되어 있다고 생각할 마음의 준비가 되어 있지 않았다. 그러나 그들이 어찌나 행복하고 만족해하던지 그 아이들과 함께 즐겁게 놀다 보니 금세 비통함은 사라졌다.

앞을 못 보는 그 아이들과 지낸 지 하루 만에 나는 완전히 새 환경에 적응하여 마치 집에 있는 것처럼 편안해졌고, 다음에는 또 어떤 재미난 일이 있을까 하는 기대로 가득한 하루하루를 보냈다. 더 남겨진 세계가 있을 거라고는 믿어지지 않을 만큼 보스턴은 내게 세계의 시작이자 끝이었다.

보스턴에 있을 때 벙커힐[미국 독립전쟁 당시 보스턴을 점령했던 영국군과 치열한 전투가 벌어진 장소]을 견학했다. 거기서 나는 첫 역사 수업을 받았다. 용감한 병사들이 우리가 서 있는 그 자리에서 싸웠다는 이야기를 듣자 몹시 흥분되었다. 나는 계단을 세어가며 기념탑을 올랐는데, 점점 더 높이 오르다 보니 그때의 용사들도 이 높은 계단을 올라와 지상의 적을 쏘아 죽였을까 하는 의문이 들었다.

이튿날 우리는 배로 플리머스[영국 청교도들이 아메리카 대륙에서 처음으로 도착한 곳]로 갔다. 바다를 여행하는 것도, 증기선을 타는 것도 처음이었다. 얼마나 생동감 가득한 여행이었던지! 그러나 우르르 하고 떨리는 기계의 진동을 천둥소리로 착각한 나는 비가 오면 야외에서 소풍을 즐길 수 없을 거라는 생각에 울음을 터뜨렸다. 아마도 나는 플리머스의 다른 어떤 것보다 청교도들이 상륙했던 거대한 바위에 더 많은 흥미를 느꼈던 것 같다. 그 바위를 손으로 만져보니 당시 청교도들이 왔었던 사실이며 그들의 고초며 위대한 행동들이 더 실감나게 다가왔다. 그 뒤로 나는 자주 청교도 박물관(Pilgrim Hall)에서 어느 친절한 아저씨가 내게 준 플리머스 바위 모형을 손에 들고는 둥그렇게 구부러지는 윤곽과 가운데 갈라진 틈, '1620[청교도들이 아메리카 대륙에 도착한 해]'이라고 새긴 숫자 등을 손끝으로 더듬으며 그 청교도들에 관해 내가 아는 모든 이야기를 곰곰이 생각해보곤 했다.

그들의 진취적인 모험에서 뿜어져 나오는 찬란한 광채로 인해 나의 철없는 상상력이 어찌나 불타올랐던지! 나는 그들을 낯선 땅에 뿌리 내린 굉장히 용감하고 너그러운 사람들이라고 이상화했다. 자신의 자유는 물론 동포의 자유까지 꿈꿨던 사람들이라고 생각했다. 그러나 나중에 그들이 박해를 일삼았다는 사실을 알고서 나는 몹시 놀라고 실망했다. 그들의 이런 행위 때문에 우리는 우리에게 '아름다운 나라'를 가져다준 그들의 용기와 열정을 칭송할 때조차 부끄러워진다.

보스턴에서 사귄 수많은 친구들 가운데는 윌리엄 엔디컷 씨와 그분의 딸이 있었다. 당시 그들이 내게 베풀어준 친절은 그 후 수많은 즐거운 추억을 자라게 한 씨앗과 같았다. 어느 날 우리는 비벌리 농장에 있는 그들의 아름다운 집을 방문했다. 장미 정원을 통과하여 걸어갔던 일이며, 덩치 큰 개 레오와 귀가 길고 털이 곱슬곱슬한 자그마한 개 프리츠가 나를 마중 나왔던 일, 가장 날쌘 말 님로드가 각설탕을 달라고 내 손에 주둥이를 내밀던 일 등이 흐뭇한 기억으로 남아 있다. 내가 태어나 처음으로 모래 위를 뒹굴며 놀았던 해변도 기억난다. 그곳의 모래는 해초와 조개껍데기가 섞여 있어 푸석푸석하고 까끌까끌한 브루스터의 모래와 달리 단단하고 매끄러웠다. 엔디컷 씨는 보스턴에서 출발한 거대한 배들이 그곳을 지나 유럽으로 항해한다고 말했다. 그 후로도 나는 여러 번 그를 만났는데, 그는 늘 내게 좋은 친구가 되어주었다. 내가 보스턴을 '친절한 사람들의 도시'라고 부를 때 내 머릿속엔 언제나 그가 떠올랐다.

10

퍼킨스 맹아학교의 여름방학이 시작될 무렵, 선생님과 나는 케이 프코드의 브루스터에서 우리의 친구 홉킨스 부인과 함께 여름방학 을 보내기로 결정했다. 그때껏 들어온 바다에 관한 멋진 이야기들이 떠올라 내 마음은 온통 즐거운 방학에 대한 기대로 가득했다.

그해 여름의 기억 가운데 가장 생생히 떠오르는 건 단연 바다다. 나는 내륙 깊숙한 지방에서만 살았기 때문에 소금기 머금은 바다 냄 새를 맡아본 적은 없었으나, 《우리의 세계(Our World)》라는 두꺼운 책에서 바다를 묘사한 글은 읽어본 적이 있었다. 그때 나는 경이감 에 몸을 떨며 그 엄청난 위력을 지닌 바다에 손을 대보고 그 우렁찬 포효를 느껴봤으면 하고 간절히 바랐는데, 드디어 그 소원이 이루어 질 거라 생각하니 내 어린 가슴이 벅차올랐다.

수영복으로 갈아입자마자 나는 따뜻한 모래사장 위로 뛰어나가 두려운 생각도 없이 서늘한 바닷물 속으로 뛰어들었다. 큰 파도가 밀려왔다 밀려가는 게 느껴졌다. 물의 활기찬 움직임을 느끼니 강렬 한 기쁨으로 전율이 일었다. 그런데 갑자기 황홀경이 사라지고 공포감이 엄습했다. 발이 바위에 부딪쳤는데 뒤이어 세찬 물결이 내 머리 위를 덮쳤던 것이다. 나는 몸을 지탱해줄 무언가를 잡으려고 양손을 뻗었으나, 파도에 실려와 내 얼굴 위에 떨어진 해초와 물만 움켜쥐었을 뿐, 미친 듯한 노력에도 허사였다. 파도는 나와 한판 놀아보자는 듯 나를 이리저리 난폭하게 몰아치며 시시덕거렸다. 정말 무서웠다! 안전하고 단단했던 바닥은 발밑에서 어느새 사라져버렸고, 죄다 삼켜버리는 이 불가사의한 파도 때문에 생명과 공기, 따뜻함, 사랑 등 모든 것을 잃게 될 것만 같았다. 그러나 마침내 바다는 새 장난감에 싫증이라도 내듯 나를 해변에 내동댕이쳤고 곧이어 선생님이 나를 꼭 끌어안아주셨다. 아, 선생님이 오래도록 따뜻하게 안아주었을 때 얼마나 안심이 되었던지! 공포감에서 벗어나 말을 할 수 있을 정도로 안정을 찾았을 때 나는 "누가 물에 소금을 넣었어요?"라고 물었다.

바닷물 속에서의 두려웠던 첫 경험에서 어느 정도 회복이 되자 나는 수영복 차림으로 큼직한 바위에 앉아 즐겁게 놀았다. 물보라를 흩뿌리며 바위에 부딪쳐 오는 파도를 느끼는 게 무척 재미있었다. 파도가 묵직한 무게로 해변에 밀려올 때마다 조약돌들이 덜그럭거리는 게 느껴졌고, 그의 맹렬한 습격에 해변 전체가 괴로워하는 듯했다. 공기마저도 파도의 진동으로 부르르 떨렸다. 한껏 힘을 몰아 더욱 강렬하게 도약한 파도가 와락 달려들자, 나는 긴장하면서도 매혹되었다. 세차게 돌진해 오는 바다의 엄청난 기세와 포효를 느꼈기 때문이다.

그래서 날이 저물어 바닷가를 떠날 때면 늘 아쉬웠다. 오염되지 않은 상쾌하고 자유로운 바다 공기는 마음을 진정시키는 차분한 사상(思想)과도 같았다. 게다가 조가비와 조약돌, 그리고 작은 바다 생물이 달라붙어 있는 해초는 언제나 나를 매혹시켰다. 어느 날 설리번 선생님은 얕은 물에서 햇볕을 즐기고 있던 생소한 생물을 잡아다가 내게 보여주셨다. 난생처음 보는 그것은 커다란 참게였다. 손으로 만져보니 등에다 제 집을 짊어지고 다니는 게 몹시 신기했다. 문득 녀석이 재미난 애완동물이 될 수도 있을 거라는 생각이 들었다. 그래서 나는 양손으로 녀석의 몸통을 쥐고 집으로 돌아왔다. 그 무거운 녀석을 반 마일[약 8백 미터]이나 들고 오느라 무척 힘들었지만 어려운 일을 해냈다는 생각에 의기양양했다. 그 게를 우물 옆 물통 안에 넣어두면 안전할 거라 여긴 나는 선생님께 그렇게 해달라고 졸랐고 선생님은 내 부탁을 들어주셨다. 그런데 이튿날 아침 그곳에 가보니, 아뿔싸, 녀석이 사라지고 없는 게 아닌가! 어디로 갔는지, 어떻게 빠져나갔는지 아무도 몰랐다. 그때 당장은 너무 실망하여 분한 마음마저 들었지만, 시간이 지날수록 그 불쌍하고 말 못하는 녀석을 제 서식처에서 억지로 끌어낸 것은 친절하지도 현명하지도 않은 일이었음을 깨닫게 되었고, 잠시 후 나는 녀석이 바다로 돌아갔을 거라는 생각에 행복해졌다.

11

가을이 되자 나는 마음 한가득 즐거운 추억을 담은 채 남부의 우리 집으로 돌아왔다. 북부 여행을 떠올릴 때면 그 짧은 기간에 그토록 다양하고 풍부한 경험을 할 수 있었다는 사실이 참으로 놀라웠다. 그 여행이 모든 것의 서막이었던 듯하다. 새롭고 아름다운 세계의 보물들이 발아래 펼쳐졌고, 가는 곳마다 즐거움과 정보를 받아들였다. 나는 어느 것 하나 그냥 지나치는 적이 없었다. 잠시도 가만히 있지 않았다. 나의 삶은 마치 한평생을 하루에 몰아넣어야 하는 하루살이들처럼 활기에 넘쳤다. 나는 손바닥에 글씨를 써서 대화를 나누는 수많은 사람들을 만났다. 하나의 생각은 즐거운 공감 속에서 도약하여 다른 생각을 만났고, 보라, 기적이 이루어졌도다! 나의 정신과 다른 사람들의 정신 사이에 놓인 불모의 땅에 장미꽃이 만발했다.

나는 그해 가을을 터스컴비아에서 14마일(약 22.5킬로미터)쯤 떨어진 산에 있는 우리 여름 산장에서 가족과 함께 보냈다. 그곳은 '이끼 채석장'이라 불렸다. 오래전에 버려진 채석장이 근처에 있었기 때문이다. 위쪽 바위를 뚫고 샘솟은 세 줄기 쾌활한 시내는 바위가 길을 가로막는 곳마다 명랑하게 웃어대는 작은 폭포가 되어 이리 솟구치고 저리 구르면서 빠르게 흘러내렸다. 공터는 석회암 층을 완전히 뒤덮고 곳곳에서 시내를 감춰버린 이끼로 가득했다. 그 산의 나머지 부분은 울창한 숲이었다. 줄기가 마치 이끼 낀 기둥처럼 보이는 웅장한 상록수며 아름드리 참나무 가지에는 담쟁이와 겨우살이 화환이 걸려 있었고, 감나무 향은 숲 구석구석에 아릿하고 향기로운 기운을 퍼뜨려 마음을 달뜨게 했다. 야생 포도인 머스캣이며 스커퍼농 포도넝쿨이 나무에서 나무로 뻗어나가 만들어진 나무 그늘에는 나비와 윙윙대는 곤충들로 가득했다. 늦은 오후 울울창창한 숲의 초록 골짜기에서 나 자신을 잊은 채 시간을 보내거나 해질 녘 흙에서 올라오는 상쾌하고 감미로운 향기를 맡을 때면 얼마나 흐뭇했던지.

우리 별장은 소나무와 참나무 숲속에 대충 지은 일종의 야영장이었다. 기다란 복도를 사이에 두고 작은 방들이 양쪽으로 늘어서 있었다. 집 둘레에는 널찍한 베란다가 있었는데 산바람이 불어와 갖가지 나무 향으로 늘 향긋한 기운이 감돌았다. 우리는 대부분의 시간을 그 베란다에서 공부하고 먹고 놀면서 보냈다. 뒷문 쪽엔 커다란 호두나무가 있었는데 나무 주위에 계단이 설치되어 있어서 아주 가까이서 나무를 만질 수 있을 뿐 아니라 바람에 나뭇가지가 흔들리고 가을 돌풍에 낙엽이 흩날리는 것을 느낄 수도 있었다.

채석장은 늘 많은 사람들로 붐볐다. 저녁이 되면 남자들은 모닥불 주위에 모여 앉아 카드놀이를 하거나 두런두런 이야기를 나누며 여유로운 시간을 보냈다. 그들은 새와 물고기, 네 발 달린 짐승을 잡았던 자신의 무용담을 늘어놓았다. 수많은 야생 오리와 칠면조를 총으로 쏘아서 잡았던 일이며 '막돼먹은 송어'를 잡았던 일, 교활하기 짝이 없는 여우를 잡았던 일, 꾀 많은 주머니쥐를 속였던 일, 날쌘 사슴을 따라잡았던 일 등이었다. 그들의 얘기를 듣고 있으면 사자, 호랑이, 곰 같은 야수들조차 이 간교한 사람들 앞에선 꼼짝 못할 것 같다는 생각이 들었다. 이 떠들썩한 사내들은 잘 시간이 되어 헤어질 때에도 "안녕히 주무세요"라고 인사하는 대신 "내일 사냥을 위해!" 하고 큰 소리로 외쳐댔다. 그들은 우리 방 문밖의 로비에서 잠을 잤는데, 그들이 임시로 만든 침대에 누워 있을 때 나는 개들과 그 사냥꾼들의 깊은 숨소리를 느낄 수 있었다.

이튿날 새벽, 나는 커피 향과 총을 달그락대는 소리, 육중한 발걸음 소리에 잠이 깼다. 그 사내들은 이번 사냥철에 자신에게 최고의 행운이 있을 거라 기대하며 성큼성큼 걸어다녔다. 그들이 타고 온 말들은 밤새 나무 아래에 매인 채 서 있었는데 이제 그만 풀어달라는 듯 큰 소리로 울부짖으며 발을 굴렀다. 드디어 그 사내들이 말에 올라타고, 옛 노래에 나오는 것처럼 "자, 가자, 이랴!" 하고 말하며 고삐를 바투 잡고 채찍을 휘두르면 말이 출발하고 사냥개들이 그 앞으로 달려나갔다.

느지막한 오전, 우리는 바비큐 파티를 준비했다. 땅속 깊숙이 구멍을 파고 그 밑바닥에서 불을 붙인 다음 맨 위에 큰 막대를 십자로 엇갈리게 놓고는 거기에 쇠꼬챙이에 꿴 고기를 걸어놓고 뒤집어가며 구웠다. 불가에 흑인들이 쪼그리고 앉아 기다란 나뭇가지로 파리를 쫓았다. 식사 준비가 다 되려면 아직 멀었는데도 고기 굽는 구수한 냄새가 나기 시작하자 미리부터 배가 고팠다.

식사 준비를 하느라 한창 부산스러울 즈음, 새벽에 사냥을 나갔던 사람들이 성난 얼굴을 하고 몸을 축 늘어뜨린 채 삼삼오오 돌아왔다. 땀범벅이 된 말들과 기진맥진하여 헐떡이는 개들과 함께. 그런데 잡아온 동물은 한 마리도 없는 게 아닌가! 모두가 적어도 한 마리의 사슴은 보았으며 그것도 바로 코앞에서 놓쳤다고들 했다. 개들이 맹렬히 사냥감을 쫓고 총이 정확히 목표를 겨누었지만 방아쇠를 당긴 순간 사슴이 사라져버렸다는 것이었다. 마치 토끼의 발자국만을 보고도 거의 토끼를 볼 뻔했다고 말하는 어린 소년들 같았다. 곧그들은 실망감에서 벗어나 기운을 차렸고, 우리는 둘러앉아 사냥으로 잡아온 사슴 고기 대신 집에서 기른 송아지 고기와 돼지 고기를 구워 잔치를 벌였다.

어느 여름에는 '이끼 채석장'에 내 망아지를 데리고 와서 함께 지냈다. 나는 그 무렵 읽은 책에 나오는 검은 말이 생각나서 그 녀석에게 '블랙 뷰티'라는 이름을 붙여주었다. 녀석은 윤기 흐르는 검은 털부터 이마의 하얀 별까지 모든 면에서 '블랙 뷰티'를 닮았기 때문이다. 녀석의 등에 올라타 느긋하게 이리저리 거닐 때면 더없이 행복했다. 가끔 안전하다 싶으면 선생님은 고삐를 놓고, 녀석이 제 마음대로 멈춰 서서 오솔길 옆에 자라난 나뭇잎이나 풀을 뜯어먹으며 거닐도록 해주셨다.

말을 타고 싶지 않은 오전 나절엔 아침을 먹고 나서 선생님과 함

께 숲으로 산책을 나갔다. 포도넝쿨과 나무가 울창한 숲속을 걷다
보면 소나 말의 발굽에 다져진 길을 빼곤 지나다닐 만한 길 하나 없
는 곳에서 길을 잃곤 했다. 통과할 수조차 없을 정도로 빽빽하게 우
거진 잡목림에 가로막혀 에움길로 우회해야 할 때도 있었다. 그러나
우리는 언제나 월계수와 매역취, 양치식물, 미국 남부에서만 자라는
화려한 습지식물 등을 한아름 안고 산장으로 돌아왔다.

이따금 밀드레드와 어린 사촌들과 함께 감을 주우러 가곤 했다.
나는 감을 먹지는 않았지만 감의 향기가 좋았고 나뭇잎과 풀을 헤치
고 감을 찾아내는 것도 재미있었다. 우리는 밤이나 호두 같은 견과
류도 주우러 갔다. 나는 동생들이 밤송이를 까고 히코리와 호두 껍
데기를 벗길 수 있도록 거들었다. 호두는 정말 알이 굵고 맛있었다!

산기슭에는 철로가 나 있어서, 아이들은 열차가 슉슉 소리를 내
며 달리는 것을 지켜보곤 했다. 이따금 엄청난 기적 소리에 놀라서
계단으로 달아나기도 하고, 밀드레드가 소나 말이 길을 잃고 철로에
들어갔다고 흥분하여 소리칠 때도 있었다.

1마일〔약 1.6킬로미터〕쯤 떨어진 곳에는 협곡 위에 걸린 철교가 하
나 있었다. 침목의 간격이 너무 넓은 데다 마치 칼날 위를 걷는 듯
느껴질 정도로 폭이 너무 좁아 건너기가 몹시 어려운 다리였다. 하
루는 밀드레드와 설리번 선생님과 내가 숲에서 길을 잃고 몇 시간
동안 길을 찾지 못한 채 헤매고 있었다. 갑자기 밀드레드가 작은 손
을 뻗어 한 곳을 가리키며 소리쳤다. "저기 철교가 있어요!" 다른 길
이 있었다면 우리는 그 철교를 건널 생각을 하지 않았겠지만, 날이

점점 어두워져왔기 때문에 집으로 가는 지름길인 그 길을 택할 수밖에 없었다. 나는 발끝으로 더듬어가며 철교를 건너야 했으나 별 무서움 없이 아주 잘 건너가고 있었다. 그런데 갑자기 저 멀리서 희미하게 칙칙폭폭 하는 소리가 들려왔다.

"기차다!" 밀드레드가 소리쳤다. 재빨리 밑으로 기어 내려가 교차 버팀대를 잡고 매달리지 않았다면 하마터면 우리는 기차에 치일 뻔했다. 기차가 우리의 머리 위로 질주할 때 증기 기관에서 뿜어져 나온 뜨거운 김이 얼굴에 확 끼쳐오자 연기와 재 때문에 숨이 막힐 것 같았다. 기차가 우르릉거리며 지나갈 때 철교가 어찌나 심하게 흔들리던지 이러다 저 아래 협곡으로 내동댕이쳐지는 건 아닌지 덜컥 겁이 났다. 천신만고 끝에 우리는 다시 철로로 올라왔다. 날이 저물고 한참 만에야 우리는 집에 도착할 수 있었는데, 안에 들어가보니 아무도 없었다. 식구들 모두가 우리를 찾으러 나갔던 것이다.

12

처음으로 보스턴을 방문한 뒤부터는 거의 매년 북부에서 겨울을 보냈다. 한번은 꽁꽁 얼어붙은 호수와 눈으로 뒤덮인 드넓은 벌판이 있는 뉴잉글랜드의 어느 마을을 찾아갔다. 그전에는 아름다운 눈의 세계로 들어갈 기회가 없었다.

신비의 손이 크고 작은 나무를 훑고 지나간 듯 잎사귀가 드문드문 하나씩밖에 없는 것을 발견하고 놀랐던 기억이 난다. 벌거벗은 나무 위, 새들도 날아가버린 빈 둥지에는 눈이 가득했다. 산에도 들판에도 겨울이 왔던 것이다. 대지는 차가운 공기에 곱아서 감각을 잃은 듯했고, 나무의 정기도 뿌리로 숨어들어 어둠 속에 웅크린 채 깊이 잠든 것 같았다. 온 존재에서 생기가 빠져나간 듯했다. 심지어 해가 비출 때에도 낮은

마치 생기 없고 노쇠한 혈관을 지닌 듯
오그라들었고 차가웠다.
마지막 여명이 대지와 바다를 비출 때만

노쇠한 몸을 가까스로 일으켰다.

시든 풀잎과 관목은 고드름 숲으로 변했다.

그러던 어느 날 싸늘해진 공기가 눈보라를 예고했다. 그래서 우리들은 맨 처음 떨어지는 눈송이를 만져보려고 밖으로 뛰어나갔다. 한 시간이고 두 시간이고 저 위에서 내려오는 눈송이들이 대지 위로 사뿐히 내려앉으며 조금씩조금씩 쌓여갔다. 밤사이 너무 많은 눈이 내려서 이튿날 아침이 되자 주위 풍경을 알아볼 수가 없을 정도였다. 길을 분간할 수 없었고 이정표 역할을 해주었던 사물들도 눈 속에 자취를 감추어버렸다. 오로지 나무가 있는 곳만 봉긋할 뿐이었다.

저녁이 되자 동북풍이 불기 시작하여 눈송이들이 사방팔방으로 세차게 휘몰아쳤다. 우리는 활활 타오르는 난롯불 주위에 모여 앉아 두런두런 재미난 이야기를 하며 즐거운 시간을 보내느라 바깥세상과 완전히 연락이 두절된 채 황량한 벌판 한가운데 있다는 사실도 까맣게 잊었다. 그러나 밤새 바람이 점점 거세져 어찌나 맹렬하게 불어왔던지 막연한 공포로 오스스 소름이 돋을 정도였다. 바람이 휘몰아칠 때마다 서까래가 삐걱거리며 뒤틀리고 집 주위 나뭇가지들이 창문을 덜걱덜걱 두드려댔다.

눈보라가 시작된 지 사흘 만에 눈이 그쳤다. 구름을 뚫고 해가 나와 새하얗게 물결치는 들판을 비추었다. 눈이 쌓여 환상적인 모양의 높은 둔덕과 피라미드가 만들어졌고 사방팔방으로 흩뿌려진 눈 때문에 지나다니는 것도 불가능했다.

삽으로 눈을 치워 좁은 길을 내자, 나는 망토를 걸치고 모자를 쓰고는 밖으로 나갔다. 차가운 공기가 뺨에 닿으니 마치 불에 닿은 듯 얼얼했다. 길을 따라 걷기도 하고 눈이 덜 쌓인 곳으로 걸어서 너른 초원을 바로 벗어난 지점에 있는 소나무 숲에 다다랐다. 조그만 움직임도 없이 서 있는 나무들 모습이 마치 새하얀 대리석 조각 같았다. 솔잎 향이 나지 않았다. 햇살이 나무에 내려앉자 나뭇가지들이 다이아몬드처럼 반짝였고 우리가 나뭇가지를 흔들면 눈가루가 반짝이며 떨어졌다. 빛이 어찌나 눈부신지 내 눈앞의 어둠을 뚫고 들어올 정도였다.

날이 갈수록 눈더미들은 줄어들었으나 완전히 없어지기 전에 또 눈보라가 몰아치곤 했다. 그래서 겨울 내내 나는 한 번도 맨땅을 밟아보지 못했다. 사이사이 나무들이 얼음 껍질을 벗어버리고 덤불이며 갈대도 제 모습을 드러냈으나 꽁꽁 얼어붙은 호수는 햇볕에도 아랑곳 않고 단단했다.

그래서 겨울에 우리가 가장 좋아했던 놀이는 썰매 타기였다. 호숫가 여기저기에는 물가에서부터 불쑥 솟아오른 곳이 있었다. 우리는 썰매를 타고 이 급경사를 내려가곤 했다. 우리가 썰매에 앉으면 한 남자아이가 밀어주었다. 눈더미로 곤두박질치기도 하고 우묵한 구덩이를 뛰어넘기도 하다가 호수로 급강하하면 반짝이는 호수 표면을 가로질러 반대편 기슭에 닿곤 했다. 얼마나 재미있었는지! 정말 미칠 듯 신나고 즐거운 순간이었다. 그 야성적인 환희의 순간, 우리는 대지에 얽어맨 사슬을 끊고 날아올라 바람과 손잡는 신성한 존재가 된 것처럼 느꼈다.

13

1890년 봄 드디어 나는 말하기를 배우게 되었다. 늘 내 내면에는 들을 수 있는 소리를 내고 싶은 강한 열망이 있었다. 나는 늘 한 손은 목에 대고 다른 한 손은 입술의 움직임을 느끼며 소리를 내곤 했다. 나는 소리를 내는 것이면 무엇이든 좋아해서, 고양이가 가르랑거리는 것이나 개가 멍멍 짖는 것을 느끼기를 좋아했다. 또한 노래 부르는 사람의 목에 손을 갖다 대거나 피아노를 칠 때 피아노 위에 손을 올려놓기를 좋아했다. 시력과 청력을 잃기 전 나는 말 배우는 속도가 빨랐다. 그러나 앓고 난 뒤부터 들을 수 없게 되자 말하기도 거기서 그쳐버렸다. 나는 말하는 법을 잊어버렸지만 종일 어머니의 무릎 위에 앉아 양손을 어머니의 얼굴에 대고 입술의 움직임을 느끼는 것을 좋아했다. 친구들의 말에 따르면 내가 웃거나 우는 데에는 별 문제가 없었고 제법 단어 비슷한 소리를 낼 때도 많았다고 한다. 그러나 그것은 의사소통의 수단이 되지 못했고 그저 발성기관을 사용하고 싶은 욕구를 충족하는 수준이었다. 그러나 지금도 그 뜻이 기억나는 '물(water)'이라는 한 단어만은 예외였다. 나는 '무—

무—'라고 발음했다. 설리번 선생님이 나를 가르치기 시작할 무렵에는 이마저도 알아들을 수 없는 소리가 되어버렸다. 게다가 손가락으로 낱말을 쓸 수 있게 되고부터는 이런 소리조차 내지 않았다.

나는 오래전부터 주위 사람들이 나와는 다른 방식으로 의사소통을 한다는 걸 알고 있었다. 그러니까 듣지 못하는 아이도 말하기를 배울 수 있다는 걸 알기 전부터 나는 내 의사소통 방식이 불만스러웠던 것이다. 전적으로 수화 문자에 의존할 수밖에 없는 사람은 손에 글자를 써서 의사를 전달하는 데 한계를 절감하고 답답해진다. 이런 느낌 때문에 무언가 채워야 할 것 같은 결핍감으로 애를 태웠다. 내 생각은 마치 날아오르다 세찬 맞바람을 만나 주춤거리는 새처럼 막 솟아나려다 멈추곤 할 때가 많았다. 그래서 나는 입술과 목소리를 사용하여 말하는 법을 배우려 했다. 친구들은 내가 실망하게 될까봐 이런 나를 말리곤 했다. 하지만 나는 고집을 꺾지 않았고 곧 이 거대한 장벽을 무너뜨릴 사건이 일어났다. 랑힐 코타(Ragnhild Kaata)의 이야기를 들었던 것이다.

1890년 로라 브리지먼의 선생 가운데 한 분이었던 램슨 부인이 노르웨이와 스웨덴에 다녀온 직후 나를 찾아와 실제로 일어난 일이라며 랑힐 코타의 이야기를 들려주었다. 듣지도 보지도 못하던 노르웨이의 소녀 랑힐 코타가 말하기를 배웠다는 것이다. 램슨 부인이 이 소녀의 성공담을 미처 다 말하기도 전에 내 마음속에는 열정이 불타올랐다. 나도 반드시 말하는 법을 배우겠노라고 결심했다. 설리번 선생님이 호레이스만 학교의 사라 풀러 교장에게 나를 데려다주기 전까지 나는 만족하지 못하고 안달복달했다. 이 아름답고 상냥한 풀러 교장은 직접 나를 가르쳐주겠다고 했고, 우리는 1890년 3월 26일에 수업을 시작했다.

풀러 교장이 가르친 방법은 이러했다. 그녀는 우선 내 손을 자기 얼굴에 갖다 대고 소리를 낼 때 혀와 입술의 위치를 느껴보라고 했다. 나는 손으로 감지한 모든 움직임을 그대로 따라하려고 애를 썼고 한 시간 만에 M, P, A, S, T, I 등 여섯 가지 소리를 익혔다. 풀러 교장은 전부 합쳐서 열한 차례 수업을 해주었다. 내가 처음으로 소리를 연결하여 "오늘은 따뜻하다"라는 한 문장을 발음했을 때의 놀라움과 기쁨을 나는 잊을 수 없을 것이다. 사실 그것들은 토막토막 나뉘어 더듬더듬 발음된 음절들이 연결된 것이었지만 인간의 말임은 분명했다. 새로운 힘을 느낀 내 영혼은 속박에서 벗어나, 그 서투른 말을 통하여 모든 지식과 신념에 도달하려고 애쓰고 있었다.

한 번도 들어본 적이 없는 말을 하기 위해, 어떤 사랑스런 목소리나 새의 노랫소리나 음악 소리도 고요를 뚫지 못하는 침묵의 감옥에서 나오기 위해 애써본 아이라면 처음으로 말을 했을 때의 기쁨과 놀라움과 전율을 잊을 수 없는 법이다. 그런 아이만이 내가 장난감이며 돌, 나무, 새, 말 못하는 동물들에게 말할 때 얼마나 진지하고 열심이었는지, 내 외침 소리에 밀드레드가 달려오거나 개들이 내 명령에 따를 때 내가 얼마나 기뻤는지 이해할 수 있을 것이다. 소리를 내어 말을 할 때면, 아무리 애써도 손가락에서 빠져나가지 못했을 행복한 생각들이 낱말들에서부터 날개를 퍼덕이며 날아오르는 듯했다.

그렇다고 내가 이 짧은 기간에 정말 말다운 말을 할 수 있게 되었다고 생각해서는 안 된다. 그저 말하기의 기본 요소만을 배웠을 뿐이니까. 풀러 교장과 설리번 선생님은 나를 이해할 수 있었지만 대부분의 사람들은 내가 말하는 백 마디 가운데 한마디를 이해할까 말까 했다. 내가 이 말하기 요령을 배운 뒤에 남은 문제를 혼자서 다 해결했으리라고 생각한다면 그것 또한 오산이다. 설리번 선생님의 천재적인 능력과 지칠 줄 모르는 끈기, 그리고 헌신이 없었다면 나는 자연스러운 말하기를 할 수 있을 만큼 앞으로 나가지 못했을 것이다. 우선 가까운 친구들이 내 말을 이해할 수 있을 만큼 밤낮으로 연습했다. 그러고 나서 설리번 선생님의 도움을 받아가며 한 음 한 음 또렷이 발음하고 모든 음을 몇천 가지 방법으로 연결하여 발음해 보는 꾸준한 연습이 이어졌다.

들지 못하는 아이를 지도하는 선생님들이라면 이 노고를 알 것이다. 오직 그들만이 내가 싸워야 했던 그 특이한 어려움을 이해할 수 있을 것이다. 나는 촉각을 이용하여 목의 떨림과 입의 움직임, 얼굴 표정 등을 알아내야 했으나, 이 감각은 정확하지 못하여 틀릴 때가 많았다. 그러면 내 발성 기관에서 올바른 소리가 나올 때까지 몇 시간이고 같은 단어나 문장을 되풀이해야 했다. 내가 한 일은 연습, 연습, 연습뿐이었다. 실의에 빠지고 싫증이 날 때도 많았지만, 다음 순간 이제 곧 집에 가서 사랑하는 가족들에게 내가 성취한 것을 보여줄 일을 생각하며 다시 연습에 박차를 가하곤 했다. 내가 해낸 것을 보고 가족들이 얼마나 기뻐할지 몹시 기대가 되었다.

"이제 동생이 내 말을 이해하게 될 거야"라는 생각을 하자 어떤 장애도 이겨낼 수 있을 만큼 힘이 솟았다. 나는 기쁨에 겨워 수없이 이 말을 되뇌었다. "나는 이제 벙어리가 아니다." 어머니에게 말할 수 있고 어머니의 입술을 만져 대답을 읽을 수 있을 거라 생각하니 힘이 솟았다. 손가락으로 철자를 써서 대화하는 것보다 말로 대화하는 것이 훨씬 더 쉽다는 것을 알았을 때 얼마나 놀랐던지. 나는 의사소통 수단으로 더는 수화 문자를 사용하지 않기로 했다. 그러나 설리번 선생님과 몇몇 친구들은 나와 말할 때 아직도 수화 문자를 사용한다. 입술을 읽어 뜻을 파악하는 것보다 그편이 훨씬 편리하고 빠르기 때문이다.

일반인들은 모를 테니 수화 문자에 대해 설명을 좀 하는 편이 나을 것 같다. 나에게 책을 읽어주거나 말을 할 때에는 손에 철자를 써서 뜻을 전달하는, 주로 청각 장애인들이 사용하는 한손 수화 문자를 사용했다. 나는 손가락의 움직임을 방해하지 않을 정도로 가볍게 말하는 사람의 손 위에 내 손을 올려놓는다. 손가락의 움직임을 느끼는 것은 보는 것만큼 쉽다. 우리가 책을 읽을 때 문자 하나하나를 보지 않는 것처럼 글자를 하나하나 별도로 느끼는 것은 아니다. 계속 연습하다 보면 손가락이 아주 유연해져서 내 친구들 중 몇몇은 아주 빠르게, 숙련된 타이프라이터가 글자를 치는 것만큼이나 빠르게 글자를 쓸 수 있다. 물론 철자 자체는 글을 쓸 때와 마찬가지로 별로 의식하지 않는다.

말할 수 있게 되자 나는 하루빨리 집에 돌아가고 싶어 견딜 수 없었다. 마침내 기다리던 행복의 순간이 다가왔다. 집으로 가는 내내 단순히 말하고 싶어서가 아니라 마지막 순간까지 발음 연습을 하기 위해 나는 선생님과 끊임없이 말을 주고받았다. 그러다 보니 어느새 기차가 터스컴비아 역에 이르렀고, 온 가족이 플랫폼에서 나를 맞이했다. 내가 말할 때 모든 음절을 알아들은 어머니는 너무 기뻐 할 말을 잃은 채 몸을 떨며 나를 꼭 끌어안아주셨다. 그때의 기억을 떠올리면 지금도 눈에 눈물이 고인다. 동생 밀드레드는 덥석 내 손을 잡고는 입을 맞춘 뒤 춤을 췄고, 아버지는 말 없는 침묵으로 자랑스러움과 애정을 표현하셨다. 마치 이사야의 예언이 나한테 이루어진 것 같았다. "네 앞의 온 산과 언덕이 갑자기 소리 내어 노래하고 들판의 온 나무가 손뼉을 칠 것이다."〔구약성서 〈이사야〉 44장 23절〕

14

1892년 겨울, 구름 하나가 내 어린 시절의 밝은 하늘을 흐려놓았다. 마음에서 기쁨이 사라지고, 아주 오랫동안 회의와 불안과 공포의 나날을 보내야 했다. 책도 더는 내 흥미를 끌지 못했다. 그 끔찍했던 나날을 생각하면 지금도 마음이 서늘해온다. 내가 퍼킨스 맹아학교의 애나그노스 교장한테 써 보낸 〈얼음나라 왕(The Frost King)〉이라는 짤막한 이야기가 문제의 발단이 되었다. 이 문제를 분명히 밝히기 위해 나는 이 사건에 관련된 사실을 낱낱이 적을 생각이다. 선생님과 나 자신의 정당한 평가를 위해서도 그래야 한다.

내가 그 이야기를 쓴 때는 말하는 법을 배우고 돌아온 그해 가을이었다. 우리는 다른 해보다 더 늦게까지 이끼 채석장에 머물렀다. 우리가 거기에 있는 동안 설리번 선생님은 나한테 늦가을 나뭇잎의 아름다움에 대해 묘사해주었다. 아마 이 묘사를 듣고 언젠가 들은 적이 있는, 그래서 무의식에 남아 있던 이야기가 내 기억 속에 되살아났던 것 같다. 그때 나는 아이들이 대개 그렇듯 내가 "이야기를 지어내고 있다"고 생각했다. 그리고 떠오른 이야기를 잊기 전에 기록

해놓을 작정으로 책상 앞에 앉아 열심히 써내려갔다. 생각은 술술 흘러나왔고 나는 글짓기의 즐거움을 느꼈다. 단어와 이미지가 내 손가락 끝에서 경쾌한 걸음으로 걸어 나왔고, 문장이 꼬리에 꼬리를 물고 머릿속에 떠올랐다. 나는 브라유 점자판〔브라유 점자를 이용하여 송곳처럼 생긴 점필(點筆)로 기록하는 점자판. 점자기라고도 함〕에 그 문장들을 적었다. 노력 없이도 단어와 이미지가 떠오른다면 그것은 나 자신한테서 우러나온 것이 아니라 다른 데서 온 것이라는 분명한 증거다. 당시 나는 저자가 누구인지 신경 쓰지 않고 닥치는 대로 책을 읽고 받아들였기 때문에 심지어 지금도 어디까지가 내 생각이고 어디까지가 책에서 읽은 것인지 그 경계를 확실히 알지 못한다. 내게 각인된 인상의 대부분이 다른 사람의 눈과 귀를 통해 얻은 것이기 때문인지도 모른다.

나는 이야기를 다 짓고 나서 선생님께 읽어드렸다. 아름다운 구절을 읽을 때 차오르던 기쁨이며 발음을 교정받느라 중단해야 할 때 치밀던 짜증이 지금도 생생하다. 저녁 식사 때 모인 가족 앞에서 나는 내가 쓴 이야기를 읽어주었다. 가족들은 내 글짓기 실력에 놀랐고, 누군가 책에서 읽은 걸 쓴 게 아니냐고 물었다.

이 질문에 나는 깜짝 놀랐다. 책에서 읽은 기억이 전혀 없었기 때문이다. 나는 큰 소리로 말했다. "아니에요, 내가 지은 글이에요. 애나그노스 교장선생님께 드리려고 내가 쓴 거라고요."

나는 이 이야기를 깨끗이 베껴 쓴 다음 애나그노스 교장선생님께 생일 선물로 보냈다. 누군가 제목을 '가을의 단풍'에서 '얼음나라 왕'으로 바꾸는 게 낫겠다고 제안했고 나는 그 제안을 받아들여 그렇게 했다. 나는 이 짧은 이야기를 직접 우체국에 가지고 갔다. 마치 공기 중에 붕 떠서 걷는 것처럼 기분이 좋았다. 이 생일 선물로 인해 내가 얼마나 지독한 대가를 치르게 될 것인지는 전혀 상상도 하지 못했다.

애나그노스 교장선생님은 〈얼음나라 왕〉을 무척 마음에 들어 하시며 퍼킨스 맹아학교의 교지에 실으셨다. 이때가 내 행복의 정점이었고, 얼마 후 나는 바닥으로 곤두박질쳐야 했다. 내가 잠시 보스턴에 머무를 때 〈얼음나라 왕〉이 마거릿 T. 캔비가 쓴 〈얼음나라 요정들〉이라는 이야기와 흡사하다는 말이 나왔다. 그 〈얼음나라 요정들〉은 내가 태어나기 전에 출판된 《버디와 그의 친구들》이라는 책에 수록된 이야기였다. 두 이야기는 구상이나 표현이 너무 비슷해서 누군가 내게 캔비 여사의 글을 읽어주었던 게 분명하고 내 이야기는 표절이라는 것이었다. 가까스로 이 말 뜻을 이해하고 나자 나는 너무 놀라고 슬펐다. 나보다 더 깊은 슬픔을 느껴본 아이는 없을 것 같았다. 나는 너무 창피해서 얼굴을 들지 못했다. 내가 가장 사랑하는 사람들의 의심을 샀던 것이다. 대체 어떻게 그런 일이 일어날 수 있었을까? 내가 〈얼음나라 왕〉을 쓰기 전에 얼음나라에 관해 읽은 기억이 있는지 머리를 쥐어짜며 기진맥진해질 정도로 나 자신을 점검해보았지만, '동장군 잭'에 대해 흔히들 말하는 내용과 〈얼음나라 괴짜들〉이라는 동시 외에는 기억나는 게 없었고, 이런 건 내 글짓기에 사용하지 않았음을 나는 알고 있었다.

처음에 애나그노스 교장선생님은 몹시 곤혹스러워하셨지만 나를 믿으시는 것 같았다. 그는 언제나처럼 자상하고 친절하게 대해주셨고, 잠시 그늘이 걷히는 듯했다. 교장선생님께 걱정을 끼치지 않으려고 나는 애써 명랑한 척했고, 그 가슴 아픈 소식을 접한 후 얼마 지나지 않아 다가온 워싱턴 탄생 경축일을 위해 나 자신을 가능한 한 예쁘게 꾸몄다.

그날 나는 앞 못 보는 소녀들이 출연하는 가면극에서 케레스[로마 신화에 등장하는 곡물과 수확의 여신] 역을 맡았다. 내가 입었던 우아한 의상과 울긋불긋한 가을 잎으로 만든 내 머리 위의 화관, 내 발이며 손에 넘쳐흐르던 과일과 곡식, 가면극의 유쾌함 밑에 앞으로 닥치게 될 어려운 일의 중압감이 내 마음을 무겁게 짓누르던 기억이 생생하다.

그 경축 행사가 있기 전날 밤 퍼킨스 맹아학교 선생님 가운데 한 분이 〈얼음나라 왕〉에 연관된 질문을 하자, 나는 설리번 선생님이 동장군 책과 그의 놀라운 업적에 대해 내게 말해준 적이 있다고 대답했다. 그 선생님은 이 말을 내가 캔비 여사의 〈얼음나라 요정들〉을 기억하고 있다는 자백으로 받아들였다. 내가 그건 오해라고 강력히 주장했지만 그분은 애나그노스 교장선생님한테 자신의 결론을 말했다.

나를 아껴주셨던 애나그노스 교장선생님도 그때껏 자신이 속은 것이라 여기고는, 내가 아무리 무죄와 사랑을 호소해도 귀를 닫아버리셨다. 그는 설리번 선생님과 내가 칭찬을 받으려고 다른 사람의 빛나는 생각을 일부러 도용한 것이라고 믿었다. 적어도 그렇게 추측했던 것 같다. 나는 퍼킨스 맹아학교의 교직원과 임원들로 구성된 조사위원회 앞으로 불려나갔고 설리번 선생님도 내 곁에 있지 못하고 나가 있어야 했다. 여기저기서 질문이 날아들었다. 재판관들은 나로 하여금 〈얼음나라 요정들〉을 읽었다는 것을 기억하고 있음을 시인하게 하려고 결심한 듯했다. 나는 모든 질문에서 그들의 마음에 의심과 의혹이 가득하다는 걸 느꼈고, 사랑하는 친구는 나를 책망하는 눈길로 쳐다보고 있었다. 그러나 나는 이 모든 것을 말로 표현할 수 없었다. 두근대는 심장 주위로 피가 몰려들어 짧은 대답 외에는 아무 말도 할 수 없었기 때문이다. 그저 좀 심한 실수를 저지른 것일 뿐이라는 생각을 해보아도 고통은 줄어들지 않았다. 마침내 나가도 좋다는 허락이 떨어졌을 때 나는 정신이 너무 멍하고 혼란스러워서 선생님이 따뜻이 안아주시는 것도 친구들이 다정한 말을 건네는 것도 느낄 수 없었다. 아마도 내가 씩씩하게 잘해내어 자랑스럽다고 말했던 것 같다.

그날 밤 잠자리에 들자 눈물이 쏟아졌다. 아이들이 그렇게 서럽게 우는 경우는 거의 없을 것이다. 어찌나 춥던지 아침이 오기 전에 죽을지도 모른다는 생각이 들었고, 그런 생각이 오히려 위안이 되었다. 더 나이가 들었을 때 이런 슬픔을 겪었다면 치유하기 어려울 정도로 정신이 상했을지도 모른다. 그러나 다행히 망각의 천사가 그 슬픈 날의 고통과 슬픔을 모두 모아서 가지고 가버렸다.

설리번 선생님은 〈얼음나라 요정들〉이나 이 작품이 수록된 책에 대해 들어본 적이 없으셨다. 알렉산더 그레이엄 벨 박사의 도움을 받아 이 문제를 면밀히 조사한 결과 마침내 선생님은 1988년 브루스터에서 여름을 함께 보낸 소피아 C. 홉킨스 부인이 캔비 여사가 지은 《버디와 그의 친구들》을 갖고 있었다는 사실을 알아내셨다. 홉킨스 부인은 그 책을 찾아내지 못했으나 선생님이 휴가를 떠났을 때 나를 재미있게 해주려고 갖가지 책을 읽어주었다고 말했다. 〈얼음나라 요정들〉을 읽어주었는지는 기억나지 않지만 《버디와 그의 친구들》도 그 책들 중에 들어 있었던 것은 확실하다고 했다. 그녀는 얼마 전에 집을 팔아서 옛날 학교 다닐 때 보던 교과서며 동화책 같은 아동용 책들을 모조리 처분해버렸기 때문에 그 책을 찾을 수 없는 것 같다고 설명해주었다.

그때 그 이야기들은 내게 별 의미가 없었던 듯하다. 그러나 놀 거리가 거의 없는 어린아이로서는 처음 보는 단어들의 철자만으로도 충분히 즐거웠으리라. 홉킨스 부인이 그 이야기들을 읽어주었던 상황이 전혀 기억나지 않지만 선생님이 돌아오시면 뜻을 설명해달라고 할 요량으로 열심히 단어들을 외웠던 것 같다. 한 가지 분명한 사실은 그 표현이 내 머리에 아로새겨져 지워지지 않은 채 있었고, 아무도, 심지어 나 자신도 그 사실을 모르고 있었다는 것이다.

설리번 선생님이 휴가에서 돌아오셨을 때 나는 선생님께 〈얼음나라 요정들〉에 대해 말하지 않았다. 그건 선생님이 오자마자 읽어주신 《소공자(Little Lord Fauntleroy)》에 대한 생각으로 머리가 꽉 차서 다른 것은 모두 잊어버렸기 때문이었던 듯하다.

이 사건으로 힘들어할 때 나는 많은 사람에게서 사랑과 동정이 담긴 편지를 받았다. 내가 사랑한 친구들은 단 한 사람을 제외하고 모두 지금까지 내 편이 되어주었다.

친절하게도 캔비 여사가 직접 편지를 보내주었다. "언젠가 너도 네 머리로 지어낸 훌륭한 이야기를 쓸 수 있을 거야. 많은 사람들에게 위안과 도움을 줄 그런 훌륭한 이야기를 말이야." 그러나 그녀의 이 친절한 예언은 아직 이루어지지 않았다. 이 사건을 겪은 후로 나는 글 쓰는 즐거움을 잃어버렸다. 정말이지 그때부터 나는 글을 쓸 때마다 내가 쓰고 있는 것이 내 머릿속에서 나온 게 아닐지 모른다는 두려움 때문에 괴로웠다. 그 후로 오랫동안 편지를 쓸 때에도, 심지어 어머니한테 편지를 쓸 때조차 문득문득 두려움에 휩싸이곤 했다. 써놓은 문장들이 내가 책에서 읽었던 건 아닌지 거듭 확인하곤 했다. 설리번 선생님이 끊임없이 격려해주지 않았다면 나는 아예 글쓰기를 포기해버렸을지도 모른다.

그 후 나는 〈얼음나라 요정들〉과 내가 캔비 여사의 다른 생각들을 빌려 쓴 편지들도 읽어보았다. 그 편지들 중, 1891년 9월 29일에 애나그노스 교장선생님께 보낸 편지는 표현과 분위기가 그 책과 너무나 흡사했다. 내가 〈얼음나라 왕〉을 쓸 무렵에 보낸 수많은 다른 편지들처럼 이 편지에도 내 마음이 그 이야기로 가득하다는 것을 보여주는 구절들이 있었다. 나는 설리번 선생님이 금빛으로 물든 가을 단풍잎에 대해 이렇게 말씀하셨다고 묘사한다. "그래, 여름이 지나버린 것을 위로하고도 남을 만큼 아름답구나." 그러나 이것은 캔비 여사의 글에서 따온 표현이었다.

마음에 드는 것에 동화되어 그것을 다시 내 것으로 표현하는 버릇이 처음에 썼던 편지와 작문에 많이 보인다. 그리스와 이탈리아의 옛 도시들에 관한 작문을 할 때에도 출처는 기억나지 않지만 어디선가 읽은 빛나는 표현들을 변주해가며 빌려 쓰곤 했다. 나는 애나그노스 교장선생님이 고대(古代)에 각별한 동경을 품고 있고 이탈리아와 그리스에 대한 아름다운 견해를 열정적으로 좋아하신다는 것을 알고 있었다. 그래서 나는 내가 읽은 모든 책에서 애나그노스 교장선생님의 마음에 들 만한 역사와 시에 관한 대목을 모아놓았던 것이다. 애나그노스 교장선생님은 고대 도시에 관해 쓴 내 작문을 읽고 이렇게 평하셨다. "생각이 참 시적이로구나." 그러나 나는 애나그노스 교장선생님이 어떻게 보지도 듣지도 못하는 열한 살짜리 아이가 제 생각만으로 이런 글을 쓸 수 있다고 생각하셨는지 이해가 되지 않는다. 또한 나는 그 생각이 온전히 나한테서 나온 것이 아니라고 해서 내 짧은 작문이 의미가 없다고는 생각하지 않는다. 적어도 내가 아름답고 시적인 생각을 식별할 수 있고 그것을 명료하고 생기 있는 언어로 표현할 수 있다는 것을 보여주기 때문이다.

초기의 작문은 정신의 준비운동과도 같았다. 어리고 경험 없는 사람들이 처음 무언가를 배울 때처럼 나 역시 동화와 모방을 통해 생각을 말로 표현하는 것을 배웠던 것이다. 내가 책에서 읽은, 마음에 드는 대목은 의식적이든 무의식적이든 내 기억 속에 남았다. 스티븐슨이 말했듯이 젊은 작가는 본능적으로 가장 훌륭해 보이는 것은 무엇이든 모방하려 하고 이를 놀라울 정도로 다재다능하게 변화시킨다. 심지어 위대한 작가들조차 여러 해 동안 이런 연습의 과정을 거친 후에야 온갖 마음의 샛길을 통해 몰려드는 낱말의 군단을 정렬하는 방법을 배우게 된다.

유감스럽게도 나는 아직 이 과정을 완전히 끝내지 못한 듯하다. 읽은 내용은 내 정신의 본질과 결을 이루게 되기 때문에 무엇이 읽어서 아는 것이고 무엇이 내 생각인지 잘 구분할 수가 없다. 결과적으로 나는 내가 쓰는 거의 모든 글에서 내가 맨 처음 바느질을 배울 때 만들었던 형편없는 조각보와 아주 닮은 것을 만들어낸다. 이 조각보는 갖가지 천 조각을 이어 붙여 만들었는데, 그 중에는 실크와 벨벳같이 보드랍고 예쁜 천 조각도 있었지만 대부분은 거친 천 조각이었다. 이와 마찬가지로 내 작문 역시 나 자신의 미숙한 생각과 아울러 내가 책에서 읽은 더 총명하고 무르익은 작가들의 의견으로 이루어졌다. 내게 있어 글짓기의 가장 큰 어려움은 아직 우리가 그저 본능적인 존재일 때 감정과 생각이 뒤엉켜 혼란스러운 견해를 교양 있는 사람들이 쓰는 언어로 표현해야 한다는 것이다. 글쓰기는 어려운 퍼즐을 맞추려고 애쓰는 것과 아주 비슷하다. 언어로 표현하고 싶은 게 마음속에 있지만 크기와 모양이 딱 들어맞는 퍼즐 조각을 찾기가 어려운 것처럼 꼭 맞는 단어를 찾기는 여간 어렵지 않다. 그러나 우리는 이미 성공한 사람이 있다는 것을 알고 있고 패배를 인정하고 싶지 않기 때문에 계속 시도한다.

스티븐슨은 "선천적으로 독창적으로 타고나지 않은 이상 맨 처음 무언가를 창조해내기란 불가능하다"라고 말했다. 비록 나는 독창적이지 않지만 내 글이 언젠가는 법조인들의 가발 같은 작위성을 떨쳐 낼 수 있기를 바란다. 그렇게 되면 아마 내 자신의 생각과 경험이 자연스럽게 표면 위로 떠오르리라. 그동안에 나는 그렇게 될 수 있으리라 믿고 바라고 인내하고, 〈얼음나라 왕〉에 얽힌 쓰라린 기억이 나의 노력을 방해하지 않도록 애써야 한다.

그래서 결과적으로 이 슬픈 사건은 오히려 나에게 이로운 경험이 되었고, 글쓰기의 문제점에 대해 생각해보는 계기가 되었다. 다만 한 가지 슬픈 점이 있다면 이 일로 나의 절친한 친구 가운데 한 분이 었던 애나그노스 교장선생님을 잃은 것이다.

〈내가 살아온 이야기(The Story of My Life)〉가 《레이디즈 홈 저널 (Ladies' Home Journal)》에 발표되자 애나그노스 교장선생님은 메이시 씨에게 편지를 보내어 자신의 주장을 표명했다. 〈얼음나라 왕〉이 문제가 되었을 때 자신은 나를 믿었다는 것이었다. 나를 불러다 심문한 조사위원회는 여덟 명으로 구성되었는데 넷은 시각장애인, 넷은 정상인이었다고 한다. 그리고 그들 중 넷은 누군가 내게 캔비 여사의 글을 읽어주었던 일을 내가 알고 있으리라 여겼고 나머지 넷은 내가 기억하지 못한다고 생각했단다. 애나그노스 교장선생님은 자신도 내게 호의적인 쪽에 있었다고 하셨다.

그러나 당시의 사정이 어떠했고 그분이 어느 편에 서 계셨든, 나는 애나그노스 교장선생님이 그토록 자주 나를 무릎 위에 앉히고, 당신의 온갖 시름을 잊고 내 장난을 받아주시던 그 방으로 들어가 나를 의심하는 듯한 사람들을 대했을 때 적대적이고 위협적인 분위기를 느꼈고 뒤이은 일련의 일들 역시 그 느낌을 입증했다. 처음 2년 동안 애나그노스 교장선생님은 설리번 선생님과 내가 결백하다고 믿었던 것 같다. 그러나 그 후 이유는 알 수 없지만 그때까지의 호의적인 판단을 철회했던 듯하다. 나는 조사위원회에 대한 자세한 사항을 전혀 모른다. 내게 말을 건네지 않은 위원은 이름조차 알지 못한다. 너무 놀라고 흥분하여 아무것도 알아챌 수 없었고, 너무 두렵고 떨려서 질문할 엄두를 내지 못했다. 정말이지 내가 무슨 말을 하고 있고 무슨 말을 듣고 있는지도 거의 생각할 수 없을 정도였다.

〈얼음나라 왕〉 사건에 관해 이렇게 자세히 설명하는 것은 이 일이 내 삶과 교육에서 중요한 의미를 지니고 있기 때문이다. 그리고 오해를 불러일으키지 않기 위해 나 자신을 변호하거나 누구도 비난할 생각 없이 내 눈에 비친 그대로 모든 사실을 적었다.

15

〈얼음나라 왕〉 사건을 겪은 뒤 그해 여름과 겨울은 앨라배마에서 가족과 함께 보냈다. 집으로 돌아가는 길은 즐거웠다. 만물에서 싹이 움트고 꽃이 피어났다. 〈얼음나라 왕〉에 관련한 일도 잊은 채 마냥 흐뭇했다.

땅 위에 빨갛고 노란 단풍잎들이 흩뿌려지고 정원 끄트머리의 정자 지붕을 뒤덮은 포도 넝쿨이 진한 향기를 내뿜으며 햇볕 속에서 금빛 갈색으로 물들어갈 무렵 나는 나의 삶을 기록하기 시작했다. 〈얼음나라 왕〉을 쓴 지 일 년 후의 일이었다.

나는 글을 쓸 때 여전히 지나칠 정도로 조심했다. 내가 쓴 글이 전적으로 나 자신한테서 나온 것이 아닐지 모른다는 생각이 나를 괴롭혔다. 설리번 선생님 말고는 내게 이런 두려움이 있다는 사실을 아무도 몰랐다. 극도로 예민해지는 통에 나는 〈얼음나라 왕〉에 관한 이야기는 하지 않았고, 대화하다 갑자기 좋은 착상이 떠오르더라도 나는 살며시 선생님의 손에 이렇게 쓰곤 했다. "이게 내 아이디어인지 잘 모르겠어요." 글을 쓰다가도 이런 생각이 들곤 했다. "만일 이 모든 게 오래전에 누군가에 의해 씌어졌다면 어떡하지?" 얄궂은 개구쟁이 도깨비 같은 이런 두려움이 내 손을 붙잡는 날에는 더는 글을 쓸 수 없었다. 지금도 간혹 그런 불편함과 불안에 사로잡힐 때가 있다. 설리번 선생님은 선생님이 생각할 수 있는 모든 방법을 동원하여 나를 위로하고 도와주셨다. 그러나 내가 겪은 끔찍한 경험은 내 마음에 지워지지 않는 흔적을 남겼고, 그 경험도 나름대로 의미가 있었음을 이해하기 시작한 건 요즘의 일이다. 선생님은 내가 자신감을 회복하기를 바라는 마음에서 《유스 컴패니언(Youth Companion)》이라는 잡지에 내 삶에 관한 짤막한 글을 기고해보라고 설득하셨다. 당시 나는 열두 살이었다. 그 짧은 글을 쓰느라 힘들여 고생하던 그때를 돌이켜보면 나는 마치 예언자처럼 그 일만 잘해내면 좋은 결과가 기다리고 있으리란 전망을 가지고 있었다. 그러지 않았다면 틀림없이 도중에 그만두고 말았을 것이다.

나는 두려워하며 소심하게 글을 썼으나 선생님의 격려에 힘입어 다시금 결의를 다지곤 했다. 선생님은 내가 이 고비만 잘 견뎌내면 예전의 정신적 기반을 되찾고 능력을 확고히 다질 수 있을 거라고 확신하셨다. 〈얼음나라 왕〉 사건이 있기 전만 해도 나는 지각 없는 어린아이에 불과했으나 그 후로 많이 달라졌다. 생각이 내면으로 향하여 보이지 않는 것까지 볼 수 있게 되었다. 나는 시련으로 더욱 명료해진 정신과 인생의 참된 지식과 더불어 그 경험의 어두운 경계에서 점차 빠져나왔다.

1893년에 있었던 중요한 일이라면 클리블랜드 대통령의 취임식을 보러 워싱턴에 갔던 일과 나이아가라 폭포와 세계박람회를 둘러본 일을 들 수 있다. 이런 생활을 하다 보니 공부를 자주 중단해야 했고 몇 주 동안 공부를 미뤄두어야 했기 때문에 당시 공부한 내용을 체계적으로 설명하는 것은 불가능할 것 같다.

1893년 3월, 우리는 나이아가라 폭포를 찾아갔다. 미국 쪽 폭포가 내려다보이는 지점에 서서 대기가 떨리고 지축이 흔들리는 것을 느낄 때의 내 감정이란 정말 말로 표현하기가 어렵다.

내가 나이아가라의 웅장함과 아름다움에 감동받았다고 하면 사람들은 이상하게 여기며 늘 이렇게 묻는다. "폭포의 장관이나 저 소리가 너한테 무슨 의미가 있니? 파도가 부서지는 광경을 볼 수 없고 저 굉음도 들을 수 없을 텐데 말이야." 그러나 나 역시 선명한 감각으로 그 모든 것을 느낄 수 있다. 다만 사랑이나 종교나 선 같은 것을 정의할 수 없는 것처럼 그 깊이를 가늠하거나 그 의미를 정의할 수 없을 뿐이다.

1893년 여름 설리번 선생님과 나는 알렉산더 그레이엄 벨 박사님과 함께 세계박람회[콜럼버스의 아메리카 대륙 발견 400주년을 기념하여 시카고에서 개최되었다]를 구경했다. 유치하기 짝이 없는 무수한 공상이 아름다운 실물로 화했던 그 나날들을 떠올리니 마음속에서 순수한 기쁨이 솟구친다. 날마다 나는 세계를 여행하는 상상을 하며 세계의 구석구석에서 온 수많은 진기한 것들—놀라운 발명품이며 근면과 기술이 만들어낸 진귀한 물건들, 인간이 어떻게 살아오고 있는지를 보여주는 온갖 것들—을 구경했다.

헬렌 켈러와 알렉산더 그레이엄 벨 박사.

특히 미드웨이 플레장스[Midway Plaisance : 1893년 시카고 세계박람회 당시 갖가지 오락 시설과 놀이 기구, 모형물, 거리 음악, 시장 등이 있던 거리]가 마음에 들었다. 그곳은 마치 아라비안나이트처럼 신기하고 흥미로운 볼거리로 가득했다. 호기심을 자극하는 어느 인도 시장에서는 시바 신이며 코끼리 얼굴을 한 신들은 물론 여러 책에서 읽은 인도의 모습을 볼 수 있었다. 피라미드들이 모여 있는 카이로 모형에는 이슬람 사원과 긴 낙타 행렬이 있었다. 베니스를 본뜬 호수에서 우리는 조명이 켜지는 저녁마다 배를 탔다. 그 작은 배에서 조금 떨어진 곳에 있는 바이킹 선박에도 가보았다. 전에 보스턴에서 군함에 타보았을 때가 떠올랐다. 바이킹 선박을 둘러보며 선원들의 생활상에 관한 모든 것을 흥미롭게 살펴보았다. 선원들이 어떻게 항해를 했고 폭풍우가 몰아칠 때 어떻게 겁먹지 않고 한결같은 침착함으로 거기에 맞섰는지, 그리고 눈에 띄는 것이면 무엇이든 쫓아가서는 오늘날의 사람들처럼 지력 없는 기계 뒤로 밀려나는 대신 자신의 두뇌와 힘으로 싸워서 어떻게 스스로를 부양할 수 있었는지가 흥미를 끌었다. 그래서 "인간에게 흥미로운 것은 오직 인간뿐이다"는 말이 있나 보다.

이 배에서 조금 떨어진 곳에 산타마리아 호[콜럼버스 일행이 아메리카 대륙을 발견했을 때 탔던 배]의 모형이 있었다. 선장은 나를 콜럼버스의 선실로 안내했다. 책상 위에 놓여 있는 모래시계가 눈에 띄었다. 이 자그마한 시계야말로 깊은 인상을 주었다. 절망에 빠진 선원들이 이 영웅적인 탐험가를 죽이려는 음모를 꾸미는 동안 모래가 한 알 한 알 떨어지는 것을 바라보며 그가 얼마나 지루했을까 하는 생각이 들었기 때문이다.

세계박람회의 회장 히긴보덤 씨는 친절하게도 나에게 전시물을 만져봐도 좋다고 허락해주었다. 그래서 나는 마치 피사로[페루의 잉카제국을 정복했던 스페인 군인]가 페루의 보물을 약탈했을 때처럼 탐욕스러울 정도로 열성적으로 박람회의 아름다운 전시물 하나하나를 손으로 더듬었다. 이 서부의 하얀 도시는 일종의 손으로 만질 수 있는 만화경(漫畵鏡)이었다. 모든 것이 매혹적이었으나 특히 프랑스의 청동상들이 내 관심을 끌었다. 마치 예술가가 자신의 눈에 비친 천사의 모습을 이승의 형상으로 구현한 것 같다는 생각이 들었다.

희망봉 전시관에서는 다이아몬드 채굴 과정에 대해 많은 것을 알게 되었다. 만져도 좋다는 허락이 있을 때마다, 작동하는 기계를 만져보았다. 어떻게 금강석을 계량하고 절단하고 광채를 내는지 더 분명히 알 수 있었다. 내가 세광기에서 다이아몬드 하나를 찾아내자 사람들은 미국에서 최초로 발견된 다이아몬드라며 농담을 했다.

벨 박사님은 언제나 우리와 함께 다니시면서 진기한 물건들에 대해 그분 특유의 재미난 방식으로 설명해주셨다. 전기관에서는 전화기와 자동전화기, 축음기를 비롯한 여러 발명품에 대해 살펴보았다. 박사님은 어떻게 시간과 공간의 제약을 뛰어넘어 전선으로 메시지를 보낼 수 있는지, 어떻게 프로메테우스처럼 하늘에서 불을 끌어올 수 있는지 등을 이해하기 쉽게 설명해주셨다. 우리는 인류관에도 가보았는데, 거기서는 고대 멕시코의 유물과, 한 시대가 있었음을 알려주는 유일한 증거물인 투박한 석기(石器)와, 이집트의 미라가 특히 흥미로웠다. 나는 석기를 만져보면서, 수많은 왕들과 현자들의 기념비는 세월이 지나면서 무너지고 부서져 먼지 속으로 사라진 반면 미개한 자연의 자손들이 남긴 단순한 기념물인 석기가 이렇게 오래도록 남아 있다는 게 신기하다는 생각을 했다. 이집트의 미라는 손을 대고 만져볼 엄두가 나지 않았다. 이런 유물들을 둘러봄으로써 나는 그 후 듣거나 읽은 것보다 인류의 진보에 대해 더 많은 것을 알게 되었다.

이 모든 경험으로 나는 상당히 많은 단어를 새로이 알게 되었고, 박람회장에서 보낸 삼주 만에 나는 동화와 장난감을 좋아하던 어린아이에서부터 크게 도약하여 일상적인 세계의 실제적인 것을 진지하게 이해하게 되었다.

16

1893년 가을이 되기 전에는 다소 산만하게 여러 과목을 혼자서 공부했다. 그리스, 로마, 미국의 역사를 읽는가 하면, 점자로 된 프랑스어 문법책을 한 권 갖고 있었고 이미 프랑스어를 좀 알고 있었으므로 새로 익힌 단어를 활용하거나 되도록 문법 규칙이나 다른 기술적 문제를 무시한 채 머릿속으로 짧은 글을 지으며 즐거운 시간을 보내곤 했다. 심지어 도움 없이 그 책에 설명된 모든 글자와 소리를 찾아가며 혼자서 프랑스어 발음을 정복하려는 시도도 해보았다. 물론 원대한 목표를 이루기에는 실력이 턱없이 모자랐다. 그러나 프랑스어 공부는 비오는 날이면 좋은 소일거리가 되었고, 라 퐁텐의 《우화(Fables)》, 몰리에르의 《억지의사(Le Médecin Malgré Lui)》, 라신의 《아탈리(Athalie)》 등에서 발췌한 글을 읽을 만큼은 실력을 갖출 수 있었다.

나는 또한 상당한 시간을 들여 말을 더 잘하기 위한 연습을 했다. 설리번 선생님 앞에서 큰 소리로 책을 읽고 내가 외운 좋아하는 시 구절을 암송하면, 선생님은 내 발음을 고쳐주시거나 어디서 끊고 어디서 높일지 가르쳐주셨다. 그러나 시간을 정해놓고 특정 과목을 공부하기 시작한 것은 1893년 10월 세계박람회를 다녀온 뒤 흥분과 피로에서 회복되고 나서부터였다.

당시 설리번 선생님과 나는 펜실베이니아 주 헐튼의 윌리엄 웨이드 씨 댁에서 묵고 있었다. 마침 이웃에 훌륭한 라틴어 학자인 아이런스 씨가 살고 있어서 그분의 지도를 받기로 했다. 아이런스 씨는 보기 드물게 친절하고 박식한 분이었다. 주로 라틴어 문법을 가르쳐주셨으나, 당시 나는 산수를 싫어하고 또 어려워했기 때문에 산수 공부도 자주 도와주셨다. 또한 나는 그분의 지도하에 테니슨의 〈인 메모리엄(In Memoriam)〉을 읽었다. 나는 그때껏 수많은 책을 읽어왔지만 비판적인 관점으로 작품을 읽은 적은 없었다. 처음으로 나는 한 저자에 대해 알게 되었고, 친구의 손을 잡아보고 누구인지 알 수 있듯이 문체를 보고 저자가 누구인지 알 수 있다는 것도 알게 되었다.

처음에는 라틴어 문법을 공부하는 게 싫었다. 뜻을 분명히 아는데도 (이것은 명사고 소유격이고 단수고 여성명사다 하는 식으로) 모든 단어를 분석하는 데 시간을 낭비하는 게 어리석어 보였다. 내 애완동물을 소개할 때 척추동물문, 포유강, 식육목, 고양잇과에 속하며 이름은 태비라고 설명하는 것과 같다는 생각이 들었다. 그러나 더 깊이 공부할수록 흥미가 생겼고 라틴어의 아름다움을 느끼게 되었다. 나는 자주 라틴어로 된 글을 읽으며 즐거운 시간을 보냈다. 내가 아는 단어를 발견하고 의미를 파악하게 되자 기뻤고 이제껏 그 취미를 중단한 적이 없다.

한 언어를 막 깨우쳤을 때 머릿속에 빠르게 지나가는 이미지와 정서—시시각각 변하는 생각에 의해 형태를 갖추고 색조를 띠며 정신의 하늘을 날아다니는 생각—보다 더 아름다운 것은 없는 것 같다. 수업이 진행되는 동안 설리번 선생님은 내 옆에 앉아 아이런스 씨가 말하는 내용을 죄다 내 손바닥에 적어주셨고 나를 대신해서 새로 나온 단어를 사전에서 찾아주셨다. 카이사르의 《갈리아 전쟁기(Gallic War)》를 읽기 시작할 무렵 나는 앨라배마의 집에 돌아왔다.

17

1894년 여름, 나는 셔토쿼에서 열린 미국 청각장애자 말하기 교육 증진 협회(American Association to Promote the Teaching of Speech to the Deaf)에 참석했다. 거기서 나는 뉴욕시티에 있는 라이트 휴메이슨 농아학교에 다니기로 결정했다. 1894년 10월, 나는 학교에 다니기 위해 설리번 선생님과 함께 뉴욕시티로 갔다. 이 학교를 선택한 것은 독순술〔입술 모양을 읽어서 상대가 무슨 말을 하는지 알아내는 기술〕을 익히고 발화 교육을 제대로 받아보기 위해서였다. 이런 것 외에도 이 학교에 있던 2년 동안 산수와 자연 지리, 독일어, 프랑스어 등도 공부했다.

독일어를 담당하는 리미 선생님은 수화 문자를 사용할 줄 아셨다. 그래서 내가 독일어 단어를 좀 알고 난 뒤에는 기회가 있을 때마다 선생님과 독일어로 대화를 나누곤 했다. 몇 달 뒤에는 그녀가 하는 말을 거의 다 이해할 수 있게 되었다. 그리고 일 년이 되기 전에 나는 《빌헬름 텔》을 재미있게 읽을 수 있었다. 다른 어느 주요 과목보다 독일어 실력이 빠르게 늘었다. 그러나 프랑스어는 독일어보다 훨씬 어려웠다. 나는 프랑스어를 올리비에 선생님과 공부했는데, 그분은 수화문자를 모르는 분이어서 말에 의존하여 가르칠 수밖에 없었다. 그러나 그분의 입술 모양을 보고 뜻을 알아차리기는 쉽지 않았다. 그래서 프랑스어 실력은 독일어보다 훨씬 느리게 향상되었다. 그래도 나는 다시 《억지의사》를 끝까지 읽어냈다. 이 책은 아주 재미있었지만 《빌헬름 텔》만큼 내 마음에 들지는 않았다.

나의 독순술과 말하기 실력은 선생님들과 내가 애초에 바라고 기대했던 것만큼 빨리 향상되지 않았다. 내 포부는 보통사람들처럼 말하는 것이었고 선생님들은 이 목표를 이룰 수 있을 거라고 믿었다. 그러나 우리는 이 목표에 도달할 수 없었다. 아마도 우리가 목표를 너무 높게 잡은 탓에 실망을 피할 수 없었던 것 같다. 그때까지도 나는 산수를 어려운 체계로 여겼다. 나는 나 자신과 다른 사람들에게 폐를 끼치며 논리의 너른 골짜기를 피해 '억측'의 위험한 경계에서 서성였다. 억측을 하지 않을 때에는 곧장 결론을 내려버렸다. 내 머리가 아둔한 탓도 있겠지만, 이런 나쁜 버릇 때문에 나는 필요 이상으로 많은 어려움을 겪어야 했다.

이렇게 좌절을 겪을 때마다 공부하기가 싫어지곤 했지만 다른 과목들, 특히 자연 지리는 흥미를 잃지 않고 공부할 수 있었다. 하나씩 자연의 비밀을 알아가는 것이 흐뭇했다. 구약성서의 생생한 표현을 빌려 말하자면 어떻게 바람이 하늘의 네 귀퉁이에서 불어오는지, 땅의 수증기가 어떻게 상승하는지, 어떻게 강물이 바위를 뚫고 흐르는지, 어떻게 지반이 뒤집혀 산맥이 만들어지는지, 그리고 인간은 어떤 방법으로 자신보다 더 거대한 자연의 힘을 극복하는지 등을 알 수 있었다. 뉴욕에서 보낸 2년은 행복했다. 그 시절을 회상하니 기쁨이 밀려온다.

특히 전교생이 날마다 센트럴파크에 갔던 일이 기억난다. 뉴욕 시에서 가장 내 마음에 드는 장소였던 이 널찍한 공원에 가면 늘 기분이 좋았다. 나는 공원에 들어설 때마다 들려주는 경치 묘사에 감탄하곤 했다. 이 공원은 어디를 보나 아름다웠고 다양한 아름다움을 지니고 있어서 뉴욕에서 보낸 9개월 동안 날마다 다른 아름다움을 만끽할 수 있었다.

봄에는 흥미로운 장소로 이곳저곳 소풍을 갔다. 우리는 허드슨 강에서 배를 타기도 했고, 시인 브라이언트가 즐겨 노래한 강변의 푸른 둑길을 걷기도 했다. 나는 특히 강가에 우뚝 서 있는 단순하면서도 황량한 단애의 웅장함이 마음에 들었다. 이외에도 우리는 웨스트포인트〔미국의 육군 사관학교〕와 워싱턴 어빙의 집이 있는 태리타운을 방문했다. 태리타운에서는 《슬리피 할로의 전설(The Legend of Sleeply Hollow)》〔워싱턴 어빙의 18세기 단편소설〕에 나오는 '슬리피 할로'〔위 소설의 배경이 된 골짜기〕를 걸어보기도 했다.

라이트 휴메이슨 학교의 선생님들은 어떻게 하면 보통 아이들이 누리는 모든 혜택을 그 학교 학생들도 누리게 할 수 있을지, 아직 굳어진 취향이 거의 없고 무엇이든 저항 없이 받아들이는 아이들 특유의 기억력을 어떻게 하면 최대한 활용하여 우리 학생들을 정해진 삶의 제한된 환경에서 끌어낼 수 있을지 궁리하셨다.

뉴욕을 떠나기 전, 이런 행복한 나날에 먹구름을 드리우는 슬픈 소식을 들었다. 아버지의 죽음 다음으로 가장 슬픈 일이었다. 보스턴에 사는 존 P. 스폴딩 씨가 1896년 2월에 돌아가셨던 것이다. 그를 잘 아는 사람만이 그의 우정이 내게 어떤 의미였는지를 이해할 수 있을 것이다. 드러나지 않는 아름다운 태도로 모든 사람들을 행복하게 해주었던 그는 설리번 선생님과 내게 더없는 친절을 베풀어 주셨다. 우리가 다정한 그의 존재를 느끼고 그가 우리를 관심 어린 눈으로 지켜보고 있다는 것을 아는 동안, 우리는 숱한 어려움에도 용기를 잃지 않을 수 있었다. 그의 죽음은 우리의 삶에 아직껏 메우지 못한 커다란 공허를 남겼다.

18

1896년 10월, 나는 래드클리프 대학 진학을 준비하기 위해 케임브리지 여학교에 들어갔다.

어렸을 때 웰즐리 대학을 방문한 적이 있는데, 그때 내가 "나중에 나도 꼭 대학에 갈 거야. 그것도 하버드에!"라고 말하여 내 주위 친구들을 깜짝 놀라게 했다고 한다. 왜 웰즐리 대학에는 가려 하지 않느냐는 질문에 나는 여학생만 있기 때문이라고 대답했다. 대학에 가겠다는 생각은 내 마음속 깊이 뿌리내렸고 나의 열렬한 소망이 되었다. 그래서 내 주위의 진실하고 현명한 친구들이 강력하게 반대하는데도 나는 청력과 시력이 정상인 보통 여학생들과 경쟁을 시작했다. 뉴욕을 떠날 즈음 그 생각은 확고한 목표가 되어, 나는 케임브리지에 가기로 결정되었다. 그것은 하버드대학에 가는 가장 가까운 길이자 나의 어릴 적 선언을 성취하는 길이기도 했다.

케임브리지 여학교에서는 설리번 선생님이 나와 함께 강의실에 들어가서 통역해주는 식으로 수업을 듣기로 계획을 세웠다.

물론 이 학교 선생님들은 장애 학생을 가르쳐본 경험이 전혀 없었으므로 내가 선생님들과 대화할 수 있는 방법은 선생님들의 입술을 읽는 것뿐이었다. 첫해에 공부한 과목은 영국사, 영문학, 독일어, 라틴어, 산수, 라틴어 작문, 그리고 특별한 주제로 진행되는 수업 등이 있었다. 나는 대학 준비를 염두에 두고 공부해본 적은 없었으나 영어는 설리번 선생님한테서 확실하게 반복 훈련을 받았던 터라 이 학교 선생님들도 대학에서 지정한 책을 비평하는 공부 외에는 특별 지도를 할 필요가 없다는 것을 곧 알게 되었다. 더구나 나는 이미 프랑스어 공부를 시작했고 라틴어 수업도 6개월 동안 받은 적이 있었다. 게다가 독일어는 내가 가장 잘하는 과목이었다.

그러나 이런 유리한 점이 있었음에도 나의 학업 향상을 가로막는 심각한 문제가 있었다. 설리번 선생님이라 하더라도 읽어야 할 모든 책의 내용을 내 손에 써줄 수 없었고, 런던과 필라델피아에 있는 내 친구들이 서둘러 일을 해결해주려고 발 벗고 나섰지만 점자로 된 교과서를 시간 안에 만들어내기란 몹시 어려웠다. 사실 나는 한동안 라틴어를 브라유 점자로 옮겨 써야 했다. 그래야 다른 친구들과 함께 낭송할 수 있었으니까. 선생님들은 곧 내 불완전한 발성법에 익숙해지셔서 내 질문에 바로 대답해주시고 실수도 고쳐주곤 하셨다. 나는 수업 시간에 필기를 할 수 없었고 연습 문제도 풀 수 없었으나, 모든 작문과 번역은 집에서 타자기로 작성해서 제출했다.

설리번 선생님은 날마다 나와 함께 수업에 들어가서 한없는 인내심으로 선생님들의 설명을 하나도 빠짐없이 내 손에 옮겨 적어주셨다. 공부할 때는 나를 대신해 새 단어를 찾아주셨고 노트 필기와 점

케임브리지 유학 시절의 헬렌 켈러.

자책이 없는 책들을 반복해서 읽어주셨다. 그 일의 지루함이란 보통 사람들은 상상할 수도 없을 것이다. 독일어를 담당한 그뢰테 선생님과 교장인 길먼 선생님은 나를 가르치기 위해 수화 문자를 배운 유일한 분들이었다. 그뢰테 선생님은 자신의 수화 문자가 얼마나 느리고 불완전한지 잘 알고 계셨다. 그럼에도 그분은 마음에서 우러난 선의로 어렵게 수화 문자를 써가며 일주일에 두 번씩 특별 지도를 해주셨다. 그 덕에 설리번 선생님은 조금 쉴 수 있었다. 모두가 기꺼이 도와주려 했고 친절했지만, 설리번 선생님의 도움이 없었다면 그 어렵고 힘든 일을 즐겁게 해낼 수 없었을 것이다.

그해에 나는 산수 공부를 끝냈고 라틴어 문법을 복습했으며 카이사르의 《갈리아 전쟁기》를 3장까지 읽었다. 일부는 내 손가락으로 일부는 설리번 선생님의 도움을 받아가며 독일어 책들을 읽었다. 실러의 《종의 노래(Lied von der Glocke》와 《잠수부(Taucher)》, 하이네의 《하르츠 기행(Harzreise)》, 프라이타크의 《프리드리히 대왕의 나라(Aus dem Staat Friedrichs des Grossen)》, 릴의 《아름다운 저주(Fluch Der Schönheit)》, 레싱의 《민나 폰 바른헬름(Minna von Barnhelm)》, 괴테의 《나의 생애(Aus meinem Leben)》 등 독일어로 이 책들을 읽을 때가 가장 기뻤다. 실러의 멋진 서정시와 프리드리히 대왕의 위업이 기록된 역사와 괴테의 자서전이 특히 인상적이었다. 《하르츠 기행》은 어찌나 멋진 익살과 매력적인 묘사가 넘치는지 다 읽은 것이 아까울 정도였다. 포도나무로 뒤덮인 언덕과 햇살을 받아 잔물결을 일으키며 졸졸 흘러가는 시냇물, 전통과 전설에서 신성화된 황량한 지역, 오래전에 사라진 상상의 시대에 살았던 프란체스코회 수녀들에 대한 묘사는 자연을 느끼고 사랑하는 사람들만이 할 수 있는 것이었다.

길먼 교장선생님은 그해 몇 달 동안 내게 영문학을 가르쳐주셨다. 우리는 함께 셰익스피어의 《좋으실 대로(As You Like It)》와 버크[Edmand Burke(1729~1797) : 18세기 영국의 정치사상가]의 《아메리카와의 화해에 관한 연설(Speech on Conciliation with America)》, 매콜리[Thomas Babington Macaulay (1800~1859) : 영국의 정치가·수필가·시인·역사가]의 《새뮤얼 존슨의 생애(Life of Samuel Johnson)》 등을 읽었다. 길먼 선생님은 역사와 문학에 관해 해박하셨을 뿐 아니라 적절하게 설명을 잘해주셨기 때문에 나는 훨씬 쉽고 재미있게 공부할 수 있었다. 길먼 선생님이 지도해주지 않으셨다면 수업 시간에 받은 간단한 설명만 적힌 노트를 기계적으로 읽으며 혼자서 공부해야 했을 것이다.

버크의 연설문은 이전에 읽은 정치적인 주제에 관한 어떤 다른 책보다 많은 걸 알려주었다. 격동의 시대에 관한 글을 읽고 있으려니 내 정신도 덩달아 들썩였다. 전쟁 중인 두 나라의 생사가 걸린 중대한 문제의 중심에서 활약한 인물들이 내 눈앞에서 살아 움직이는 듯했다. 거대한 파도가 몰아치듯 힘차게 웅변하는 버크의 능란한 연설문을 읽어 내려가는 동안 나는 영국의 왕 조지 3세와 그의 대신들이 어떻게 미국이 승리하고 영국이 항복하게 되리라는 버크의 경고성 예언을 귀담아 듣지 않았는지 더욱 의아해졌다. 뒤이어 나는 그 위대한 정치가가 자신의 정당과 의원들과의 관계에 대해서 상세히 설명한 우울한 내용을 읽었다. 그렇게 소중한 진리와 지혜의 씨앗이 무지와 부패의 독초 사이에 뿌려졌다는 게 너무나 기이하게 여겨졌다.

버크의 연설문과는 다른 면에서 매콜리의 《새뮤얼 존슨의 생애》도 재미있었다. 런던의 그러브 스트리트[Grub Street : 가난한 문인들이 많이 거주하던 동네]에서 눈물 젖은 빵을 먹으며 고된 노동과 육체와 정신의 괴로움 속에서도 가난하고 천대받는 사람들에게 늘 친절한 말과 도움의 손길을 건넸던 외로운 사내에게 마음이 끌렸다. 나는 그의 성공에 기뻐하고 그의 결점에 눈을 감았다. 그리고 그에게 결점이 있다는 사실보다도 결점이 있음에도 그의 영혼이 위축되거나 꺾이지 않았다는 사실이 놀라웠다. 그러나 매콜리가 평범한 것도 참신하고 아름답게 보이게 만드는 감탄스런 재능과 뛰어난 총기를 보여주었는데도 때론 그의 독단적인 주장에 진저리가 났고, 효과를 내기 위해 진실을 희생하는 대목이 자주 등장하자 대영제국의 데모스테네스[고대 아테네의 정치가이자 웅변가. 여기서는 버크를 가리킴]에 귀 기울일 때 존경심이 들었던 것과는 달리 의구심이 들었다.

케임브리지 여학교에서 나는 난생처음 내 또래의 보통 소녀들과 친하게 지내는 즐거움을 누릴 수 있었다. 나는 학교 건물에 잇닿아 지은 쾌적한 여러 채의 기숙사들 중 한 집에서 여러 친구와 함께 지냈다. 예전에 하우얼스 씨[윌리엄 딘 하우얼스(1837~1920) : 미국의 소설가·비평가. 19세기 미국 문학을 이끌었던 사실주의 작가. 《애틀랜틱 먼슬리》의 주간이기도 했음]가 살았던 이 집에서 우리 모두는 집에서처럼 편하게 지낼 수 있었다. 나는 친구들과 여러 가지 게임을 하며 놀았는데 심지어

까막잡기[수건으로 눈을 가린 술래가 다른 사람을 잡는 놀이. 잡힌 사람이 다음 술래가 된다]나 눈싸움도 했다. 멀리 산책을 가기도 했고 공부한 내용에 대해 서로 이야기를 나누곤 했다. 책을 읽다가 마음에 드는 글귀를 발견하면 큰 소리로 낭독하기도 했다. 몇몇 친구들이 나와 말할 수 있는 방법을 익힌 덕분에 설리번 선생님은 우리의 대화를 일일이 내 손에 적어주지 않아도 되었다.

크리스마스 시즌이 되자 어머니와 여동생이 와서 휴가를 함께 보냈다. 길먼 교장선생님은 친절하게도 밀드레드를 이 학교에서 공부시키는 게 어떻겠느냐고 제안하셨다. 그래서 밀드레드는 케임브리지에서 나와 함께 지내기로 했고, 그 행복한 6개월 동안 우리는 한시도 떨어지지 않고 붙어 지냈다. 밀드레드와 서로 도와가며 공부하고 함께 놀며 보낸 시간들을 떠올릴 때면 더없이 행복해진다.

1897년 6월 29일부터 7월 3일까지 래드클리프 대학에 들어가기 위한 예비 시험을 치렀다. 내가 선택한 과목은 초급 및 고급 독일어, 프랑스어, 라틴어, 영어, 그리고 그리스 및 로마 역사 등 총 아홉 과목이었다. 나는 전 과목에 합격했고 특히 독일어와 영어에서는 우수한 성적을 받았다.

이쯤에서 내가 시험을 어떻게 치렀는지 설명하는 게 좋을 듯하다. 학생들은 총 16시간(초급 12시간, 고급 4시간)에 합격해야 했는데, 한 번에 5시간을 통과하지 못하면 합격으로 쳐주지 않았다. 시험지가 정각 9시에 하버드에서 배부되었고, 특별 연락관이 래드클리프에 가지고 왔다. 각 수험생은 이름이 아닌 번호를 사용했다. 나

공부에 열중한 헬렌 켈러.

는 수험 번호가 233번이었으나 타자기를 사용해야 했기 때문에 내가 누구인지 드러날 수밖에 없었다.

타자 치는 소리가 다른 학생들을 방해할지 모르니 별도의 교실에서 시험을 치르게 하는 게 좋겠다는 의견이 있었던 것 같다. 길먼 교장선생님은 수화 문자로 내게 시험 문제를 모두 읽어주셨고, 시험을 보는 동안 누구도 방해하는 일이 없도록 감독관이 문간을 지키고 서 있었다.

독일어 시험을 본 첫날, 길먼 선생님은 내 옆에 앉아 문제지를 처음부터 끝까지 쭉 읽어주신 다음 한 문장씩 한 번 더 읽어주셨고 나는 소리 내어 그것을 따라 읽으며 내가 선생님의 말을 잘 이해했는지 확인했다. 문제가 어려웠기 때문에 타자기로 답을 칠 때 몹시 떨렸다. 길먼 선생님은 내가 타자기로 작성한 답을 내 손에 적어주셨다. 꼭 필요하다고 생각되는 경우 내가 정정을 하면 길먼 선생님은 나를 대신해서 정정한 것을 적어 넣으셨다. 그 후에 치른 시험에서는 이런 혜택을 누릴 수 없었다. 래드클리프에서는 답안을 작성한 뒤에 아무도 읽어주는 사람이 없었고, 시간 안에 끝내지 않는 한 실수를 정정할 기회는 없었다. 시간 안에 답안 작성을 끝낸 경우에는 주어진 시간 몇 분 전에 실수한 부분을 기억해내고 답안지 끄트머리에 정정 사항을 적어 넣기도 했다. 내가 최종 시험보다 예비 시험에서 더 좋은 성적을 거두었다면 거기에는 두 가지 이유가 있다. 최종시험에서는 내가 쓴 답안을 읽어주는 사람이 아무도 없었고, 예비시험에서 내가 선택한 과목에는 내가 케임브리지 여학교에 오기 전에 배워두어 친숙한 과목이 몇 있었기 때문이다. 그해 초 길먼 교장 선생님이 하버드대 기출 문제를 풀어보게 했을 때 나는 영어, 프랑스어, 독일어, 역사 시험에서 이미 합격 점수를 얻은 바 있었다.

길먼 선생님은 수험번호 233번이 답안을 작성했다는 확인서를 첨부하여 내 답안을 채점위원에게 보냈다.

다른 예비 시험들도 같은 방법으로 치러졌는데, 첫 시험만큼 어렵지 않았다. 그날 라틴어 시험지를 받았을 때 실링 선생님이 교실까지 찾아와 내가 독일어 시험을 우수한 성적으로 통과했다고 알려주셨다. 나는 이 소식에 힘을 얻어 그 어려운 시험을 끝까지 가벼운 마음으로 침착하게 잘 치러낼 수 있었다.

19

 2학년 과정이 시작되자 꼭 성공하리라는 소망과 결의가 마음 가득 차올랐다. 그러나 처음 몇 주 동안 예기치 않은 난관에 맞닥뜨렸다. 길먼 선생님은 그해에 내가 주로 수학 공부를 해야 한다는 데 동의하셨었다. 그래서 나는 물리학, 대수학, 기하학, 천문학, 그리스어, 라틴어 등을 들었다. 그러나 안타깝게도 수업이 시작될 때까지 필요한 책들이 점자책으로 만들어지지 못했고, 몇몇 과목을 공부하는 데 중요한 학습 도구도 없었다. 게다가 학급 인원이 너무 많아서 선생님들이 내게 특별 지도를 해줄 수도 없었다. 설리번 선생님이 모든 책을 내게 읽어줘야 했고 수업도 통역해줘야 했다. 11년 만에 처음으로 선생님의 고마운 손이 버거워하는 듯 느껴졌다.

 대수학과 기하학 시간에는 필기를 해야 했고 물리학 시간에는 문제를 풀어야 했다. 그러나 그것은 문제 풀이 과정을 한 단계씩 적을 수 있는 점자 타자기를 사고 나서야 가능했다. 칠판에 그려진 도형을 볼 수 없으니 그것을 명확히 알기 위해서는 직선 및 곡선 모양의 철사로 도형을 만들어야 했다. 키스 선생님이 보고서에 쓴 대로 나는 도형 이름, 가설과 결론, 작도와 증명 과정 등을 일일이 머릿속에 저장해두어야 했다. 한마디로 말해서 모든 과목을 공부하는 것이 힘에 부쳤던 것이다. 때로는 완전히 의욕을 잃고 기억하기도 창피한 방식으로 감정을 터뜨리곤 했다. 심지어 내게 친절하게 대해준 모든 친구들 중에서도 잘못을 바로잡아주고 거친 면을 부드럽게 해줄 수 있는 유일한 분인 설리번 선생님한테까지 어려운 공부에 대한 화풀이를 했다.

그러나 조금씩 어려움은 해소되기 시작했다. 점자책들과 기타 학습 도구들이 도착했고, 나는 새로운 자신감을 가지고 다시 열심히 공부에 매진했다. 그러나 이렇게 노력하는데도 대수학과 기하학만은 여전히 이해할 수 없었다. 전에도 말했듯이 나는 수학에 전혀 소질이 없었다. 다른 이유로는 충분히 납득이 되지 않았다. 특히 기하학의 도형들은 나를 난감하게 했다. 도형 틀 위에 철사로 만든 도형을 세워놓고도 나는 도형들 간의 다른 점이나 관계를 알 수 없었다. 키스 선생님이 나를 지도해주시기 전까지는 수학의 개념들을 분명히 알지 못했다.

이런 어려움을 조금씩 극복하기 시작할 무렵 모든 것을 뒤바꿔놓는 사건이 일어났다.

점자책들이 도착하기 직전에 길먼 교장선생님은 내 공부가 너무 과중한 것 같다며 설리번 선생님에게 이의를 제기하기 시작하더니, 내가 열렬히 반대하는데도 막무가내로 내 수업시간 수를 줄여버리셨다. 이 학교에 입학할 당시 우리는 필요하다면 5년 동안 대학 입학을 준비하기로 합의했으나, 1학년 말 내 시험 성적을 보신 설리번 선생님과 하보 선생님(이 학교의 교감), 그리고 다른 선생님들도 내가 앞으로 2년만 더 다녀도 별 어려움 없이 준비 과정을 수료할 수 있을 거라고 판단하셨다. 길먼 교장선생님도 처음에는 이 의견에 찬성하셨으나 내가 공부를 어려워하자 일정을 너무 무리하게 잡아서 그렇다며 1년을 연장해야겠다고 주장하셨다. 나는 이 계획이 마음에 들지 않았다. 반 친구들과 함께 대학에 가고 싶었기 때문이다.

그러던 중 공교롭게도 11월 17일, 나는 몸이 안 좋아서 학교에 가지 못했다. 설리번 선생님은 내 상태가 심각하지 않다는 것을 알고 계셨지만, 내가 아파서 학교에 못 나왔다는 얘기를 들은 길먼 교장선생님은 내 몸이 쇠약해지고 있다며 내 동급생들과 최종 시험을 볼 수 없도록 내 학과목을 독단으로 바꿔버리셨다. 길먼 교장선생님과 설리번 선생님이 끝내 의견 차이를 좁히지 못하자, 결국 어머니는 밀드레드와 나를 케임브리지 여학교에서 자퇴시키셨다.

얼마간의 시일이 지난 뒤 케임브리지의 머튼 S. 키스 선생님한테서 개인 교습을 받으며 공부를 계속하기로 했다. 설리번 선생님과 나는 남은 겨울을 보스턴에서 25마일〔약 40킬로미터〕 거리에 있는 렌섬의 체임벌린 가에서 친구들과 함께 보냈다.

1898년 2월부터 7월까지 키스 선생님은 일주일에 두 번씩 렌섬까지 와서 대수학, 기하학, 그리스어, 라틴어 등을 가르쳐주셨고 설리번 선생님은 옆에서 통역해주셨다.

1898년 10월, 우리는 보스턴으로 돌아왔다. 그때부터 8개월 동안 키스 선생님은 일주일에 다섯 번 한 과목에 한 시간씩 가르쳐주셨다. 내가 전 시간에 이해하지 못한 것이 있을 때면 매번 다시 설명해주셨고, 새로 배울 내용을 과제로 내어 예습하게 하셨고, 일주일 동안 내가 타자기로 작성한 그리스어 작문을 집으로 갖고 가서는 틀린 곳을 세세하게 바로잡은 뒤 내게 돌려주셨다.

이런 식으로 나의 대학 입시 준비는 계속 진행되었다. 교실에서 수업을 듣는 것보다 개인 교습을 받는 것이 훨씬 쉽고 재미있었다. 이해하지 못하는 것이 있을 때에도 선생님이 차근차근 설명을 해주었으므로 서두를 필요도 없었고 잘 모르는 채로 넘어가지 않아도 되었다. 그래서 학교에서보다 더 빨리, 그리고 더 잘 공부할 수 있었다. 대수학과 기하학이 언어와 문학의 반만큼만 쉬웠다면 얼마나 좋을까 싶다. 그러나 키스 선생님 덕분에 이런 수학에도 흥미를 가지게 되었다. 선생님은 문제를 작게 다듬어 내 머리로 풀 수 있게 해주셨다. 그리고 내가 주의를 기울여 문제를 풀고 싶은 마음이 생기게끔 늘 의욕을 북돋아주셨고, 제멋대로 공중으로 날아올라 엉뚱한 곳에 착지하는 대신 명확하게 추론하여 차근차근 논리적으로 결론을 이끌어내는 훈련을 시키셨다. 게다가 내가 아무리 우둔하게 굴어도 늘 자상하고 관대하게 대해주셨다. 사실 나의 멍청함은 욥〔구약성서 〈욥기〉 참조〕의 인내로도 참아낼 수 없을 때가 많았을 텐데 말이다.

1899년 6월 29일과 30일에는 래드클리프 대학 입학을 위한 최종 시험을 보았다. 첫날에는 초급 그리스어와 고급 라틴어 시험을, 둘째 날에는 기하학, 대수학, 고급 그리스어 시험을 보았다.

대학 당국은 설리번 선생님이 내게 시험지를 읽어주는 것을 허락하지 않았다. 대신 퍼킨스 맹아학교 교사인 유진 C. 바이닝 씨에게 시험지를 미국식 점자로 베껴 쓰도록 했다. 바이닝 씨는 처음 뵙는 분이어서 점자로 쓰는 것 외에는 나와 의사소통이 불가능했다. 시험 감독관 역시 낯선 사람이었는데 나와 의사소통하려는 생각이 아예 없는 듯했다.

어학 시험은 점자로도 충분히 치를 수 있었지만 기하학과 대수학 시험에서는 어려움이 발생했다. 특히 대수학 시험에서 나는 몹시 당황했고 귀중한 시간을 많이 허비하게 되어 낙담했다. 나는 미국에서 흔히 사용되는 모든 문자 점자—영국식, 미국식, 뉴욕식—에 익숙했다. 하지만 기하학과 대수학의 각종 부호와 기호를 나타내는 방법에 있어서는 이 세 가지 점자 체계가 제각기 아주 달랐을 뿐 아니라, 대수학을 공부할 때 내가 영국식 점자만을 사용해왔던 터라 당황하지 않을 수 없었다.

시험 이틀 전에 바이닝 씨는 내게 하버드대 대수학 기출 문제 가운데 하나를 점자로 찍어서 보내주었다. 당황스럽게도 미국식 표기법을 따르고 있었다. 나는 곧바로 책상 앞에 앉아 바이닝 씨에게 이 기호들을 설명해달라고 부탁하는 편지를 썼다. 나는 또 하나의 시험지와 기호 일람표를 받고 열심히 그 표기법을 익히기 시작했다. 그런데 대수학 시험 전날 밤 아주 복잡한 예제를 풀어보았는데 대괄호와 중괄호와 근호의 조합을 어떻게 표시하는지 알 수 없었다. 키스 선생님과 나는 걱정이 되었고 다음날 시험을 망칠 것 같은 불길한 예감에 휩싸였다. 우리는 시험 시작 시간 전에 대학에 도착하여 바이닝 씨에게 미국식 점자 표기법에 대해 더 자세히 설명해달라고 부탁했다.

나는 늘 명제를 책으로 읽거나 손에 적는 방식으로 설명을 들어왔기 때문에, 기하학의 경우 문제를 읽을 때에는 이해하는 것 같다가도 점자를 자꾸 혼동하는 바람에 읽은 내용이 머릿속에 분명히 들어오지 않는 것이 가장 어려웠다. 그러나 대수학 시험을 치를 때에는 이보다 더 어려운 시간을 보내야 했다. 조금 전에 배워서 알고 있다고 생각한 기호와 부호들이 나를 당황하게 했다. 게다가 나는 내가 타자기로 작성한 답안을 볼 수 없었다. 대수 문제를 풀 때 나는 언제나 머릿속으로 암산을 하거나 점자를 이용해왔다. 키스 선생님은 나의 암산 능력을 너무 신뢰한 나머지 내게 답안을 작성하는 훈련을 시키지 않으셨던 것이다. 그래서 나는 고통스러울 정도로 느리게 문제를 풀었고 보기를 여러 번 읽고 나서야 어떻게 풀어야 하는지 이해가 되었다. 사실 지금도 내가 그 모든 기호들을 제대로 읽었는지 모르겠다. 그때 나는 너무 당황한 탓에 침착할 수 없었다.

그러나 누군가에게 책임을 묻기 위해 이런 말을 하는 것은 아니다. 래드클리프 대학 당국은 자신들이 내 시험을 얼마나 어렵게 만들고 있는지 깨닫지 못했을 뿐 아니라 내가 극복해야 했던 특별한 어려움도 이해하지 못했다. 그러나 그들이 고의로 그런 것은 아닐 터이므로 내가 그 모든 난관을 이겨냈다는 것으로 위안을 삼으련다.

20

대학 입시를 위한 고된 투쟁이 끝났고, 나는 언제든 원하는 때에 래드클리프에 들어갈 수 있었다. 그러나 어른들은 내가 입학하기 전에 1년 더 키스 선생님의 지도를 받는 게 좋겠다고 생각하셨다. 그리하여 1900년 가을이 되어서야 대학 진학이라는 내 오랜 꿈이 실현되었다.

래드클리프 대학에서의 첫날이 떠오른다. 호기심과 흥미로 가득한 하루였다. 오래전부터 고대해온 날이었다. 대학 진학을 포기하라는 친구들의 설득이나 그만두고 싶다는 내 마음의 변명보다도 내 내면의 원동력이 더 컸기에 나는 정상인의 기준으로 내 능력을 시험해볼 수 있었던 것이다. 그 노정에 난관이 많으리라는 것을 알았지만 그 난관들을 극복하고 싶은 열정이 있었다. 나는 로마의 현자가 남긴 "로마에서 추방되면 로마 바깥에서 살 수밖에 없다"는 말을 가슴속에 새겨두고 있었다. 지식을 향해 탄탄대로로 가는 것을 금지당한 나는 사람들이 다니지 않은 시골길로 걸어가야 했고, 나처럼 생각하고 사랑하고 노력하는 여학생들과 교류할 수 있는 대학에는 샛길이 많다는 것을 알고 있었다.

나는 열의를 가지고 대학 공부를 시작했다. 내 앞에 새로운 세계가 아름답고 찬란하게 펼쳐졌고, 내 안에 모든 것을 알 수 있는 능력이 있다고 느꼈다. 경이로운 정신의 세계에서는 나 역시 어느 누구 못지않게 자유로우며, 대학에서 만나는 사람들, 풍경, 풍습, 기쁨, 슬픔 모두가 내게 실제 세계를 알려주는 구체적이고 살아 있는 통역자일 거라고 생각했다. 강의실은 위대하고 지혜로운 사람들의 정신으로 충만한 듯했고 교수님들은 지혜의 화신이라는 생각이 들었다. 이게 사실이 아니었다면, 나는 누구에게도 이런 말을 하지 않을 것이다.

그러나 나는 곧 대학이 내가 상상해왔던 낭만적인 학문의 전당과는 거리가 멀다는 것을 알아차렸다. 세상 물정 모르는 순진한 어린 마음을 기쁘게 했던 수많은 꿈들이 조금씩 줄어들더니 "평범한 나날의 일상으로 사라져갔다." 차츰 대학에 다니는 일에도 좋지 않은 점이 있다는 생각이 들기 시작했다.

예나 지금이나 가장 절실하게 느끼는 것은 시간이 부족하다는 것이다. 전에는 내 마음을 돌아보며 찬찬히 생각할 시간이 있었다. 저녁이면 내 마음과 마주앉아 내면에서 울려나오는 정신의 멜로디에 귀를 기울이곤 했다. 좋아하는 시인의 글귀가 침묵하던 영혼에 깊고도 향기로운 현을 울리는 한가로운 순간에만 이 멜로디가 들리는 법이다. 그러나 대학에 오고부터는 누군가와 생각을 교류할 시간이 전혀 없었다. 대학은 생각하기 위해서가 아니라 배우기 위해서 다니는 곳인 듯했다. 배움의 문에 들어서면 제일 소중한 즐거움의 원천인 고독과 책과 상상의 세계를 산들바람이 부는 소나무 숲에 남겨두어야 하나 보다. 미래의 즐거움을 위해 하나하나 보물을 쌓아간다는 생각에서 위안을 찾아야 하겠지만, 나는 미래에 닥칠 궂은날에 대비하여 부를 축적하기보다 현재의 행복을 더 좋아할 정도로 즉흥적인 사람이다.

첫해에 수강한 과목은 프랑스어, 독일어, 역사, 영작문, 영문학 등이었다. 프랑스어 시간에는 코르네유, 몰리에르, 라신, 알프레드 드 뮈세, 생트뵈브의 작품을, 독일어 시간에는 괴테와 실러의 작품을 읽었다. 역사 시간에는 로마제국의 멸망에서부터 18세기까지 역사상 중요한 시대를 빠르게 개괄했고, 영문학 시간에는 밀턴의 시와 《아레오파지티카(Areopagitica)》를 비평적 시각으로 살펴보았다.

대학에서 공부할 때 남다른 어려움을 어떻게 극복하느냐는 질문을 흔히 받게 된다. 물론 강의실에서 수업을 들을 때 나는 혼자 있는 거와 다름없다. 교수님은 마치 전화기 너머에서 말하는 듯 멀리 있는 것 같다. 내 손에 굉장히 빠른 속도로 옮겨 적히는 강의 내용을 따라가려고 애쓰느라 나는 강의하는 교수님의 개성을 포착할 여유가 없다. 마치 사냥개가 산토끼를 정신없이 쫓아가다가 놓치고 마는 것처럼 나는 내 손에 빠르게 달려드는 단어들을 놓치기 일쑤다. 그러나 이 점에서는 노트 필기를 하는 다른 학생들과 견줘볼 때도 더 나쁘다고 할 수만은 없을 것이다. 들은 내용을 허둥지둥 받아 적는 기계적인 일에 정신이 팔려 있으면 깊이 생각해야 할 주제나 그 주

132

제가 제시되는 방법에 집중할 수 없는 법이니까 말이다. 나는 강의를 듣는 데 손을 써야 하므로 필기할 수도 없다. 보통 집에 돌아와서 기억나는 것을 간단히 적어둔다. 나는 연습 문제, 작문 숙제, 비평, 쪽지 시험, 중간 및 기말고사 등을 모두 타자기로 쳐서 내기 때문에 교수님들은 내가 해당 과목을 얼마나 이해했는지 어렵지 않게 알아차릴 수 있다. 라틴어 작시법 공부를 시작했을 때는 갖가지 운율과 음량〔quantities : 음절의 장단〕을 표시하는 기호 체계를 고안하여 교수님께 설명을 드렸다.

나는 하먼드 타자기를 사용한다. 여러 종류의 타자기를 사용해보았지만 하먼드 타자기만큼 내 필요에 딱 들어맞는 것은 없는 것 같다. 이 타자기는 활자 틀(type shuttle)을 교체할 수가 있어서 그리스어, 프랑스어, 수학 기호 등 타자기로 작성하고 싶은 문서의 종류에 따라 다양한 틀을 사용할 수 있다. 이 타자기가 없다면 대학에 다닐 수 있을지 의문이다.

대학에서 공부하는 데 필요한 책들 중에 시각장애인을 위해 점자책으로 만들어진 것은 거의 없으므로 설리번 선생님이 책 내용을 일일이 내 손에 써주셔야만 한다. 그러다 보니 수업을 준비하는 데 다른 학생들보다 더 많은 시간이 필요하다. 손에 일일이 써야 하기 때문에 시간도 많이 걸릴뿐더러 정확히 전달되지 않는 경우도 많다. 촉각을 곤두세워 집중해야 하는 나날이 계속되면 신경은 날카로울 대로 날카로워지곤 한다. 다른 아이들은 밖에서 웃고 노래하고 춤추며 즐겁게 노는 동안 나는 한두 장을 읽기 위해 몇 시간을 보내야 한다는 생각이 들면 반항심이 치밀지만 곧 예전의 낙천적인 기질을 되찾고는 웃으며 마음에서 불만을 몰아낸다. 결국 참된 지식을 얻고자 하는 사람은 누구나 홀로 '험준한 산'을 올라야 하고 정상에 오르는 데 왕도가 없으므로, 나는 혼자서 갈팡질팡하며 산을 올라야 한다. 숱하게 미끄러지고, 넘어지고, 주저앉고, 돌진하다 불쑥 나타난 장애물에 부딪히곤 한다. 그 와중에 화를 터뜨리고 진정하기를 반복하며 조금씩 의연해진다. 이렇게 한 걸음 한 걸음 어렵게 앞으로 나아가다 보면 차츰 기운이 솟아 더욱 열심히 위로 올라가게 되고 마침내 너른 지평선을 볼 수 있게 된다. 매번의 고투가 인간 승리의 드라마다. 있는 힘껏 노력하기를 거듭할수록 빛나는 구름에, 깊고 푸른 하늘에, 내 열망의 고원에 더 가까이 다가간다. 그러나 이런 고투를 벌이는 동안 늘 혼자인 건 아니다. 윌리엄 웨이드 씨와 펜실베이니아 맹아학교 교장인 E. E. 앨런 씨가 필요한 책 대부분을 점자로 만들어주신다. 이런 배려는 그분들이 상상하는 것보다 내게 훨씬 더 많은 도움과 용기를 준다.

작년, 그러니까 내가 래드클리프 대학에 온 지 두 번째 해에 나는 영작문, 영문학으로서의 성서, 미국과 유럽의 정치, 호라티우스 송가, 그리고 라틴 희극을 들었다. 이 중에서 가장 재미있었던 건 작문 수업이었다. 그 수업은 생동감이 넘쳤고 늘 흥미롭고 활기차고 재기발랄했다. 담당교수인 찰스 타운센드 코플런드 선생님은 내가 만난 어떤 교수보다도 원문의 생생함과 활력을 잘 전달해주는 분이었다. 짧은 한 시간 동안 우리는 불필요한 해석과 주해 없이 옛 대가들이 남긴 작품의 영원한 아름다움을 맘껏 들이켜고, 대가들의 훌륭한 사상에 흠뻑 빠져볼 수 있었다. 야훼와 엘로힘〔히브리어로 '신'을 뜻함〕의 존재를 잊고 영혼으로 구약성서의 감미로운 천둥소리를 즐겼다. 그리고 "영혼과 형상이 영원한 조화 속에 존재하는 완벽한 상태를 어렴풋이 감지하고, 진리와 아름다움이 고대의 줄기에서 새로이 성장하고 있다는 것을 느끼며" 집으로 돌아오곤 했다.

올해는 수강하는 과목이 특히 내가 좋아하는 것들이라 가장 행복하게 보내고 있다. 즉 경제학, 엘리자베스 여왕 시대의 문학, 그리고 조지 키트리지 교수의 셰익스피어, 조시아 로이스 교수의 철학 등을 공부하고 있다. 철학을 통해 우리는 그전까지는 생소하고 납득이 가지 않던 다른 방식의 생각과 머나먼 시대의 전통을 이해하고 공감하게 된다.

그러나 대학은 내가 생각했던 고대 아테네 학당의 보편적 형태는 아니다. 훌륭하고 현명한 이들과 가까이서 이야기를 나눌 수도 없고 그들의 살아 있는 감촉조차 느낄 수 없다. 이들이 존재한다는 것은 사실이다. 하지만 미라의 형태로 존재하는 듯하다. 쩍쩍 갈라진 학문의 벽 틈새로 이들을 끄집어내고 해부하고 분석한 뒤에야 비로소 이들이 단지 그럴듯한 복제품이 아니라 진짜 밀턴과 이사야임을 확신할 수 있게 되는 것이다. 많은 학자들이 위대한 문학작품의 향유는 지성보다는 공감의 깊이에 달려 있다는 사실을 잊은 듯하다. 문제는 그들의 장황한 주석이나 해설 가운데 기억에 남는 게 거의 없다는 것이다. 이런 해설은 마치 농익은 열매가 나뭇가지에서 우수수

떨어져내리듯 우리의 마음에서 사라진다. 꽃의 뿌리와 줄기와 잎을 비롯한 모든 부분과 꽃의 성장과정까지 다 알면서도 천상의 이슬을 머금은 싱그러운 꽃의 아름다움을 느끼지 못할 수도 있다. 나는 초조한 마음으로 거듭 스스로에게 묻곤 했다. "왜 이런 해설과 가설을 공부해야 하는 거지?" 해설과 가설들은 마치 눈먼 새가 무익한 날갯짓으로 이리저리 공중을 날아다니듯 내 생각 속에서 어지러이 떠돌 뿐이었다. 유명한 작품을 철저히 아는 것에 반대할 생각은 없다. 다만 끝없이 이어지는 주석과 난해한 비평만을 중요하게 다루는 것은 옳지 않다고 본다. 이런 비평이나 견해는 사람 수만큼이나 많지 않은가. 그러나 키트리지 교수처럼 훌륭한 학자가 대문호의 말을 해석해줄 때에는 "마치 눈먼 자에게 새로운 빛의 세계가 열리는 듯했다." 그는 시인 셰익스피어를 우리 눈앞에 불러온다.

그러나 내가 공부해야 하는 것의 절반쯤은 쓸어버리고 싶을 때가 있다. 부담이 지나치면 각고의 노력 끝에 얻은 보물이라 해도 즐길 수 없는 법이다. 하루에 각기 다른 언어로 된 너덧 권의 책을, 그것도 굉장히 다양하고 폭넓은 주제를 다루는 책을 읽으면서도 독서의 본래 목적을 잃지 않는다는 것은 불가능하다고 생각한다. 시험 준비에 쫓겨 급하고 초조하게 책을 읽으면 거의 쓸모없어 보이는 수많은 고급 골동품으로 머릿속이 꽉 차게 된다. 지금 내 정신은 너무 잡다한 것들로 가득해서 정돈하기를 포기해야 할 정도다. 나는 내 정신의 왕국에 들어설 때마다 마치 내가 속담에 나오는 '도자기 가게의 황소'[황소가 도자기 가게에 들어갔을 때 도자기를 깨부수듯 통제 불능 상황을 비유함] 같다고 느낀다. 갖가지 지식의 잡동사니들이 마치 우박처럼 내 머리에 부딪쳐 오고 내가 거기서 벗어나려 하면 온갖 종류의 주제 도깨비와 대학 귀신들이 내 뒤를 쫓아와, 급기야 나는 지금껏 숭배해온 우상을 깨부수고 싶어진다. 사악한 소원을 용서받을 수 있기를!

시험이야말로 대학 생활에서 나를 가장 괴롭히는 괴물들이다. 얼마나 여러 차례 놈들과 대결하여 바닥에 내리꽂고 승리를 거두었던가. 그러나 놈들은 다시 일어나 창백한 얼굴로 나를 위협한다. 결국 나는 밥 에이커스[리처드 셰리든의 희곡 〈연적〉의 겁 많은 등장인물]처럼 내 용기가 손가락 끝으로 빠져나가는 것을 느낀다. 시험이라는 시련이 닥치기 전 며칠은 이해 안 되는 공식들과 외기 어려운 연도들을 머릿속에 쑤셔 넣느라 분주하다. 먹고 싶은 음식이 아니므로 소화가 잘될 턱이 없다. 급기야는 책이고 학문이고 심지어 나 자신마저도 바다 깊이 던져버리고 싶어진다.

마침내 두려운 시간이 닥친다. 만일 준비가 잘되었다고 느끼고, 때 맞춰 생각을 불러올 수 있다면 운이 좋은 것이다. 트럼펫까지 동원하여 생각을 불러봐도 아무런 효과가 없는 경우가 너무도 많기 때문이다. 제일 당황스럽고 분통이 터지는 건 기억력과 판단력이 절실히 필요한 순간 녀석들이 날개를 달고 날아가버릴 때다. 애써 저장해둔 사실들이 결정적인 순간에 어김없이 당신을 외면해버리는 것이다.

"후스와 그의 업적에 대해 간단히 설명하시오." 후스라? 후스가 대체 누구고 무슨 일을 했담? 어디선가 들어본 것 같긴 한데. 마치 헝겊 주머니 속에서 비단 조각을 찾을 때처럼 역사적 사실을 담아둔 부대자루를 샅샅이 뒤진다. 머릿속 어딘가에, 아마도 위쪽 근처에 — 며칠 전 종교개혁의 발단을 훑어볼 때 보았다 — 있는 것 같았다. 지금은 어디에 들어 있는 걸까? 지식의 온갖 잡동사니들을 끄집어내 본다. 혁명? 분열? 학살? 정부 조직? 후스는 대체 어디에 있는 거지? 그러나 시험 문제와 상관없는 것만 기억이 난다. 필사적으로 부대 자루를 움켜쥐고 그 안에 든 것을 와르르 쏟아 붓는다. 찾고 있던 남자는 구석에서 제 생각에 골몰한 채 자기가 어떤 괴로움을 불러일으켰는지는 생각도 못하고 유유히 앉아 있었던 것이다.

바로 그때 시험 감독관은 시간이 다 되었음을 알린다. 그러면 극도의 혐오감이 치밀어 쓰레기 더미를 걷어차고 시험장을 나선다. 시험 문제를 푸는 사람의 동의 없이 문제를 내는 교수의 신성한 권리를 폐지할 혁명적 계획이 온통 머릿속에 들어찬다.

이 장의 마지막 두세 쪽에 비웃음을 사게 될 비유를 사용했다는 생각이 든다. 갖가지 은유가 내 앞에서 우쭐대며 걸어 다니고 조롱한다. 정체를 알 수 없는 창백한 얼굴의 괴물들과 우박의 공격을 받는 '도자기 가게의 황소'를 손가락질하면서 말이다. 마음껏 조롱하라지. 그런 은유는 생각들이 마구 밀치며 부딪치는 내 머릿속 상황을 너무도 정확히 표현해주므로 나는 한 번 윙크를 하고 짐짓 침착한 태도로 대학에 대한 내 생각이 바뀌었다고 말할 것이다.

래드클리프 대학에서의 생활이 미래의 일일 때, 대학은 내게 낭만의 후광을 두른 곳이었다. 그러나 지금은 다르다. 낭만에서 현실로 이동하는 동안 나는 대학에 오지 않았다면 결코 알지 못했을 많은 것들을 배웠다. 그 중 하나는 인내라는 귀중한 덕목이다. 인내를 통해 교육이란 오감을 열고 여유롭게 시골길을 산책할 때 마음에 들어오는 갖가지 인상을 받아들이는 것과 같다는 사실을 알게 된다. 이런 지식은 소리 없이 밀려와 깊어가는 사고의 물결로 영혼을 가득 채운다. "아는 것은 힘이다." 아니 아는 것이야말로 행복이다. 넓고도 깊은 지식이 있으면 참된 목적과 허위를 구별할 수 있고 고상한 것과 저속한 것을 구별할 수 있기 때문이다. 인류의 진보를 이끌어온 획기적인 사상이나 행동을 아는 것은 몇 세기에 걸친 인간의 위대한 심장 박동을 느끼는 것이다. 만약 이런 심장 박동에서 하늘을 향한 고된 노력을 느끼지 못한다면 생명의 하모니를 들을 수 없는 것과 마찬가지다.

21

지금까지 내 생애에 일어났던 사건들을 대략적으로 살펴보았으나, 내가 얼마나 책에 신세를 졌는가에 대해서는 밝히지 못했다. 나는 즐거움과 지혜는 물론 일반인들이 눈이나 귀를 통해 얻는 지식까지도 책에서 얻었다. 내가 받은 교육에서 책이 차지하는 의미는 다른 사람들의 경우보다 훨씬 더 컸다. 그러므로 책을 읽기 시작했을 때로 거슬러 올라가 좀 더 자세한 이야기를 하는 게 좋겠다.

1887년 5월, 일곱 살 때 나는 처음으로 이야기책을 읽었다. 그날부터 이때까지 나는 허기진 내 손가락 끝으로 읽을 수 있는 책이라면 무엇이든 탐욕스럽게 읽었다. 앞서도 말했듯이, 나는 교육을 받기 시작한 처음 몇 년 동안은 계획을 세워 규칙적으로 공부하지 않았다. 그래서 책 역시 규칙을 정해놓고 읽은 것이 아니었다.

처음에는 내가 가진 점자책은 두세 권뿐이었다. 이를테면 초보자를 위한 독본과 어린이를 위한 이야기 모음집과 '우리의 세계'라는 제목의 지구에 관한 책 정도였다. 그게 전부였지만 나는 그 책들을 읽고 또 읽었다. 얼마나 여러 번 읽어댔는지 나중에는 점자가 닳아서 알아볼 수 없을 지경이 되었다. 이따금 설리번 선생님은 내가 이해할 만한 짧은 이야기와 시를 내 손에 쓰는 방식으로 읽어주셨다. 그러나 나는 누가 읽어주는 것보다는 스스로 읽는 것을 더 좋아했다. 내 마음에 드는 부분을 되풀이해 읽을 수 있었기 때문이다.

내가 정말 열심히 책을 읽기 시작한 건 처음으로 보스턴에 갔을 때였다. 나는 날마다 정해진 시간에 학교 도서관을 이용해도 좋다는 허락을 받은 뒤부터 도서관의 책장 사이를 거닐며 손에 닿는 책이면 무엇이든 집어서 읽었다. 열 단어 가운데, 또는 한쪽 전체에서 아는 단어가 하나뿐이어도 계속 읽어 내려갔다. 나는 단어 자체에 흥미를 느꼈기 때문에 내가 읽는 글의 내용에는 별로 신경을 쓰지 않았다. 그럼에도 당시 내 정신은 감수성이 굉장히 예민했던 게 틀림없다. 왜냐하면 그 의미를 전혀 알지 못하면서도 수많은 단어와 문장 전체가 기억 속에 남아 있기 때문이다. 나중에 말을 하고 글을 쓰기 시작했을 때 이 단어와 문장들이 자연스럽게 떠올랐다. 그래서 친구들은 내 풍부한 어휘에 놀라곤 했다. 나는 많은 책들을 읽었으나 부분만을 읽었던 듯하다. 그 무렵 읽은 책 중에 끝까지 읽은 것은 한 권도 없었던 것 같다. 그리고 이해하지 못하면서도 시를 많이 읽었다. 그러다 내가 이해해가며 읽은 최초의 책인 《소공자》를 만나게 되었다.

어느 날 선생님은 내가 도서실 구석에서 《주홍글자》를 열심히 읽고 있는 것을 발견하셨다. 내 나이 여덟 살 무렵이었다. 선생님은 내게 어린 펄(《주홍글자》의 등장인물)을 좋아하느냐고 물으시고는, 내가 뜻을 몰라 궁금해하던 단어 몇 개를 설명해주셨다. 그런 다음 소년에 관한 아름다운 이야기가 있다면서 그 이야기는 틀림없이《주홍글자》보다 더 내 마음에 들 거라고 확신하셨다. 그 이야기의 제목은 《소공자》였고, 선생님은 돌아오는 여름에 읽어주마고 약속하셨다. 그러나 팔월이 되어서야 우리는 그 이야기를 읽기 시작했다. 해변에 도착하고 처음 몇 주 동안은 처음 보는 것들과 신기한 것들로 가득해서 책의 존재를 까맣게 잊고 지냈다. 게다가 선생님은 보스턴에 가서 친구들을 만나고 오시느라 잠시 내 곁을 떠나 계셨다.

선생님이 보스턴에서 돌아온 뒤 우리가 거의 맨 처음 한 일은《소공자》를 읽기 시작한 것이었다. 매력적인 소년의 이야기가 시작되는 첫 장을 읽을 때의 시간과 장소는 지금도 또렷이 떠오른다. 때는 팔월의 따뜻한 오후, 우리는 집에서 조금 떨어진 곳에 있는 아름드리 소나무 두 그루 사이에 매단 그물침대에 걸터앉아 있었다. 되도록 오래도록 책을 읽을 요량으로 점심을 먹은 뒤 서둘러 설거지를 끝냈다. 웃자란 풀을 헤치며 그물침대로 발걸음을 재촉할 때 메뚜기가 떼 지어 몰려다니며 우리 옷에 들러붙곤 했다. 선생님은 기어이 녀석들을 일일이 떼어내고 나서야 자리에 앉으셨는데 내게는 선생님의 이런 행동이 불필요한 시간 낭비로 여겨졌다. 그물침대는 선생님이 안 계신 동안 사용하지 않았기 때문에 솔잎으로 뒤덮여 있었다. 따뜻한 햇살이 소나무를 비추자 솔향이 한껏 풍겨 나왔다. 공기는 향기로웠고 바다 냄새가 묻어났다. 이야기를 읽기 시작하기에 앞서 설리번 선생님은 내가 이해하지 못하리라고 생각되는 것들을 설명해주셨다. 그리고는 읽어가면서 낯선 단어들의 뜻을 알려주셨는데,

처음에는 모르는 단어가 많아서 읽기가 자꾸 중단되었다. 그러나 이야기가 돌아가는 상황을 완전히 이해하게 되자 나는 이야기에 흠뻑 빠져 단어 하나하나에 신경을 쓰고 싶지 않았고, 설리번 선생님이 필요하다고 생각하여 들려주시는 설명도 듣고 싶지 않을 정도였다. 선생님의 손가락이 너무 혹사당해 한 글자도 더 쓸 수 없게 되었을 때 나는 처음으로 심한 결핍감을 느꼈다. 나는 그 책을 집어 들고 영원히 잊지 못할 간절한 열망으로 글자를 더듬어보았다.

그 후 나의 간절한 바람을 들은 애나그노스 선생님은 소공자 이야기를 점자책으로 만들어주셨다. 그 책을 얼마나 여러 번 읽었는지 나중에는 거의 암기할 정도가 되었고, 나의 어린 시절 내내 소공자는 나의 어질고 자상한 동무였다. 독자 여러분을 지루하게 할지도 모를 위험을 무릅쓰고 이런 이야기를 세세하게 늘어놓는 이유는 이 책에 얽힌 기억이 너무도 생생하여 내가 처음 독서를 하기 시작했을 때의 모호하고 변덕스럽고 혼란스러운 기억과 분명한 대조를 이루기 때문이다.

돌아보면 내가 책에 진짜 흥미를 느끼기 시작했던 것은 《소공자》를 만나고부터였다. 그 후 2년 동안 나는 집에 있을 때와 보스턴을 방문했을 때 참 많은 책을 읽었다. 그때 읽은 책이 전부 기억나지는 않는다. 어떤 순서로 읽었는지도 생각나지 않는다. 그러나 그 책들 중에 《플루타르크 영웅전》, 라퐁텐의 《우화》, 호손의 《원더 북》, 《성서 이야기》, 찰스 램의 《셰익스피어 이야기》, 디킨스의 《어린이 영국사》, 《아라비안나이트》, 《로빈슨 가족》, 《천로역정》, 《로빈슨 크루

소》,《작은 아씨들》, 그리고 나중에 독일어로도 읽은 아름다운 이야기 《알프스의 소녀 하이디》 등이 있었다는 것은 기억이 난다. 나는 공부 시간과 노는 시간 틈틈이 전에 없는 깊은 기쁨을 느끼며 이런 책들을 읽어나갔다. 나는 책을 연구하거나 분석하지 않았다. 잘 썼는지 아닌지도 알지 못했을 뿐 아니라 문체나 저자에 대해 생각해본 적도 없다. 이 책들은 내 발 앞에 보석을 펼쳐놓고 나는 햇볕을 쬐듯, 친구의 우정을 받아들이듯 그것들을 받아들였다. 나는 《작은 아씨들》을 무척 좋아했는데 그 이유는 그 책에 등장하는 보고 들을 수 있는 아이들과 친밀한 느낌이 들었기 때문이다. 내 생활은 여러모로 활동에 제약이 따랐으므로 바깥세상에 대해 알려면 책을 읽어야 했다.

《천로역정》은 별로 재미가 없어서 끝까지 읽지 못했던 것 같다. 그리고 라퐁텐의 《우화》도 마음에 들지 않았다. 처음에 영어 번역본으로 읽을 때부터 그다지 흥미를 끌지 못했는데, 나중에 프랑스어로 다시 읽어보아도 생생한 묘사와 놀라운 언어 구사에도 불구하고 처음 읽을 때보다 나을 게 없었다. 그 이유를 분명히 알 수는 없지만 동물들이 인간처럼 말하고 행동하는 이야기가 그다지 강렬하게 내 마음에 와 닿지 않았던 것 같다. 아마도 우스꽝스런 동물들의 캐리커처에 정신이 팔려 우의(寓意)를 제대로 간파하지 못했던 탓이리라.

그리고 라퐁텐은 좀처럼 인간의 고차원적 도덕심에는 호소하지 못했다. 그가 가장 중요하다고 강조하는 것은 이성과 자기애다. 그의 모든 우화를 관통하여 흐르는 생각은 인간의 도덕심이란 전적으로 자기애에서 나오며 만일 이성에 의해 자기애가 인도되고 제한될 수 있다면 자연스럽게 행복이 뒤따른다는 것이다. 내 판단으로는 자기애는 모든 악의 근원이다. 물론 라퐁텐이 나보다 인간을 관찰할 기회가 훨씬 더 많았을 테니 이런 내 생각이 그른 것일지도 모른다. 나는 우화의 냉소적이고 풍자적인 특성보다도 원숭이와 여우가 중요한 진리를 가르치는 상황에 더 거부감을 느꼈던 것 같다.

그러나 《정글북》과 《시튼 동물기》는 무척 마음에 들었다. 이 책에 나오는 동물들은 사람을 희화화한 동물들이 아니라 진짜 동물들이었으므로 정말 흥미로웠다. 우리는 동물들의 사랑과 증오에 공감하고 그들의 희극에 웃고 그들의 비극에 운다. 그리고 도덕적인 교훈이 담겨 있더라도 아주 미묘하게 표현되어 있어 우리는 그것을 거의 의식하지 못한다.

내 정신은 자연스럽게 그리고 즐겁게 고대의 사상을 받아들였다. 그리스, 특히 고대 그리스는 신비한 매력으로 나를 사로잡았다. 내 상상의 세계에서는 고대 그리스의 남신과 여신들이 아직도 땅 위를 걸어 다니며 사람들과 얼굴을 마주하고 이야기를 나누었다. 그리고 나는 은밀히 내 마음속에 내가 제일 좋아하는 그리스 신들을 위한 신전을 세웠다. 나는 요정과 영웅, 반신반인이라면 모르는 게 없었고 그들 모두를 좋아했다. 아니, 꼭 그렇지만은 않았다. 메데이아와 이아손의 잔인함과 탐욕은 너무 극악무도해서 용서할 수 없었으니까. 그리고 신들은 왜 이들이 죄를 지을 때에는 그냥 보고만 있다가 일이 다 터지고 나서야 벌을 내리는 것인지 이해할 수 없었다. 그 미스터리는 아직 풀리지 않았다. 지금도 나는 종종 의아해하곤 한다.

어떻게 신은 침묵할 수 있는가
죄악이 히죽대며 시간이라는 자신의 집을 가로질러 기어가는데

그리스를 나의 파라다이스로 만들어준 것은 《일리아스》였다. 원서로 읽기 전부터 트로이 이야기는 잘 알고 있었으므로 문법의 경계를 넘고 나니 별 어려움 없이 그리스의 단어들로부터 보물을 얻을 수 있었다. 위대한 시는 그리스어로 지어졌든 영어로 지어졌든 감응하는 마음 외에는 어떤 다른 해설가도 필요하지 않은 법이다. 상세한 주석과 해설을 덧붙이고 분석하여 시인의 위대한 작품을 싫증나게 만드는 사람들이 이 단순한 진리를 깨우친다면 얼마나 좋을까! 한 편의 아름다운 시를 이해하고 감상하기 위해 반드시 단어 하나하나의 뜻을 정의하고 어간을 구분하고 문장 내에서의 문법적 위치를 파악해야 하는 것은 아니다. 물론 나는 박식한 교수님들이 나보다 《일리아스》에서 더 많은 보물을 찾아냈다는 사실을 알고 있다. 그러나 나는 탐욕스럽지 않다. 나는 다른 사람들이 나보다 더 현명할 수 있다는 사실을 기꺼이 받아들인다. 그러나 그들이 아무리 방대하고 깊은 지식을 가지고 있다 하더라도 이 빛나는 서사시의 즐거움을 측정할 수는 없다. 그건 나 역시 마찬가지다. 일리아스의 가장 아름다운 구절을 읽을 때면 나는 내 영혼이 제한된 내 삶의 좁디좁은 환경 위로 두둥실 떠오르는 것을 느낀다. 나는 육체적 한계를 잊고 점점 더 높은 곳으로 올라간다. 가없이 드넓은 하늘이 나의 세계가 되는 것이다!

베르길리우스의 《아이네이스》는 호메로스의 《일리아스》만큼 경탄스럽지는 않으나, 사실적이다. 나는 되도록 주석이나 사전의 도움 없이 이 책을 읽고, 특히 재미있는 에피소드가 나오면 늘 즐겨 번역하곤 한다. 이따금 베르길리우스의 묘사력에 놀라곤 한다. 《일리아스》에 등장하는 신과 인간들은 펄쩍 뛰어오르며 연신 노래를 불러대는 반면 《아이네이스》의 신과 인간들은 마치 엘리자베스 시대 가면극에 나오는 인물들처럼 정열과 투쟁과 연민과 사랑의 장면을 우아하게 오고간다. 베르길리우스의 작품이 은은한 달빛을 받고 선 아폴로의 대리석상처럼 잔잔한 아름다움을 준다면 호메로스의 작품은 바람에 머리를 나부끼면서 햇빛을 담뿍 받고 서 있는 아름답고 생기발랄한 젊은이에 비유할 수 있을 것이다.

이처럼 책의 날개를 달고 날아다니는 것은 얼마나 쉬운 일인가! 《플루타르크 영웅전》에서 《일리아스》에 이르는 길은 하루 만에 닿을 수 있는 노정이 아니었으며, 언제나 즐겁기만 한 것도 아니었다. 보통 사람들이 여러 번 세계 일주를 하는 동안, 나는 지친 다리를 이끌고 문법과 사전의 미궁 속을 헤매며 터벅터벅 걸어가야 했다. 지식을 추구하는 사람들을 혼란에 빠트리기 위해 학교와 대학에서 정한 이른바 시험이라는 끔찍한 함정에 빠지기도 하면서 말이다. 지금 생각해보면 이런 천로역정의 종착점에 이르렀을 때는 보람을 느꼈던 것 같다. 그러나 그 험난한 노정은 내게 가도 가도 끝이 없는 길처럼 여겨졌다. 가끔 길모퉁이를 돌 때 예기치 않은 기쁨을 만나기도 했지만 말이다.

나는 성서를 읽기 시작하고 오랜 시간이 흐른 후에야 그 내용을 이해할 수 있었다. 지금 생각해보면 내 영혼이 성서의 놀라운 조화를 감지하지 못했던 때가 있었다는 게 이상하기만 하다. 그러나 어느 비오는 일요일 오전, 나는 달리 할 일도 없고 해서 사촌에게 성서 이야기를 읽어달라고 졸랐다. 사촌은 내가 이해하지 못할 거라 생각하면서도 내 손에 요셉과 그의 형제들 이야기를 써주기 시작했다. 그러나 그 이야기는 내 흥미를 끌지 못했다. 생소한 어투와 반복적인 표현 때문에 이야기는 생생하게 느껴지지 않았고 머나먼 가나안 땅의 이야기일 뿐이었다. 그래서 나는 요셉의 형제들이 피 묻은 색동옷을 들고 아버지 야곱의 텐트로 들어가서 사악한 거짓말을 하는 대목에 이르기도 전에 졸다가 잠들어버렸다.

그리스인들의 이야기는 그토록 매력적인데 왜 성서 이야기는 흥미를 끌지 못하는지 나는 그 이유를 이해할 수 없었다. 하기는 보스턴에서 그리스인들을 여러 명 친구로 사귀었고 그들이 들려준 제 나라 이야기에 대한 열정에 감명을 받은 적이 있는 데 반해, 유대인이나 이집트인을 실제로 만난 적은 단 한 번도 없었기 때문에 그들은 그저 미개인에 불과하고 그들에 관한 이야기도 지어낸 것일 뿐이라고 결론을 내렸던 탓도 있을 것이다. 신기하게도 아버지의 이름을 따서 짓는 그리스인들의 이름이 이상하다고 여겨진 적이 한 번도 없었다.

그렇다면 내가 그 후에 성서에서 발견한 기쁨에 대해 어떻게 말할 수 있을까? 여러 해에 걸쳐 성서를 읽다 보니 거기서 받는 기쁨과 감동이 점점 커졌고, 지금은 다른 어느 책보다도 좋아하는 책이 되었다. 그러나 아직도 성서에는 본능적으로 거슬리는 대목이 많고, 그 거부감은 내가 성서를 꼭 처음부터 끝까지 다 읽어야 했을까 후회가 될 정도로 심하다. 성서의 역사와 기원에 대해 알게 된 뒤에도 내 주의를 끌었던 세부내용에 대한 불쾌함이 사그라들지 않았던 것 같다. 나는 하우얼스 박사와 마찬가지로 과거의 문학에서 추하고 야만적인 부분은 모두 제거했으면 하고 바란다. 하지만 이들 위대한 작품을 왜곡하거나 약화시키는 것에는 어느 누구 못지않게 반대한다.

구약성서 〈에스더서〉의 단순함과 솔직함에는 인상적이고 장엄한 무언가가 있다. 에스더가 사악한 왕 앞에 서 있는 장면보다 더 극적인 게 또 있을까? 에스더는 자신의 목숨이 왕의 손에 달려 있고, 누구도 왕의 분노로부터 그녀를 지켜줄 수 없다는 것도 안다. 그럼에도 그녀는 두려움을 이겨내고 고귀한 애국심에 고무되어 "내가 죽으면 죽는 것이고, 내가 살면 우리 민족이 살리라"라는 한 가지 생각만을 하며 왕에게 다가간다.

룻의 이야기는 또 얼마나 동양적인가! 이들 소박한 시골 사람들의 삶과 페르시아의 수도에 사는 사람들의 삶은 얼마나 다른가! 룻은 너무나 성실하고 온유한 사람이어서 사랑하지 않을 수 없을 정도다. 바람에 넘실대는 보리밭에서 추수하는 일꾼들과 서 있는 그녀를 보라. 이기적이지 않고 아름다운 그녀의 영혼은 암울하고 잔인한 시대의 어두운 밤하늘을 밝히는 별과 같다. 깊이 뿌리박힌 인종적 편견과 모순된 교리를 뛰어넘은 룻의 사랑은 이 세상에서는 찾아보기 어려운 사랑이다.

성서에는 "보이는 것은 잠깐이지만 보이지 않는 것은 영원하다"는 깊은 뜻이 담겨 있어 내게 위안을 준다.

나는 책 읽기를 좋아하게 된 뒤부터 줄곧 셰익스피어에 열광했다. 찰스 램의 《셰익스피어 이야기》를 읽기 시작한 것이 언제인지 정확히 알 수는 없으나 그때 내가 아이의 이해력으로 아이다운 경이감을 느끼며 책을 읽어내려갔던 것만은 알고 있다.

셰익스피어 작품 중에 가장 인상적인 것은 《맥베스》였다. 단 한 번 읽었는데도 이야기 속의 모든 디테일이 영원히 기억에 각인될 정도였다. 오랫동안 유령과 마녀가 심지어 꿈의 세계에까지 나를 쫓아왔다. 맥베스 부인의 희고 작은 손과 단검이 눈앞에 보이는 듯했다. 그 끔찍한 핏자국은 비탄에 빠진 왕비에게만큼이나 나에게 현실감 있게 다가왔다.

《맥베스》를 읽은 뒤에는 곧이어 《리어왕》을 읽었다. 글로스터의 두 눈이 뽑히는 장면에서 느낀 공포는 결코 잊히지 않을 것이다. 분노에 사로잡힌 나머지 손가락의 움직임을 멈춘 채 한참 동안 굳은 몸으로 가만히 앉아 있었다. 관자놀이에서 맥박이 뛰었고 아이가 느낄 수 있는 온갖 증오가 마음에 몰려들었다.

나는 샤일록과 사탄을 같은 시기에 알게 되었던 게 틀림없다. 내 마음속에서 이 두 인물이 오래도록 붙어 다녔기 때문이다. 기억하건 대 나는 이들이 가여웠다. 내가 막연히 느끼기로 이들은 선한 존재가 되고 싶어도 아무도 도와주려 하지 않고 공평한 기회가 주어지지 않은 탓에 선한 존재가 될 수 없는 것 같았다. 지금도 나는 그들을 비난할 마음이 없다.

샤일록과 유다, 심지어 악마까지도 '선'이라는 거대한 바퀴에서 떨어져 나온 바퀴살이지만 적당한 때가 되면 제자리를 찾게 되리라는 생각이 들 때가 가끔 있다.

처음 셰익스피어를 읽을 때 왜 그렇게 불쾌한 인상을 많이 받았던지 지금 생각해보면 이상하기만 하다. 밝고 온화하고 기발한 희곡들은 (지금은 내가 가장 좋아하는 것들이지만) 처음에는 내게 깊은 인상을 주지 못했던 듯하다. 아마도 아이들의 생활이 평소에도 밝고 명랑하다 보니 그런 것 같다. 그러나 "아이의 기억보다 변덕스러운 것은 없다. 제멋대로 기억하고 잊어버리니까."

그 후로도 나는 셰익스피어의 희곡들을 여러 번 읽어 어떤 부분은 외울 수도 있었다. 그러나 어느 작품이 제일 마음에 드는지 말할 수는 없다. 기분에 따라 느낌이 달라지기 때문이다. 짤막한 노래와 소네트도 내게는 희곡만큼이나 신선하고 경이롭게 다가온다. 그러나 내가 셰익스피어를 아무리 좋아한다 해도 한 행 한 행의 의미를 설명해놓은 주석과 비평을 모두 읽다 보면 지루해질 때가 많다. 전에는 비평가들의 해석을 기억하려 한 적도 있었으나, 읽고 싶은 열의를 떨어뜨리고 성가시기만 해서 나는 이제 더는 설명을 읽지 않기로 나 자신과 은밀한 계약을 맺었다. 이 계약은 내가 키트리지 교수님한테서 셰익스피어를 배울 때 깨졌다. 셰익스피어의 작품에는, 그리고 세상에는 내가 이해 못하는 게 많다는 것을 나는 안다. 그래서

베일이 하나씩 들어 올려져 새로운 사상과 아름다움의 영역을 드러
내는 모습을 보는 건 내게 큰 기쁨이다.

시 다음으로 내가 좋아하는 분야는 역사다. 나는 역사책이라면
손에 넣을 수 있는 것은 무엇이든 닥치는 대로 읽었다. 무미건조한
사건과 연월일이 열거된 카탈로그에서부터 존 리처드 그린의 공평
하고 생생한 《영국 민중사》에 이르기까지, 그리고 프리먼의 《유럽
사》에서 에머튼의 《중세》에 이르기까지 가리지 않았다. 역사의 가치
를 처음으로 느끼게 해준 책은 내 열세 번째 생일에 선물로 받은 스
윈턴의 《세계사》였다. 비록 요즘엔 그 책이 논리적으로 타당하지 않
다고 여겨지는 것 같지만, 나는 그 책을 보물처럼 소중히 간직해왔
다. 나는 그 책에서 어떻게 인간 종족들이 대륙에서 대륙으로 퍼져
나가 대도시를 건설했는지, 어떻게 소수의 통치자들, 다시 말해 지
상의 타이탄들이 모든 것을 자신의 발아래 둘 수 있었으며 어떻게
결정적인 말 한마디로 몇백만 명의 사람들에게 행복의 문을 열어주
고 그보다 더 많은 사람들에게 행복의 문을 닫아버렸는지, 어떻게
다양한 민족들이 예술과 지식을 개척하고 다가올 시대의 힘찬 성장
을 위해 토대를 마련했는지, 어떻게 문명국이 타락한 시대의 대참사
를 겪고, 북방의 자손들 사이에서 불사조처럼 다시 살아났는지, 그
리고 어떻게 위대한 성현들이 자유와 관용과 교육으로 세계를 구원
하기 위한 길을 열어왔는지를 배웠다.

대학에 와서는 독일 문학과 프랑스 문학에 더욱 친숙해졌다. 독
일인은 삶과 문학에서 아름다움보다는 힘을, 관습보다는 진실을 더

중요하게 여긴다. 독일인이 하는 모든 것에는 열렬하고 강력한 힘이 있다. 독일인은 다른 사람들에게 깊은 인상을 주기 위해서가 아니라 자신의 영혼에서 불타오르는 생각을 배출하지 않으면 마음이 폭발할 것 같기 때문에 말을 한다.

게다가 독일 문학에는 내 마음에 드는 훌륭한 작품들이 많다. 그러나 독일 문학에서 가장 인상적인 점은 여인의 자기희생적 사랑이 발휘하는 구원적 힘을 인정하는 것이다. 이런 생각은 모든 독일 문학작품에 스며 있고 괴테의 《파우스트》에서도 신비롭게 표현되어 있다.

덧없이 사라지는 모든 것은
상징으로만 남을 뿐이다.
이 세상의 결점은
점점 커져 사건을 낳고
형언할 수 없는 일들이
이곳에서 일어나는데
여인의 영혼이 우리를 하늘로 인도하는구나!

내가 읽은 프랑스 작가들 중에 나는 몰리에르와 라신이 가장 마음에 들었다. 발자크와 메리메의 작품에는 바다의 강렬한 돌풍처럼 읽는 사람의 마음을 강하게 후려치는 뛰어난 면이 있다. 알프레드 드 뮈세는 정말 믿을 수 없을 정도다! 나는 빅토르 위고를 존경한다.

그는 내가 열렬히 좋아하는 작가는 아니지만 그의 천재성과 재치와 낭만주의는 탁월하다. 그러나 위고와 괴테와 실러는 물론 위대한 모든 나라의 위대한 모든 시인은 영원한 것들을 언어로 옮기는 통역자들이고, 내 영혼은 겸손히 그들을 따라 아름다움과 진리와 선이 하나 되는 지점으로 간다.

나의 친구인 책들에 대해 너무 장황하게 이야기를 늘어놓은 거나 아닌지 모르겠지만 난 단지 내가 제일 좋아하는 작가들만을 언급했을 뿐이다. 이 사실에서 혹자는 내 친교의 범위가 너무 제한적이고 공정하지 못하다고 생각할지 모른다. 그러나 그렇게 생각한다면 그건 크게 오해하는 것이다. 나는 여러 가지 이유로 수많은 작가들을 좋아한다. 칼라일[Thomas Carlyle(1795~1881) : 영국 스코틀랜드의 비평가·역사가]은 속임수를 까발리고 가짜를 냉소하는 그 특유의 다부진 면이 마음에 든다. 워즈워스[William Wordsworth(1770~1850) : 영국의 낭만주의 시인]의 시는 인간과 자연이 하나라는 깨달음을 준다. 후드[Thomas Hood(1799~1845) : 영국 스코틀랜드의 비평가·역사가]의 독특하고 기상천외한 글은 굉장히 흥미롭다. 예스런 아취가 매력적인 헤릭[Robert Herrick(1591~1674) : 고전 서정시를 되살렸다는 평을 받는 영국의 시인이자 목사. "할 수 있을 때 장미꽃 봉오리를 따 모으세요"라는 시구로 유명하다]의 시에 등장하는 장미와 백합은 실제로 향기를 풍기는 듯 생생하다. 휘티어[John Greenleaf Whittier(1807~1892) : 미국의 시인. 노예제 폐지론자로서 열정적인 작품을 많이 남겼다]는 열정과 도덕적인 올곧음이 마음에 든다. 게다가 그와는 개인적으로 아는 사이라 우리의 훈훈한 우정을 떠올리면 그의 시를 읽는 기쁨이 갑절로 늘어난다. 나는 마크 트웨인을 사랑한다. 누가 그렇지 않겠는가? 신들도 그를 사랑하여 그의 마음에 온갖 종류의 지혜를 넣어줬다. 게다가 비관주의자가 될까 염려하여 그의 마음에 신앙과 사랑의 무지개다리를 놓아주었다. 그리고 나는 참신함과 활력과 상당한 정직성을 지닌 스콧〔Walter Scott(1771~1832) : 영국 스코틀랜드의 소설가·시인〕을 좋아한다. 이외에도 로웰〔Amy Lowell (1874~1925) : 미국의 여성 시인·비평가〕처럼, 낙천주의의 찬란한 햇빛을 받으며 보글보글 솟아오르는 기쁨과 선의의 샘물 같은 마음을 지닌 모든 작가들을 좋아한다. 이들은 가끔 분노의 물을 튀기고 치유력 있는 동정과 연민의 물을 흩뿌리기도 한다.

한마디로 문학은 나의 유토피아다. 여기서는 장애인이라고 해서 참정권을 박탈당하지 않는다. 감각기관의 장애가 이 친구들과 즐거운 대화를 나누는 데 걸림돌이 되지 않는다. 내 친구들은 전혀 거북해하거나 난처해하지 않고 내게 말을 건다. 그들의 "크나큰 사랑과 거룩한 자애"에 비하면 그들이 내게 가르쳐준 것과 내가 그들에게 배운 것들은 우스꽝스러울 정도로 하찮게 여겨진다.

22

책에 관한 앞의 글을 읽고 내가 오로지 책 읽는 것만을 좋아한다고 결론을 내리지는 않았을 거라 믿는다. 내가 즐거워하고 좋아하는 취미는 많고도 다양하다.

내가 전원과 야외 활동을 얼마나 좋아하는지는 앞에서도 여러 번 언급한 바 있다. 나는 꽤 어린 나이에 노 젓기와 수영을 배웠고, 여름에 매사추세츠 주 렌섬에 있을 때면 배에서 살다시피 했다. 나를 찾아온 친구들을 배에 태워 이리저리 데리고 다니는 것만큼 기쁜 일은 없었다. 물론 나는 배를 그렇게 잘 모는 편이 아니었다. 그래서 대개 내가 노를 젓는 동안 어느 한 사람은 뱃고물에 앉아 키를 움직여 방향을 잡아준다. 그러나 가끔은 키의 도움 없이 노를 젓는다. 물풀과 수련, 강기슭에 우거진 덤불 등의 향기를 맡아가며 방향을 잡아 노를 젓는 일은 정말 재미있다. 나는 노가 노걸이에서 빠져나오지 않도록 가죽 밴드가 달린 노를 사용한다. 그리고 물의 저항을 느낌으로써 노가 수평이 되는 때와 노를 잡아당겨 물살을 거슬러 나아가고 있는 때를 가늠한다. 바람이나 파도와 경쟁을 벌이는 것도 재미있다. 내 의지와 힘으로 튼튼한 작은 배를, 반짝이며 일렁이는 물결 위로 가볍게 미끄러져 앞으로 나아가게 하면서 유장하고 도도한 물살을 느끼는 것보다 더 유쾌한 일이 또 있을까!

나는 카누 타기도 좋아한다. 특히 달이 은은하게 비추는 밤에 카누 타는 것을 좋아한다고 말하면 여러분은 웃을 것이다. 사실 나는 달이 소나무 숲 위로 떠올라 조용히 하늘을 가로지르며 우리가 따라갈 길을 은은하게 비추는 모습을 볼 수 없지만 달이 거기에 있다는 것을 안다. 그리고 쿠션에 등을 기대고 손을 물속에 담그고 있으면 물에 아른대는 달의 옷자락을 만지고 있는 듯한 공상을 하게 된다. 이따금 용감한 작은 물고기가 손가락 사이를 헤엄쳐 지나가고 수련이 부끄러운 듯 살며시 내 손등을 누른다. 작은 만이나 좁은 물길의 후미진 곳에서 노를 저어 나올 때 갑자기 주위가 탁 트이는 것을 공기의 흐름으로 감지하게 된다. 빛의 온기가 내 주위를 감싸는 듯한 느낌이 든다. 이 온기가 낮의 햇빛을 받고 데워진 나무에서 오는 것인지, 아니면 물의 온기인지 알 수 없다. 도시 한복판에서도 이와 똑같은 묘한 기운을 느낀 적이 있다. 차가운 바람이 세차게 부는 낮이나 밤에도 같은 느낌을 받곤 했다. 그것은 얼굴에 닿는 따스한 입맞춤의 감촉과 비슷하다.

나의 가장 큰 즐거움은 돛단배를 타고 항해하는 것이다. 1901년 여름, 나는 노바스코샤를 방문했을 때 바다와 친해질 기회를 갖게 되어 전에 없는 즐거움을 만끽했다. 롱펠로가 매력적인 언어로 엮어낸 아름다운 시 〈에반젤린〉의 나라에서 며칠을 보낸 다음, 설리번 선생님과 나는 핼리팩스로 가서 그해 여름의 대부분을 거기서 보냈다. 그 항구는 우리의 기쁨이자 파라다이스였다. 돛단배를 타고 베드퍼드 만으로, 맥내브 섬으로, 요크 리다우트로, 노스웨스트 암으로 항해하는 게 얼마나 즐거웠던지! 그리고 밤마다 거대하고 조용한 군함의 그늘에서 보낸 시간들은 또 얼마나 아늑하고 근사했던지! 모든 것이 흥미롭고 아름다웠다. 그 즐거웠던 나날은 영원히 잊지 못할 것이다.

하루는 아찔한 경험을 했다. 노스웨스트 암에서 보트 경주가 열렸는데, 여러 군함의 보트들이 참가했다. 우리도 돛단배를 타고 수많은 다른 배들을 따라 경주를 보러 갔다. 수많은 작은 돛단배들이 잔잔한 바다 위를 가까이서 지나갔다. 보트 경주가 끝나고 집으로 가려고 방향을 틀 때였다. 일행 중 한 사람이 바다 저 멀리에서 먹구름이 몰려오는 걸 발견했는데 먹구름이 점점 커지고 짙어지더니 결국 하늘을 온통 뒤덮어버렸다. 바람이 일자 파도가 방책 위로 덮쳤다. 우리의 작은 보트는 겁 없이 돌풍에 맞섰다. 돛을 잔뜩 펼치고 밧줄을 팽팽하게 당긴 채 배는 바람을 내리누르고 있는 것 같았다. 이내 소용돌이치는 물살에 휩쓸리는가 싶더니 거대한 파도에 위로 솟구치다가 성난 바람 소리와 함께 아래로 내리꽂혔다. 돛이 내려졌다. 우리는 돛대를 돌리고 배의 항로를 지그재그로 바꿔가며, 있는 대로 성깔을 부리며 우리를 이리저리 몰아대는 맞바람과 씨름을 했다. 심장이 두근거리고 흥분으로 손이 떨렸으나 두렵지는 않았다. 우리는 바이킹의 심장을 지녔고, 우리 배의 선장은 그런 상황을 숱하게 이겨낸 전문가라는 사실을 알고 있었으므로. 선장은 튼튼한 손과 바다에 대한 예리한 안목으로 폭풍을 뚫고 배를 몰아본 경험이 많은 사람이었다. 항구에 가까워오자 우리를 지나는 거대한 선박과 포함들은 예포를 쏘아 경의를 표했다. 용감하게 폭풍을 뚫고 전진하는 작은 돛단배의 선장에게 선원들이 갈채를 보내왔다. 드디어 우리는 춥고 배고프고 기진맥진한 상태로 부두에 도착했다.

지난여름, 나는 뉴잉글랜드의 가장 아름다운 마을, 그 중에서도 가장 아늑하고 쾌적한 곳에서 보냈다. 내 기억 속에 남아 있는 즐거운 일과 슬픈 일은 대개 매사추세츠 주 렌섬과 연관이 있다. 여러 해 동안 나는 체임벌린 씨 가족의 집인, '필립 왕의 연못' 옆의 레드 농장에서 여름을 보냈다. 이 친구들이 내게 베풀어준 친절과, 내가 그들과 함께했던 행복한 나날을 떠올릴 때면 마음 깊숙한 곳에서부터 그들에 대한 고마움이 차오른다. 그집 아이들과 함께 보낸 즐거운 시간들은 내게 많은 의미가 있었다. 나는 아이들이 뛰어놀 때 빠지지 않고 함께했고, 오래도록 숲속을 거닐었고, 연못에서 물장난을 치며 신나는 한때를 보내기도 했다. 내가 요정과 도깨비에 관한 이야기, 여러 영웅들의 모험담, 꾀 많은 곰의 이야기를 들려줄 때 아이들이 즐거워하던 일이나 아이들이 재잘대던 모습을 생각하면 마음이 흐뭇해진다. 체임벌린 씨는 내게 나무와 야생화의 신비를 알려주었다. 그래서 나는 사랑의 마음만 있으면 들을 수 있는 귀로 참나무 속에서 수액이 흐르는 소리를 들었다. 그리고 나뭇잎 하나하나가 햇살을 받아 반짝이는 모습도 보았다. 이렇게 나는 눈에 보이지 않는 것들의 존재를 확인할 수 있었다.

어두운 땅속에 묻힌 나무뿌리도
저 위 나무 꼭대기의 기쁨을 함께하고
햇살과 탁 트인 공기와 새들을 생각한다.
타고난 공감력으로. 나 또한 그러하듯이

우리 한 사람 한 사람에게는 태초부터 인류가 받아온 인상과 경험해온 감정을 이해할 수 있는 능력이 있는 것 같다. 각 개인의 잠재의식 속에 푸른 대지와 졸졸 흐르는 시냇물의 기억이 있어서, 눈멀고 귀먹었다고 해서 과거로부터 전해진 이런 능력까지 누릴 수 없는 것은 아니다. 이 생득적 능력은 일종의 육감으로서, 보고 듣고 느끼는 감각이 한데 합쳐진 영혼의 감각이라고 할 수 있다.

렌섬에는 나무 친구들이 많다. 그중에서도 멋진 아름드리 참나무는 나의 특별한 자랑거리다. 나는 친구들을 데리고 가서 이 대왕나무를 보여주곤 했다. 이 나무는 '필립 왕의 연못'이 내려다보이는 가파른 강둑 위에 서 있었는데, 나무에 대해 잘 아는 사람들의 말에 의하면 수령이 팔백 내지 천은 되었을 거라고 한다. 용맹스런 인디언 추장 필립이 이 나무 아래서 마지막 숨을 거두었다는 전설이 전해오기도 한다.

나의 또 다른 나무 친구는 이 아름드리 참나무보다 온순하고 다가가기 쉬운 것으로, 레드 농장 마당에서 자라던 보리수였다. 천둥

번개를 동반한 폭풍우가 몰아치던 어느 날 오후, 나는 무언가가 벽에 쿵 하고 부딪치는 충격을 느끼고는 사람들이 말해주기 전에 내 친구 보리수가 쓰러졌다는 것을 알았다. 우리는 그때껏 숱한 폭풍을 견뎌왔던 그 영웅을 보러 밖으로 나갔다. 용감하게 버티다 장렬하게 쓰러진 그 나무를 보니 마음이 아팠다.

특히 작년 여름에 대해서는 잊지 말고 써야 할 말이 있다. 시험이 끝나자마자 설리번 선생님과 나는 서둘러 이 녹음 우거진 휴양지로 왔다. 우리 오두막은 렌섬의 유명한 세 호수 가운데 한 호숫가에 있었다. 여기에서 나는 햇살을 듬뿍 받으며 긴 여름날을 즐겼다. 공부와 대학과 시끄러운 도시 생활에 관한 생각은 모두 뒷전으로 밀쳐두었다. 렌섬에서 우리는 세계에 벌어지고 있는 일, 전쟁과 동맹, 사회적 투쟁 등을 풍문으로 들었다. 머나먼 태평양에서 잔인하고 불필요한 전쟁이 발발했다는 소식을 들었고 자본가와 노동자 사이에 투쟁이 벌어지고 있다는 것도 알게 되었다. 우리의 낙원 저편에서는 사람들이 휴가를 뒤로 미룬 채 이마에 비지땀을 흘려가며 역사를 만들어가고 있었다. 그러나 우리는 이런 세상사에 별 관심이 없었다. 이런 일들은 조만간 지나갈 터였고, 이곳의 호수와 숲, 데이지 꽃이 별처럼 흩뿌려진 너른 들판과 향긋한 풀내음이 번지는 목초지는 영원할 터였다.

인간은 모든 감각을 눈과 귀를 통해서만 느낄 수 있다고 생각하는 사람들은 내가 포장도로가 있고 없고의 차이 말고도 도시의 거리를 걷는 것과 시골 길을 걷는 것의 차이를 알아차리는 것을 보면 깜짝 놀란다. 이들은 내가 온몸으로 내 주위의 상황을 느끼고 있다는 것을 잊은 듯하다. 도시의 시끄러운 소음은 내 얼굴 신경에 세차게 부딪혀 오고, 눈에는 보이지 않지만 수많은 사람들의 끊임없는 발걸음 소리가 느껴진다. 육중한 마차들이 딱딱한 포장도로 위를 굴러가는 진동이며 기계의 단조로운 울림은 괴로울 정도로 신경을 자극한다. 볼 수 있는 사람들은 소음이 넘쳐나는 도시의 거리에서 늘 벌어지는 이런 갖가지 모습을 보며 주의를 분산시키기라도 하지만 나는 그렇지 못하다.

시골에서는 자연이 빚어낸 아름다운 작품만 보게 되므로, 우리 영혼은 혼잡한 도시에서처럼 단지 살아남기 위한 혹독한 투쟁에 시달리느라 우울해지지 않아도 된다. 나는 여러 차례 가난한 사람들이 사는 좁고 지저분한 동네를 방문한 적이 있다. 그럴 때마다 나는 볕도 안 드는 열악한 환경에서 점점 쪼그라들고 굽실거리며 추해지는 사람들이 있는데 훌륭하다는 사람들이 좋은 집에 살면서 나날이 건강해지고 아름다워지는 것에 만족한다는 사실에 분개했다. 이 지저분한 뒷골목의 비좁은 집에 살고 있는 헐벗고 굶주린 아이들에게 손을 내밀기라도 하면 아이들은 내가 때리려는 줄 알고 움찔 뒤로 물러선다. 이 귀여운 아이들에 대한 생각은 내 마음속에 똬리를 틀고 있다가 걸핏하면 떠올라 나를 고통스럽게 한다. 온갖 풍상으로 쪼글쪼글해지고 등이 굽은 남자들과 여자들도 있다. 나는 그들의 굳은살 박인 거칠고 딱딱한 손을 만져보고 그들이 지금껏 얼마나 지난한 삶을 살아왔는지 알았다. 무언가를 하기 위해 수없이 시도했으나 실패와 좌절과 투쟁으로 점철된 삶이었음이 짐작되고도 남았다. 그들의 삶은 노력과 기회 사이에 어마어마한 간극이 있는 것 같다. 해와 공기는 신이 모든 인간에게 내리신 선물이라고 하지만 과연 그런가? 저 도시의 음울하고 지저분한 뒷골목에는 볕이 잘 들지 않을 뿐 아니라 공기도 탁하다. 오, 이런, 그들은 헐벗고 굶주리는데 우리가 형제들의 행복을 가로막고도 잊어버린 채 "우리에게 일용할 양식을 주옵소서"라고 기도할 수 있을까! 사람들이 도시의 부와 화려함과 소란스러움을 떠나서 나무와 들판이 있는 시골로 되돌아와 소박하고 정직한 삶을 산다면 좋으련만! 그러면 그 아이들도 고귀한 나무들처럼 당당하게 자랄 것이다. 그리고 그들의 생각 또한 길가에 핀 꽃처럼 곱고 순수할 것이다. 도시에서 일 년 동안 공부하고 시골에 돌아갈 때면 이런 생각을 안 할 수가 없다.

다시 발 아래에서 부드러운 흙의 감촉을 느끼는 것, 양치식물이 있는 시내로 가서 졸졸 음악 소리를 내며 흐르는 작은 폭포에 손을 대어보는 것, 돌담을 기어올라 기복을 이루며 펼쳐진 초록 들판을 달리며 기쁨의 환호성을 질러 보는 것은 얼마나 즐거운 일인가!

산책 다음으로 내가 좋아하는 소일거리는 이인승 자전거를 타고 달리는 것이다. 얼굴에 닿는 바람의 감촉과 철마의 경쾌한 움직임을 느끼는 것은 정말 신나는 일이다. 공기를 가르며 빠르게 달리노라면 활력과 쾌활함으로 기분이 상쾌해진다. 몸을 움직여 운동하니 맥박이 춤추듯 즐겁게 뛰고 심장이 기쁨의 노래를 부른다.

나는 산책할 때나 자전거를 탈 때나 배를 탈 때에 가능하면 개를 데리고 다닌다. 내게는 몸집이 큰 마스티프, 눈매가 부드러운 스패니얼, 숲에 대해서라면 모르는 게 없는 세터, 그리고 못생겼지만 정직한 불테리어 등 친구처럼 지내는 많은 개들이 있다. 현재 내가 가장 좋아하는 녀석은 불테리어 종 가운데 하나다. 그 녀석은 자랑할 만한 혈통을 지닌 순종으로, 구부러진 꼬리하며 개들 중에서도 가장 우스꽝스러운 '표정'의 소유자다. 이 친구들은 나의 장애를 알고 있는 듯 내가 혼자 있을 때면 늘 내 곁을 따라다닌다. 나는 녀석들의 정겨운 행동과 꼬리를 흔들어 생각을 표현하는 방식을 무척 좋아한다.

비가 와서 집 안에 있어야 하는 날이면 나는 여느 소녀들처럼 뜨개질을 하거나, 좋아하는 책을 되는대로 집어 여기저기 뒤적거리며 마음에 드는 구절을 찾아 읽거나, 친구와 체커나 체스를 한두 게임 두곤 한다. 내게는 나를 위해 특수 제작된 체커 판이 있다. 체커 말을 쉽게 고정할 수 있도록 칸 하나하나에는 홈이 나 있다. 검은색 말은 평평하고 흰색 말은 윗부분이 둥글다. 그리고 말 하나하나에는 중앙에 구멍이 뚫려 있다. 거기에 놋쇠 손잡이를 달아 왕과 보통 말을 구별한다. 체스의 말은 두 가지 크기로 되어 있어(흰색 말이 검은색 말보다 큼) 상대편이 말을 움직인 다음에 손을 장기판 위로 가볍게 쓸어보기만 해도 말을 어떻게 움직였는지 별 어려움 없이 알아차릴 수 있다. 말을 한 자리에서 다른 자리로 이동할 때 나는 울림으로 내 차례가 되었다는 것을 안다.

어쩌다 혼자 있게 되면 심심풀이로 혼자서 카드놀이를 하곤 하는데 이것 역시 재미있다. 카드 오른쪽 상단 귀퉁이에 점자로 표시가

애견과 함께한 헬렌 켈러.

되어 있어 그 카드가 무슨 카드인지를 알 수 있다.

주위에 아이들이 있을 때는 아이들과 노는 것만큼 신나는 일도 없다. 아무리 어려도 훌륭한 놀이 동무가 될 수 있고, 기쁘게도 아이들 역시 대체로 나를 잘 따른다. 아이들은 이리저리 나를 데리고 다니며 자신들의 흥미를 끄는 것들을 보여준다. 물론 어린아이들은 내 손에 철자를 써서 말하는 법을 모르기 때문에 나는 그들의 입술을 읽어 무슨 말을 하는지 알아내야 한다. 잘 읽어내지 못할라치면 아이들은 몸짓으로 무언극을 벌였다. 간혹 나는 잘못 이해하여 엉뚱한 응답을 하곤 한다. 그러면 한바탕 웃음이 터지고 다시 팬터마임이 시작된다. 나는 흔히 아이들에게 이야기를 들려주거나 게임을 가르쳐주곤 한다. 그러다 보면 시간이 쏜살같이 지나고 우리는 행복하고 좋은 기분이 된다.

박물관과 화랑 역시 즐거움과 영감의 원천이다. 눈의 도움 없이 손만으로도 대리석상의 형태와 정조와 아름다움을 느낄 수 있다고 하면 분명 많은 사람들은 의아해할 것이다. 그러나 정말 나는 손으로 위대한 예술 작품을 느끼는 것만으로도 진정한 즐거움을 얻는다. 손끝으로 직선과 곡선을 따라가다 보면 작가가 표현하려 한 생각과 감정을 발견하게 된다. 신들과 영웅들의 얼굴에서 나는 허락받고 만져보는 살아 있는 사람의 얼굴에서처럼 용기와 증오와 사랑의 감정을 느낄 수 있다. 디아나[로마 신화에 나오는 들짐승과 사냥의 여신]의 자태에서 숲의 아름다움과 자유, 그리고 산속의 사자를 길들이고 더없이 맹렬한 격정을 잠재우는 기백을 느낀다. 비너스 상의 우아한 곡면과 차분함은 내 영혼을 기쁘게 하고, 바레의 청동상들은 정글의 비밀을 드러내 보여준다.

내 공부방 벽에는 호메로스의 얼굴이 새겨진 메달이 걸려 있다. 내 손이 쉬 닿을 수 있도록 낮은 곳에 걸려 있어 나는 언제고 원할 때마다 그 아름답고도 애수 어린 얼굴을 사랑과 존경이 어린 손길로 만져보곤 했다. 나는 그의 얼굴을 너무도 잘 알고 있다. 위엄 있는 이마에 새겨진 삶의 흔적이자 슬픔과 고투의 쓰디쓴 증거인 주름살 하나하나며, 차가운 석고상에서조차 그가 사랑한 그리스의 푸른 하늘과 빛을 간절히 찾고 있으나 아무것도 볼 수 없는 두 눈, 그리고 진실하고 부드러우면서도 굳건한 성품이 엿보이는 아름다운 입. 그것은 시인의 얼굴이고, 비애를 아는 남자의 얼굴이다. 아, 내가 왜 그의 결핍감―영원한 암흑 속에 살고 있는 듯한 느낌―을 모르겠는가!

오, 정오의 찬란한 빛 속에서도 어둠, 어둠뿐이구나.
벗어날 길 없는 어둠, 완전한 암흑
빛을 볼 수 있는 희망은 어디에도 없다!

나는 상상 속에서 호메로스가 노래하는 소리를 들을 수 있다. 불안정하고 머뭇거리는 발걸음으로 여기저기를 떠돌며 고귀한 민족의 삶과 사랑과 전쟁과 업적에 대해 읊어대는 그의 모습이 보이는 듯하다. 그 눈먼 시인은 놀랍도록 훌륭하고 아름다운 노래로 영원한 왕

관과 온 시대의 찬탄을 얻었다.

눈으로 보는 것보다 손으로 만져볼 때 조각의 아름다움이 더 잘 느껴지지 않나 하는 생각이 들 때가 있다. 조각품의 윤곽과 곡면의 리드미컬한 흐름은 시각보다는 촉각으로 더 민감하게 느낄 수 있을 것 같다. 어쨌든 나는 대리석으로 만들어진 신들과 여신들에서 고대 그리스인들의 심장 박동을 느낄 수 있다.

나의 또 다른 즐거움은, 다른 것들에 비해 누릴 기회는 드물지만, 극장에 가는 것이다. 희곡을 읽는 것보다 무대 위에서 공연이 펼쳐지는 동안 설명을 듣는 것이 훨씬 더 재미있다. 흥미진진한 사건이 일어나는 현장에 있는 듯한 느낌이 들기 때문이다. 우리를 매료시켜, 현재의 시간과 공간을 잊고 낭만적인 과거에 다시 살게 하는 몇몇 훌륭한 배우들을 만나는 것은 내 특권이었다. 나는 엘렌 테리[Alice Ellen Terry(1847~1927) : 영국 출신의 연극배우로 당시 영국과 미국에서 최고의 인기를 누렸다]가 이상적인 왕비로 분했을 때 그녀의 얼굴이며 의상을 만져도 좋다는 허락을 받았는데, 내면의 지극한 비애를 다스리는 거룩한 기품이 느껴졌다. 그녀 옆에는 왕으로 분장한 헨리 어빙[Henry Irving(1838~1905) : 엘렌 테리의 상대역이자 주연배우로 명성을 떨쳤고, 연극에 대한 공로로 배우 최초로 기사 작위를 받았다]이 서 있었는데, 그의 몸짓과 태도에서는 지적인 위엄이 배어나왔고 감수성 예민한 얼굴 표정에서는 왕의 풍모가 느껴졌다. 그가 연기하는 왕의 얼굴에는 범접하기 어려운 우수와 초연함이 서려 있었던 것을 잊을 수가 없다.

나는 또한 조지프 제퍼슨[Joseph Jefferson (1829~1905) : 〈립 밴 윙클〉의 각색과 주연으로 명성을 떨친 미국의 대배우]과도 아는 사이다. 그가 내 친구라는 사실이 자랑스럽다. 나는 그가 연기하고 있는 지역에 머물게 될 때마다 그를 보러 간다. 그가 출연한 연극을 맨 처음 보았던 것은 내가 뉴욕에서 학교에 다닐 때였다. 그때 그는 〈립 밴 윙클〉[미국 작가 워싱턴 어빙의 단편집《스케치북》에 들어 있는 소설로, 게으름뱅이 립이 산에서 술에 취해 20년간 잠이 들었다가 산을 내려와 변천된 세상의 모습에 놀라는 이야기]을 연기했다. 여러 번 책으로 읽은 이야기였지만 이 연극에서만큼 립의 느리고도 아취 있고 다정한 매력을 느낀 것은 처음이었다. 제퍼슨 씨의 아름답고도 애잔한 연기는 매우 감동적이었고 나는 그 감동을 느낄 수 있어서 기뻤다. 내 손가락에 담긴 늙은 립의 모습은 영원히 사라지지 않을 것이다. 연극이 끝나자 설리번 선생님은 나를 무대 뒤로 데리고 가 그와 만나게 해주셨다. 나는 그의 독특한 의상과 기다란 머리와 턱수염을 만져보았다. 제퍼슨 씨의 얼굴을 만져보니 20년 동안의 기이한 잠에서 깨어났을 때 그가 어떤 모습이었는지 상상할 수 있었다. 그는 노인이 된 가여운 립이 비틀거리며 일어서는 장면을 재연해 보여주었다.

나는 연극 〈연적〉에서도 그를 본 적이 있다. 언젠가 보스턴에 있는 그를 방문했을 때 그는 나를 위해 그 연극의 가장 인상적인 부분을 재연해주었다. 우리가 앉아 있던 응접실이 즉석 무대가 되었다. 그와 그의 아들은 커다란 탁자 앞에 앉아 밥 에이커스가 도전장을 쓰는 장면을 보여주었다. 나는 손으로 그의 움직임을 따라가며 글

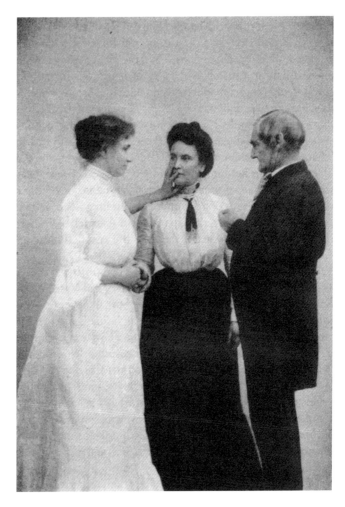

헬렌 켈러와 설리번 선생, 배우 조지프 제퍼슨.

로 접했으면 알 수 없었을 몸짓과 실수에서 비롯된 익살을 느꼈다. 이어서 그들은 자리에서 일어나 결투를 벌였다. 나는 찌르고 받아 넘기는 검의 재빠른 움직임을 쫓아갔다. 가엾은 밥의 손가락 끝으로 용기가 빠져나갈 때 그가 비틀대는 것도 느꼈다. 그 후 그 위대한 배우가 자신의 외투를 홱 끌어당기고 입을 씰룩이자 순간 나는 폴링 워터 마을에 있었고 슈나이더의 덥수룩한 머리가 나의 무릎에 닿는 것이 느껴졌다. 제퍼슨 씨는 〈립 밴 윙클〉에서 가장 감명 깊었던 대사를 읊었다. 그러자 웃음이 걷히고 눈에 눈물이 어렸다. 그는 그 대사에 어울릴 만한 몸짓과 동작을 해보라고 했다. 물론 나는 연기를 조금도 할 줄 몰랐기 때문에 그저 대충 되는 대로 몸을 움직여보았으나 그의 거장다운 솜씨가 가미되자 그 동작은 대사에 걸맞은 것이 되었다. "일단 사라지고 나면 그토록 빨리 잊히는 것인가?"라는 립의 한숨 섞인 중얼거림, 긴 잠에서 깨어나 자신의 총과 개를 찾을 때의 그의 당혹감, 데릭과의 계약에 서명할 때 우스울 정도로 주저하는 그의 우유부단함, 이 모든 것이 마치 실제 삶에서 튀어나온 듯하다. 우리가 그래야 한다고 생각하는 이상적인 삶의 모습을 닮았다.

나는 내가 언제 처음으로 극장에 갔는지 잊지 않고 있다. 12년 전이었다. 어린 여배우 엘시 레슬리[Elsie Leslie(1881~1966) : 〈소공자〉, 〈왕자와 거지〉 등에서 주연을 맡아 많은 사랑을 받은 인기 아역 배우]가 보스턴에서 공연할 때 나는 설리번 선생님을 따라 〈왕자와 거지〉를 보러 갔다. 이 아름답고도 짧은 연극이 공연되는 내내 마치 물결치듯 기쁨과 슬폼이 번갈아가며 찾아왔던 경험 그리고 훌륭히 연기해낸 그 아역배우를 나는 잊을 수 없을 것이다. 연극이 끝나자 나는 무대 뒤로 가서 궁중 의상을 입은 엘시 레슬리를 만났다. 어깨 위로 찰랑거리는 금발 머리를 하고 밝게 웃으며 서 있는 엘시보다 더 사랑스럽고 어여쁜 아이는 또 없을 것 같았다. 어마어마한 수의 관객 앞에서 연기를 한 뒤였지만 그녀는 조금도 피곤해하거나 수줍어하는 기색이 없었다. 그 무렵 나는 말하기를 막 배우기 시작했던 터라 극장에 오기 전에 이미 그녀의 이름을 완벽하게 말할 수 있도록 수없이 연습을 해두었다. 그녀가 내 말을 알아듣고 선뜻 손을 내밀어 나를 맞이했을 때 내가 얼마나 기뻤을지 상상해보라.

비록 내 생활에 한계가 있더라도 이만하면 여러 면에서 아름다운 세계를 접하며 살아가고 있다고 할 수 있지 않을까? 모든 것은, 심지어 암흑과 적막조차 경이로운 면을 갖고 있고, 나는 어떤 처지에 있든 만족하는 법을 배운다.

이따금 고립감이 마치 냉랭한 안개와 같이 나를 에워싼다. 그럴 때면 인생의 닫힌 문 앞에서 홀로 기다리고 있는 듯한 느낌이 든다. 그 너머에는 빛과 음악과 즐거운 교우가 있지만 나는 안으로 들어가지 못한다. 냉혹하고 적막한 운명이 나의 앞을 가로막고 있다. 운명의 가혹한 명령에 반발하고 싶다. 내 마음은 아직도 규율에 얽매이지 않고 열정으로 가득하다. 그러나 내 혀는 입 안에 맴도는 신랄하고도 덧없는 말들을 내뱉지 못한다. 그리하여 그 말들은 마치 흘리지 못한 눈물처럼 마음속으로 되돌아온다. 침묵은 내 영혼을 어마어마한 힘으로 억누르고, 이윽고 희망과 웃음이 다가와 속삭인다. "사심을 버리면 기쁨이 찾아온다네." 그래서 나는 다른 이의 눈에 깃든 빛을 나의 태양으로, 다른 이의 귀에 들리는 음악을 나의 교향곡으로, 다른 이의 입술에 떠오른 미소를 내 행복으로 삼고자 한다.

23

이 글이 더욱 풍성해지기를 바라는 마음에서 내게 행복을 안겨준 모든 분의 이름을 소개하려 한다. 더러는 문단에서 활동하며 많은 이들의 사랑을 받는 분들도 있고 더러는 독자들 대부분에게 생소한 분들도 있을 것이다. 명성과는 상관없이 이분들의 감화력은 이분들로 인해 더욱 고결하고 행복한 삶을 살게 된 사람들의 마음속에 영원히 살아 있을 것이다. 마치 좋은 시를 읽을 때처럼 우리를 감동으로 전율하게 하는 사람, 마주잡은 손에 무언의 공감을 가득 담아 악수를 해오는 사람, 그리고 열정적이고 초조한 우리의 영혼에 성스러운 본질을 지닌 놀라운 휴식을 선사하는 사람들을 만나는 날은 특별한 날이 아닐 수 없다. 그동안 마음을 점령해온 불안과 걱정, 짜증 등은 불쾌한 꿈처럼 사라지고 새로운 눈과 귀로 신이 주관하시는 참된 세계의 아름다움과 조화를 보고 들을 수 있게 된다. 우리의 일상을 가득 채우고 있는 심각하지만 하찮은 것들이 갑자기 밝은 가능성으로 피어난다. 한마디로 이런 친구들이 우리 곁에 있으면 모든 것이 만족스럽다. 이 친구들은 처음 본 사람일 수도 있고 다시는 인생의 길에서 마주치지 못할 사람일 수도 있다. 그러나 이들의 차분하고 온화한 성격에서 스며 나오는 감화력은 우리의 불만 위에 쏟아부어진 제주(祭酒)처럼 우리의 상처를 치유해준다. 그것은 마치 산에서 흘러내려온 시냇물이 바다의 소금물을 맑게 정화할 때의 느낌과 같다.

나는 흔히 이런 질문을 받는다. "사람들이 당신을 부담스러워하지 않나요?" 무슨 뜻으로 묻는 질문인지 모르겠다. 호기심 많고 아둔한 사람들, 특히 신문기자들의 질문은 언제나 사람을 불편하게 한다. 나는 나의 이해 수준에 맞추기 위해 짐짓 쉽게 말하려고 애쓰는 사람도 좋아하지 않는다. 이들은 걸을 때 남들과 보조를 맞추기 위해 부러 자신의 보폭을 짧게 하려고 애쓰는 사람과 같다. 이런 위선은 나를 화나게 한다.

내가 만나는 사람들의 손은 내게 무언의 웅변을 한다. 어떤 손에서는 거만한 느낌이 전해진다. 어떤 손은 즐거운 감정이라곤 전혀 찾아볼 수가 없어 그 싸늘한 손을 잡을 때에는 마치 차가운 동북풍과 악수하는 듯한 느낌이 든다. 또 어떤 손은 그 안에 따스한 환희를 지닌 듯 마음까지 훈훈하게 한다. 단지 달라붙어 떨어지지 않으려는 아이의 손일지라도 거기서 나는 다른 이들이 애정 어린 눈길에서 느끼는 것 못지않은 따스함을 느낀다. 진심 어린 악수와 다정한 편지는 내게 진정한 기쁨을 안겨준다.

내 친구들 중에는 한 번도 본 적 없고 먼 곳에 사는 이들도 많다. 정말이지 그 수가 너무 많아 일일이 답장을 못할 때가 잦다. 비록 내가 사의를 충분히 표현하고 있지는 못하지만 이 자리를 빌려 그들의 다정한 편지에 늘 고마운 마음을 갖고 있다는 말을 전하고 싶다.

내가 누려온 특권들 중 가장 마음에 드는 것은 많은 비범한 사람들과 알고 지내며 그들과 대화를 나눌 수 있었다는 것이다. 브룩스 [Phillips Brooks(1835~1893): 미국 매사추세츠 주교를 지낸 성직자이자 작가] 주교님과 알고 지낸 사람만이 그분과 교류하는 기쁨을 이해할 수 있다. 어렸을 때 나는 그의 무릎 위에 앉아서 한 손으로는 그의 커다란 손을 잡고 다른 한 손으로는 설리번 선생님이 옮겨 적어주시는 신과 영혼의 세계에 대한 그의 말을 즐겨 듣곤 했다. 나는 아이다운 경이감과 기쁨을 느끼며 그 말에 귀를 기울였다. 내 영혼은 그의 영혼이 다다른 높이에 이를 수는 없었으나 그를 만날 때마다 좋은 생각 한 자락씩을 얻고 돌아왔다. 그 생각들은 철이 들수록 내 내면에서 의미와 아름다움이 더욱 깊어갔다. 한번은 세상에 왜 이렇게 많은 종교가 있는 것인지 주교님께 여쭤보았는데 그때 주교님은 이렇게 대답하셨다. "헬렌, 세상에는 단 하나의 종교가 있을 뿐이란다. 그것은 사랑이라는 종교지. 너의 온 마음과 영혼으로 하느님 아버지를 사랑하고 네가 할 수 있는 한 최선을 다해 하느님의 모든 자녀를 사랑하렴. 그리고 선의 힘이 악의 힘보다 더 크고 강하다는 걸 잊지 마라. 그래야 하늘나라로 가는 열쇠를 얻을 수 있단다." 그분은 자신이 생각하는 위대한 진리를 삶 속에서 실천하셨다. 그의 고매한 영혼 속에서 사랑과 해박한 지식은 통찰의 힘을 지닌 신앙과 융화되었다. 그는 이렇게 말씀하셨다.

우리를 자유롭고 고매하게 하는 모든 것에

우리에게 겸손과 평화와 위안을 주는 모든 것에

신은 존재한다.

브룩스 주교님은 내게 어떤 특정한 신조나 도그마도 가르치지 않으셨으나 내 정신에 하느님은 아버지고 인간은 형제라는 두 가지 위대한 사상을 깊이 새겨주셨고, 이 진리가 모든 교리와 예배 형식의 기초를 이루고 있음을 깨닫게 해주셨다. 신은 사랑이시다. 신은 우리의 아버지고 우리는 신의 자녀들이다. 그러므로 가장 어두운 구름도 결국엔 걷히게 마련이고, 설령 선이 극심한 시련에 처하더라도 악은 결코 승리하지 못할 것이다.

나는 현재의 이 세상에서 아주 행복하게 지내기 때문에 내세에 대해 많이 생각하는 편은 아니지만, 나의 사랑하는 친구들이 신의 아름다운 나라 어딘가에서 나를 기다리고 있으리라는 사실은 잊지 않고 있다. 여러 해가 지났는데도 그들은 여전히 가까이 있는 듯하다. 그래서 그들이 이 세상을 떠나기 전에 그랬듯 언제라도 내 손을 잡고 다정하게 말을 걸어온다 하더라도 이상할 것 같지 않다.

브룩스 주교님이 돌아가신 후 나는 성서를 처음부터 끝까지 읽고 종교에 관한 철학서도 몇 권 읽었다. 그 철학서들 중에는 스베덴보리[Swedenborg(1688~1772) : 헬렌 켈러의 종교 사상에 큰 영향을 미친 스웨덴의 천재적 과학자·철학자]의 《천국과 지옥》, 헨리 드러먼드[Henry Drummond (1851~1897):스코틀랜드 출신의 순회 전도사·설교가]의 《인간의 향상》도 있었다. 그리고 나는 브룩스 주교님의 사랑의 가르침이야말로 그 어떤 교리나 학설보다도 영혼을 만족시키는 것임을 알게 되었다. 나는 헨리 드러먼드 씨와 개인적으로 아는 사이였는데, 마치 축도를 받는 듯했던 그분의 따뜻하고 힘 있는 악수는 잊을 수가 없다. 그는 공감력이 뛰어난 분이었다. 게다가 아주 박식하고 친절해서 그와 함께 있으면 지루한 줄 몰랐다.

올리버 웬델 홈스 박사를 처음 만났을 때를 나는 생생히 기억한다. 어느 일요일 오후 설리번 선생님과 나는 그분의 초대를 받았다. 이른 봄이었고 내가 막 말하기를 배운 직후였다. 우리는 곧장 서재로 안내되었는데, 박사님은 탁탁 소리를 내며 빨갛게 타는 벽난로 불 옆의 커다란 안락의자에 앉아 계셨다. 지난날을 회상하고 있었다고 하셨다.

"찰스 강물이 속삭이는 소리에 귀를 기울이고 계셨어요?" 내가 물었다.

"그렇단다. 찰스 강물 소리에 귀를 기울이고 있으면 아름다운 추억이 참 많이 떠오르지." 그가 대답했다. 방 안에서 풍기는 잉크와 가죽 냄새로 책이 가득하다는 것을 알 수 있었다. 나는 무의식적으로 손을 뻗어 책을 찾았다. 내 손가락이 닿은 곳은 장정이 아름다운 테니슨의 시집이었다. 설리번 선생님이 무슨 책인지 알려주시자 나는 테니슨의 시구를 읊기 시작했다.

오, 바다여,

부서져라, 부서져라, 부서져라

너의 잿빛 차가운 바위 위로

그러나 나는 돌연 멈춰야 했다. 손등에 눈물이 떨어지는 것을 느
꼈기 때문이다. 내가 사랑하는 시인이 울고 있었다. 나는 어쩔 줄 몰
랐다. 그는 나를 자신의 안락의자에 앉히고는 갖가지 신기한 물건들
을 가지고 와서 만져보게 했다. 그가 또 다른 시를 읊어보라고 청하
자 나는 당시 내가 제일 좋아하던 시 〈방이 있는 앵무조개〉〔홈스의 시〕
를 암송했다. 그 후에도 나는 여러 차례 홈스 박사님을 뵈었고 시인
으로서뿐 아니라 한 인간으로서 그를 사랑하게 되었다.

　홈스 박사님을 뵌 지 얼마 되지 않은 어느 아름다운 여름날, 설리
번 선생님과 나는 휘티어 씨 댁을 방문했다. 메리맥에 있는 조용한
집이었다. 그의 예의 바른 행동거지와 예스런 멋이 밴 독특한 화술
은 내 마음을 사로잡았다. 그는 점자로 된 자작 시집을 한 권 가지고
있었다. 나는 그 시집에 수록된 〈학창 시절에〉라는 시를 낭독했다.
그러자 그는 기뻐하며 내 발음이 좋다고 칭찬해주었다. 전혀 어려움
없이 내 말을 알아들을 수 있다고 했다. 그래서 나는 그 시에 관해
많은 질문을 했고 그의 입술에 내 손가락을 대고 대답을 읽었다. 그
는 그 시에 나오는 어린 소년이 바로 자신이며 소녀의 이름은 샐리
라는 것을 말해주었다. 그 외에도 많은 것을 알려주었는데 기억이
나지 않는다. 나는 〈하느님께 영광 있으라(Laus Deo)〉라는 시도 암
송했는데, 마지막 구절을 읊을 때 그가 내 두 손에 노예상 하나를 올

179

려놓았다. 잔뜩 웅크린 몸뚱이에서 족쇄가 풀려나가는 모습을 형상화한 노예상이었다. 천사가 베드로를 감옥에서 끌고 나올 때 그의 팔과 다리에서 족쇄가 풀려나가는 모습과 흡사했다. 그런 다음 우리는 그의 서재로 갔다. 거기서 그는 설리번 선생님에게 고귀한 노고를 찬미하는 내용의 짤막한 글과 함께 친필 서명을 해주셨다(사랑스런 제자의 정신을 속박에서 해방시킨 당신의 고귀한 업적에 커다란 존경을 보냅니다. 진심을 담아 당신의 친구 존 G. 휘티어). 그리고 나한테 "설리번 선생님이 너의 영혼을 해방시켜주셨구나" 하고 말씀하셨다. 그러고 나서 대문까지 바래다주고는 내 이마에 다정하게 작별키스를 해주었다. 나는 다음 여름에 또 찾아뵙겠다고 약속했지만 약속이 지켜지기도 전에 그는 세상을 떠나고 말았다.

에드워드 에버렛 헤일 박사는 나의 가장 오랜 친구 가운데 한 분이다. 내가 여덟 살 때부터 알아왔던 분인데, 해가 갈수록 그분에 대한 내 사랑이 깊어갔다. 그의 현명하고 다정한 마음은 시련과 슬픔의 순간에 설리번 선생님과 내게 큰 힘이 되었고 그의 든든한 지원은 여러 어려운 고비를 넘기는 데 많은 도움이 되었다. 그는 우리에게 해주었던 일들을 어려움에 처한 수많은 사람들에게도 베풀어주었다. 그는 교의라는 낡은 가죽부대를 사랑이라는 새 포도주로 채웠고, 믿는다는 것과 살아간다는 것과 자유롭다는 것이 무엇인지를 사람들에게 몸소 보여주었다. 우리는 그의 가르침(나라를 사랑하고, 약자를 보살피고, 더 고귀하고 나은 삶을 위해 진실한 열정으로 살아가라는)이 그의 삶 속에서 아름답게 표현되는 것을 보았다. 그는

헬렌 켈러와 설리번 선생, 에드워드 에버렛 헤일 박사.

예언자였고 사람들에게 희망을 북돋아주는 사람이었고 말씀의 실천가였고 모든 사람들의 친구였다. 그에게 축복이 있기를!

나는 이미 앞에서 알렉산더 그레이엄 벨 박사와의 첫 만남에 대해 언급했다. 그 후로도 워싱턴에서, 또 케이프브레튼 섬〔캐나다 노바스코샤 주 동북부에 있는 섬〕 중심부에 있는 그의 아름다운 집에서 그와 행복한 날들을 보냈다. 그의 집은 찰스 더들리 워너〔Charles Dudley Warner(1829~1900) : 미국의 수필가·소설가〕의 책으로 유명해진 배덱 마을 근처에 있었다. 이곳에서, 그러니까 벨 박사의 실험실 혹은 커다란 브라도르 호수의 기슭에 펼쳐진 들판에서 그의 실험 이야기를 듣거나 미래에 비행선의 원리가 될 법칙을 발견하기 위한 그의 연날리기 실험을 도우며 즐거운 시간을 보냈다. 벨 박사님은 과학의 여러 분야에 조예가 깊고 다루는 모든 주제를 흥미롭게 풀어내는 솜씨를 갖고 계신다. 아무리 난해한 이론도 벨 박사님이 설명해주시면 재미가 있다. 그래서 그의 이야기를 듣고 있으면 시간만 더 있다면 나도 발명가가 될 수 있을 거라는 생각이 든다. 그에게는 유머러스하고 시적인 면도 있다. 그러나 그가 다른 무엇보다 좋아하는 대상은 아이들이다. 오죽하면 귀머거리 아이를 안고 있을 때 가장 행복하다고 하겠는가. 듣지 못하는 사람들을 위한 그의 노고는 계속 살아남아 미래의 아이들에게도 축복이 될 것이다. 우리가 그를 사랑하는 이유는 스스로 많은 일을 성취해낸 것 못지않게 다른 이들을 일깨워주었기 때문이다.

뉴욕에서 보낸 지난 2년 동안, 나는 이름은 자주 들어봤지만 만나게 되리라고는 생각도 하지 못했던 유명 인사들과 대화할 기회를 많이 가질 수 있었다. 그들 대부분을 처음 만난 곳은 나의 좋은 친구 로렌스 허튼[Laurence Hutton(1843~1904) : 미국의 수필가·비평가] 씨의 집이었다. 아름다운 허튼 씨 댁을 방문하여 그와 그의 부인을 만나고 그들의 서재를 둘러보며 그들의 재능 있는 친구들이 써 보낸 아름다운 감상과 영민한 사상을 읽을 수 있다는 건 내겐 커다란 특권이었다. 허튼 씨는 모든 이들에게서 훌륭한 사상과 친절한 정서를 끌어내는 능력을 갖고 있다는 정평이 나 있었는데 과연 그랬다. 그를 이해하기 위해 굳이 《내가 알던 소년(A Boy I Knew)》을 읽을 필요는 없다. 그 책에 나오는 소년은 내가 아는 한 이 세상에서 가장 너그럽고 다정하며 어떤 나쁜 상황에서도 의리를 지킬 줄 알고 인간들뿐 아니라 개들의 삶에서도 사랑의 흔적을 추적한다.

허튼 부인은 진실하고 믿을 만한 친구다. 나의 가장 유쾌하고 소중한 기억들 대부분은 그녀가 베풀어준 것들이다. 그녀는 수시로 내가 대학생활을 해나가는 데 필요한 조언과 도움을 주었다. 공부가 힘들어 낙심할 때 그녀가 보내준 편지를 읽으면 용기와 기쁨을 되찾을 수 있었다. 그녀는 고통스럽더라도 해야 할 일을 해낸다면 다음 번에는 더욱 쉽고도 간단하게 그 일을 할 수 있다는 것을 알려준 사람들 중 하나다.

허튼 씨는 내게 문학하는 친구들을 많이 소개해주었다. 그들 중 가장 유명한 사람으로는 윌리엄 딘 하우얼스 씨와 마크 트웨인[Mark Twain(1835~1910) : 《톰소여의 모험》, 《허클베리 핀의 모험》 등 세계적인 명작을

헬렌 켈러와 마크 트웨인.

남긴 미국 소설가]이 있었다. 나는 또한 리처드 왓슨 길더 씨와 에드먼드 클레런스 스테드먼 씨도 만났다. 찰스 더들리 워너와도 알게 되었는데, 그는 이야기를 참 재미있게 하는 분이다. 게다가 공감과 관심의 대상이 어찌나 광범위한지 모든 생물과 이웃을 자기 자신처럼 사랑하는 분이어서 내가 가장 좋아하는 친구들 중 하나다. 언젠가 그는 숲의 시인 존 버로스[John Burroughs (1883~1921) : 미국의 수필가·자연주의자]를 데리고 와서 나한테 소개해주었다. 그들은 자신들이 쓴 수필이나 시의 탁월함만큼이나 매너 또한 매력적이었을 뿐 아니라 아주 자상하고 이해심이 많았다.

이 문학하는 친구들이 이 주제에서 저 주제로 넘나들며 토의하고 깊은 논쟁을 벌이거나, 경구와 익살을 곁들여가며 유쾌한 담소를 나눌 때 나는 그들의 이야기를 쫓아갈 수 없었다. 마치 나는 아버지 아이네이아스[그리스 로마 신화에 나오는 영웅]가 거스를 수 없는 운명을 향해 당당한 걸음으로 성큼성큼 행진할 때 짧은 보폭으로 쫓아가느라 쩔쩔매던 어린 아스카니우스 같았다. 그러나 그들은 나를 배려하여 많은 이야기를 해주었다. 길더 씨는 달빛을 받으며 광대한 사막을 가로질러 피라미드까지 갔던 이야기를 해주었다. 편지를 보낼 때는 자신만의 기호를 서명 아래에 꾹 눌러 써서 내가 손으로 느낄 수 있도록 해주었다. 이 얘기를 하다 보니 헤일 박사님도 내게 편지를 보낼 때 종이에 구멍을 내 서명을 브라유 점자로 표시하여 보내주시곤 하던 일이 기억난다. 나는 마크 트웨인의 입술에 손을 갖다 대고 그의 훌륭한 이야기 한두 편을 들었다. 그는 자신만의 독특한 생각과 말과 행동을 지닌 분이다. 나는 악수를 할 때 그의 눈이 반짝이는 것을 느낄 수 있다. 형언할 수 없을 정도로 익살맞은 목소리로 냉소적인 지혜를 말할 때조차 그의 마음이 인간에 대한 따뜻한 연민으로 가득하다는 것을 느낄 수 있다.

이외에도 뉴욕에서 많은 사람들을 만났는데, 그중에는 친애하는 《세인트 니콜라스》의 편집자 메리 메이프스 도지 여사와 《팻시》의 저자 마음씨 좋은 릭스 (케이트 더글러스 위긴) 여사가 있다. 나는 이들한테서 다정한 마음이 담긴 선물을 많이 받았다. 이들은 자신의 사상이 담긴 책이며 영혼을 일깨우는 편지, 그리고 자신의 사진을 보내주었다. 나는 심심할 때마다 몇 번이고 사진 속 그들의 모습을 묘사해달라고 조르곤 했다. 그러나 나의 친구들을 모두 언급하기에는 이 지면이 턱없이 부족할 뿐 아니라 이들이 행한 선행은 천사의 날개 뒤에 숨겨져 있는 데다 너무도 신성하여 무정한 활자로 옮기기 어렵다. 로렌스 허튼 부인을 언급하는 것도 나는 많이 망설였다.

이제 단 두 명의 친구들을 더 언급하고 이야기를 마칠까 한다. 한 분은 피츠버그의 윌리엄 소 여사로 나는 린드허스트에 있는 그녀의 집을 자주 방문하곤 한다. 그녀는 언제나 사람들을 행복하게 해주는 분으로, 설리번 선생님과 내가 그녀를 알고 지내온 여러 해 동안 우리에게 많은 것을 베풀어주고 현명한 조언을 아끼지 않으셨다.

내가 깊이 고마워해야 하는 친구가 또 하나 있다. 막강한 영향력으로 방대한 사업을 운영하기로 유명한 그는 놀라운 능력으로 모든 이의 존경을 받아왔다. 그는 모든 이에게 친절할 뿐 아니라 눈에 띄지 않게 조용히 선행을 베푼다. 그러므로 여기에 그의 이름을 언급할 수 없다. 그러나 내가 대학에 다닐 수 있도록 아낌없는 지원과 애정 어린 관심을 베풀어주신 데 고맙다는 말씀만은 꼭 드리고 싶다.

이렇듯 내 친구들이 없었다면 지금의 나도 없었을 것이다. 이들은 갖가지 방식으로 내 결함을 아름다운 은혜로 바꿔주었고, 장애가 드리운 그늘에서도 내가 평온하고 행복하게 걸어갈 수 있도록 도와주었다.

나의 낙관주의

내면의 낙관주의

우리가 환경을 선택할 수 있고, 인간에게 부여된 능력과 인간이 바라는 욕구 수준이 엇비슷하다면, 아마 우리 모두는 낙관주의자가 될 수 있을 것이다. 분명 우리 대부분은 행복을 이승에서의 모든 과업의 정당한 목표로 여긴다. 행복해지려는 의지는 철학자, 왕자, 굴뚝 청소부 할 것 없이 모두에게 활기를 불어넣는다. 어떤 사람이 아무리 우둔해도, 또는 아무리 현명해도, 그는 행복을 자신이 마땅히 누려야 할 권리라고 느낀다.

사람들이 마음속에 품는 행복에 대한 이상(理想)이 제각기 얼마나 다른지, 그리고 그들이 어디서 이 활기의 원천을 찾으려 하는지 목격할 때마다 참 신기하다는 생각이 든다. 수많은 이들이 행복을 부의 축적에서 찾으려 하고, 일부는 권력의 획득에서 찾으려 하고, 또 일부는 예술과 문학적 성취를 남기는 데서 찾으려 하고, 또 몇몇은 자신의 정신을 탐구하는 데서, 혹은 지식을 추구하는 데서 찾으려 한다.

대부분의 사람은 육체적 쾌락과 물질적 소유를 기준으로 자신의 행복을 가늠한다. 이들은 자신이 정한 미래의 목표를 이룰 수 있을 때 무척 행복해할 것이다. 그리고 재능이나 환경이 따라주지 않을 때 불행해할 것이다. 행복이 이런 식으로 측정된다면 들을 수도 볼 수도 없는 나는 구석에 쪼그리고 앉아 속수무책으로 눈물을 흘릴 수밖에 없으리라. 그러나 이런 신체적 장애가 있는데도 내가 행복하다면, 내 행복이 아주 깊어서 확신이 되고 아주 사색적이어서 삶의 철학이 된다면, 한마디로 내가 낙관주의자라면, 낙관주의에 관한 내 이야기는 들을 가치가 있을 것이다. 죄 지은 자들이 예배를 볼 때 일어나 하느님의 자비를 증언하듯이 장애자라 불리는 사람이 확신의 기쁨을 느끼며 삶의 행복을 증언하는 것이다.

나는 한때 희망이 존재하지 않는 심연에 있었고 모든 것이 암흑에 싸여 있다고 여겼다. 그런데 얼마 후 사랑이 찾아와 내 영혼을 해방시켜주었다. 내가 아는 거라곤 암흑과 적요뿐이던 때가 있었으나, 이제 나는 희망과 기쁨을 알게 되었다. 한때 나는 너무 불안하여 나를 가두고 있던 벽에 나 자신을 부딪치며 화를 터뜨리곤 했다. 그러나 지금은 내게 생각하고 행동하고 천국에 다다를 수 있는 정신이 있다는 것이 기쁘고 고맙다. 내 삶은 과거와 미래가 없었다. 비관주의자의 표현대로 죽음이야말로 "열렬히 바랄 만한 삶의 완성"이라고 여겨졌다. 그러나 허공에 펼친 내 손바닥에 또 다른 누군가의 손가락으로 짧은 단어 하나가 씌어진 순간, 내 심장은 살아 있다는 기뻠으로 두근거리기 시작했다. 생각의 환희가 다가서자 암흑은 도망쳤고, 지식에 대한 열정이 생기자 사랑과 기쁨과 희망이 찾아왔다. 이런 굴레와 속박에서 벗어나 자유의 기쁨과 영광을 느껴본 사람이 어떻게 비관주의자가 될 수 있겠는가?

나의 초기 경험은 이렇듯 불행에서 행복으로 갑자기 껑충 뛰어올랐다. 시도해보았지만, 나는 어둠 속에서의 그 첫 도약을 가능케 했던 추동력을 제어할 수 없었다. 처음 암흑에서 놓여나 빛으로 돌진하던 그 순간 돌연 습득하게 된 습관으로 인해 나는 어려움을 헤치고 앞으로 나아가고 싶은 욕구를 제어하지 못하는 것이다. 처음으로 단어를 이해하고 사용할 수 있게 되었을 때 나는 생각하고 희망하고 살아가는 방법을 알게 되었고, 어둠은 다시 나를 가둘 수 없을 것이다. 망망대해에 떠 있던 나는 어렴풋이 육지의 기슭을 보았고, 거기에 닿을 수 있으리라는 희망으로 살아갈 수 있다.

그러므로 나의 낙관주의는 결코 가볍거나 근거 없는 만족감이 아니다. 언젠가 어떤 시인은 내가 차갑고 삭막한 현실을 보지 않고 아름다운 꿈속에 살기 때문에 행복한 게 당연하다고 말한 적이 있다. 나는 아름다운 꿈속에 살지만 그 꿈은 사실과 현실을 기반으로 한다. 하지만 그 현실은 차갑지 않고 따뜻하며 황량하지 않고 갖가지 은총과 축복으로 가득하다. 그 시인이 잔혹한 환멸이 될 거라 추측했던 악(惡, evil)에 대한 인식은 기쁨을 온전히 알려면 꼭 필요한 일이다. 대조해볼 악을 알고 있어야 진리와 사랑과 선의 아름다움을 온전히 느낄 수 있을 테니까.

좋은 점만 생각하고 나쁜 점을 도외시하는 것은 사람들을 부주의하게 하여 재앙을 부를 터이므로 옳은 일이 아니다. 그러므로 무지와 무관심에서 비롯된 낙관주의는 위험하다. 20세기를 인류 역사상 최고의 세기라고 말하며 세상의 악에서 도피하여 천상의 꿈속 세계에 숨는 것은 옳지 않다. 얼마나 많은 선량한 사람들이 자신의 동시대인들 몇백만 명이 가축처럼 물물교환되고 팔려나갈 때 오로지 좋은 면만을 보고 번영과 만족을 얻었던가! 윌버포스〔William Wilberforce (1759~1833) : 노예제 폐지 운동을 벌였던 정치가이자 박애주의자〕가 노예해방을 위해 온 힘을 기울여 노력할 때에도, 분명 그를 오지랖 넓은 미치광이쯤으로 치부했던 속 편한 낙관주의자들이 있었을 것이다. 나는 바로잡아야 할 문제가 산적한 이 나라에서 "만세, 우리는 잘살고 있어! 이곳은 세계에서 가장 위대한 나라야!"라고 외치는 이 나라의 경박한 낙관주의를 신뢰하지 않는다. 그것은 가짜 낙관주의다. 그림자를 보지 못하고 빛만을 응시하는 낙관주의는 모래 위에 지은 집과 같다. 그러므로 스스로 낙관주의자라고 주장하려면 우선 악을 이해하고 슬픔을 알아야 한다. 그래야 다른 사람들이 그가 가슴에 품은 그 믿음에 근거가 있다고 생각할 것이다.

나는 악의 실체를 안다. 두어 번 그것과 악전고투한 적이 있고 그

것이 내 삶에 그 으스스한 손을 갖다 댄 적이 있었다. 그러므로 내가 악은 정신 단련을 위해서가 아니라면 아무런 쓸모가 없다고 말할 때 이 말은 내 경험과 지식에서 나온 것이다. 나는 악과 직접 대면한 적이 있으므로 진정한 낙관주의자다. 악에 필연적으로 수반되는 투쟁은 숭고한 은총 가운데 하나임을 나는 확신할 수 있다. 그것은 우리를 강인하고 끈기 있고 이로운 인간으로 만들어준다. 그것은 우리를 온갖 세상사와 만물의 정수(精髓)로 인도하고, 우리에게 세상은 고통으로 가득 차 있지만 그것을 극복할 수 있다고 가르쳐준다. 그러므로 나의 낙관주의는 악의 부재에 근거하지 않고 언제나 선과 협력하려는 자발적인 노력과 선이 결국에는 우세하리라는 즐거운 믿음에 근거한다. 나는 모든 사물과 모든 사람에게서 최상의 것을 찾아내는, 신이 내게 주신 능력을 계발하고 그 최상의 것들을 내 삶의 일부로 만들려고 노력한다. 하지만 내 즐거운 생각들을 내 삶의 현장에서 실천하지 않는다면 나는 선의 알곡을 거둬들이지 못할 것이다.

이렇게 내 낙관주의는 두 세계 — 나 자신과 내 주위 — 에 근거한다. 나는 세계에 선을 요구하고, 그러면 세계는 내 요구에 복종한다. 나는 세상이 선하다고 선언하고, 그러면 내 선언이 전적으로 옳음을 증명하는 사실들이 펼쳐진다. 선한 것에는 내 존재의 문을 활짝 열어젖히고 나쁜 것에는 경계하며 문을 닫는다. 이 아름답고 결연한 확신의 힘은 대단해서 온갖 방해와 저항에도 끄떡하지 않는다. 나는 선의 부재에 결코 좌절하지 않고, 비관적인 논리에 설복당하여 절망하지

점자책을 읽는 헬렌 켈러.

않는다. 의심과 불신은 단지 소심한 상상에 의한 두려움에 불과하므로 불굴의 용기로 이겨낼 수 있고 넓은 마음으로 초월할 수 있다.

대학을 졸업할 때가 되니 나는 사회에 나가 무슨 일을 하게 될지 두근대는 마음과 밝은 기대로 기다려진다. 세상의 일 가운데 내가 할 수 있는 일은 제한적일지 모른다. 그러나 그것이 일이라는 사실이 중요하다. 일을 하려는 의욕과 의지가 바로 낙관주의다.

두 세대 전 칼라일은 일에 대한 자신의 생각을 피력했다. 행복의 공중누각을 세운 탓에 피할 수 없는 풍파에 그것이 산산조각날 때 비관주의자—무력한 엔디미온〔그리스 신화에 나오는 미소년으로, 영원히 잠에서 깨어나지 못하는 벌을 받는다〕과 앨러스터〔셀리의 시 〈고독한 영혼, 앨러스터〉의 화자〕, 베르테르—가 되어버린 혁명을 꿈꾸는 자들을 향해, 어려운 현실 세계에서 꿈을 일궈내려 했던 이 스코틀랜드 촌사람은 노동에 대한 자신의 신조를 이렇게 외쳤다. "이제 더는 혼돈은 없습니다. 세상이 있을 뿐입니다. 생산하십시오! 생산하십시오! 아주 하잘것없고 조그만 것이라도 신의 이름으로 생산하십시오! 자신의 내부에 있는 최선의 것을 밖으로 끄집어내십시오. 더욱 열심히 분발하십시오! 당신의 손이 찾아낸 일이라면 그것이 무엇이든 온 힘을 다해 최선을 다하십시오. 오늘 당장 일을 해야 합니다. 암흑은 아무도 일하지 않는 곳에 찾아들기 때문입니다."

몇몇 사람들은 칼라일이 사람들에게 이승으로 눈을 돌려 부지런히 일하면 자신의 고통을 잊게 될 거라 말함으로써 가혹한 세상에서 도피하게 하려 한다고 주장해왔다. 이는 칼라일의 생각을 곡해한 것이다. "터무니없는 소리!" 그는 부르짖는다. "이상향은 당신 자신 안에 있습니다. 장애 역시 당신 자신 안에 있지요. 남루하고 비참한 이 현실 세계에서 당신의 이상을 실현하십시오. 살고 생각하고 믿고 자유로워지십시오!" 그가 말하는 바는 명백하다. 일과 생산은 삶을 혼란에서 벗어나게 해주고, 개인을 세상에 연결해주고 질서를 부여하며, 질서는 낙관을 낳는다는 것이다.

나 역시 일할 수 있고, 머리와 손을 써서 노동하는 걸 좋아하므로 온갖 장애가 있어도 나는 낙관주의자다. 나는 유용한 일을 하고자 하는 내 욕구가 좌절되리라 여겼다. 하지만 나는 비록 내가 유용한 존재가 될 수 있는 방법이 거의 없더라도 내게 열려 있는 일이 무수히 많다는 것을 알게 되었다. 절름발이도 포도밭에서 가장 행복한 노동자가 될 수 있다. 다른 이들이 일은 더 빨리 할지 모르나 그는 매년 태양 아래서 포도가 영글고 탐스런 포도송이를 손에 쥘 때 어느 누구보다 큰 행복을 느낀다. 다윈은 한 번에 30분씩만 일할 수 있었지만 꾸준히 그 부지런한 30분을 지킨 결과 새로운 철학의 토대를 마련할 수 있었다. 나는 위대하고 숭고한 업적을 성취하기를 갈망하지만, 대개는 보잘것없는 일들을 마치 위대하고 숭고한 일을 하는 것처럼 해야 한다. 나는 매일 내가 해야 하는 일을 어떻게 하면 가장 잘 해낼 수 있을지 늘 생각한다. 그리고 내가 할 수 없는 일을 다른 사람들이 할 수 있다는 것이 기쁘다. 역사가 그린(Green)은 세상은 영웅이 힘차게 떠미는 힘뿐 아니라 정직한 노동자들이 조금씩 미는 힘의 총합으로도 움직인다고 했다. 이 생각만 잊지 않고 있어도 나는 어두운 세계에서도 충분히 길을 찾아갈 수 있을 것 같다. 나는 다른 사람들이 행하는 선을 사랑한다. 왜냐하면 그들의 이런 행동은, 내가 도와줄 수 있든 없든, 진리와 선이 굳건히 자리를 지키리라는 확신을 심어주기 때문이다.

나는 믿는다. 그리고 어떤 일이 일어나도 내 믿음은 흔들리지 않는다. 나는 우리 모두가 최고의 질서, 운명, 위대한 영혼, 자연, 신이라 부르며 숭배하는 어떤 초자연적인 힘이 우리에게 은혜를 베푸리라는 걸 안다. 나는 생명을 소생시키고 만물을 키우는 태양 안에 이 힘이 있다는 걸 안다. 그리고 나는 하늘이 내게 운명으로 정해준 어떤 일도 기꺼이 해낼 의지와 용기가 있다고 느낀다. 이것이 내 낙관주의의 원천이다.

외부 세계에 대한 낙관주의

이렇게 낙관주의는 내 마음속에 존재한다. 하지만 시선을 밖으로 돌려 삶을 바라보아도 내 마음은 어떤 모순과도 충돌하지 않는다. 외부 세계는 선을 믿는 나의 내부 세계가 정당하다는 것을 입증해준다. 대학에서 보낸 여러 해 동안 나는 독서를 통해 선이 존재한다는 것을 줄곧 발견해왔다. 문학과 철학, 종교와 역사에서 내 믿음을 입증하는 강력한 증거를 발견한다.

철학은, 의미를 확대해서 말하면, 눈멀고 귀먹은 자의 내적 경험을 기록한 역사다. 소크라테스의 말에서부터 플라톤을 거쳐 버클리와 칸트에 이르기까지 철학은 인간의 발목을 잡는 물질계에서 벗어나 순수한 사유(思惟)의 세계를 향해 나아가려는 인간 지성의 노력을 기록한 것이다. 듣지도 보지도 못하는 사람은 당연히 플라톤의 이상계(Ideal World)에서 특별한 의미를 찾으려 한다. 눈으로 보고 귀로 듣고 손으로 감촉하는 것들은 실재(reality)가 아니라 이데아, 본질, 영혼의 불완전한 현현(顯現)일 뿐이다. 관념만이 참이고 나머지는 거짓이다.

그러므로 감각을 온전히 사용할 수 있는 내 형제들 역시 내 정신이 가 닿을 수 없는 실재(reality)를 인식하지 못한다. 철학은 정신에게 진리를 볼 수 있도록 특권을 주고, 시각 장애가 있는 내가 정상인들과 다르지 않은 영역을 우리에게 알려준다. 나는 버클리[George Berkeley(1685~1753) : 당대를 풍미했던 유물론에 반대하여 유심론적 경험론을 폈던 아일랜드의 철학자]에게서 인간의 뇌는 무의식적으로 교정하여 받아들이는 사물의 이미지를 눈(시각)은 거꾸로 받아들인다는 사실을 배우고 시각 역시 믿을 만한 감각이 아니라는 생각을 하게 되자 다른 이들과 동등한 능력을 되찾은 듯 느껴졌다. 감각이 다른 이들에게 별로 유용하지 않다는 걸 알아서가 아니라 신의 영원한 세계에서는 정신과 영혼이 훨씬 더 유용하다는 걸 알아서 기뻤다. 철학은 특별히 나를 위로하기 위해 쓰어진 것 같았다. 이로써 나는 나를 자신들의 특별한 학설을 위한 실험적 사례로 여기는 몇몇 현대 철학자들에게 보복했다! 개인적 경험에서 비롯된 나의 작은 목소리는, 선한 것이야말로 유일한 세계고 그 세계는 영혼의 세계라는 철학의 선언에 조금이나마 힘을 보탠다. 그것은 또한 질서로만 이루어져 있고, 각 부분이 온전한 논리로 결합되고, 격차가 존재하지 않고, 성 아우구스티누스의 말마따나 악은 기만인, 다시 말해 악이 존재하지 않는 세계다.

내게 있어 철학의 의미는 철학 원리에 있지 않고 위대한 철학자들의 행복한 고립에 있다. 그들은 플라톤과 라이프니츠처럼 자신의 뜰과 거실을 거닐 때조차 세속에 있지 않았다. 삶의 떠들썩한 소동에 그들은 귀를 닫았고 정신을 혼란시키는 잡다한 것에 눈을 감았다. 어둠 속은 아니더라도 홀로 앉아서 그들은 자신의 내면에서 모든 것을 찾아내는 법을 터득했고, 설령 내면에서 무언가를 찾아내는 데 실패했더라도 여전히 그들은 이승을 뒤로하고 신이 주관하는 지혜의 세계로 갈 때 진리를 만나게 되리라고 믿었다. 위대한 신비주의자들은 신과 함께 살면서 귀와 눈을 닫고 혼자 지냈다.

나는 스피노자가 유대인과 기독교인 모두에게 의심과 경멸을 받고 파문을 당하여 가난하게 살아갈 때 깊고도 지속적인 행복을 어떻게 찾을 수 있었는지 이해한다. 인간 세계가 나를 그렇게 대했기 때문이 아니라 감각적인 세계에서부터 고립된 그의 처지가 나와 비슷하기 때문이다. 그는 선 자체를 사랑했다. 많은 위대한 영혼들과 마찬가지로 그는 세상에서의 자신의 처지를 받아들이고는, 신이 자신의 두 손을 통해 일하고 자신의 존재를 주관한다는 것을 믿으며 숭고한 힘에 어린아이처럼 자신을 의탁했다. 그는 무조건적으로 믿었고, 그것은 내가 하는 일이다. 깊고 신실한 낙관주의, 그것은 인간 개개인의 내면에 신이 존재한다는 굳은 믿음에서 비롯되는 것이리라. 신은 멀고도 닿을 수 없는 곳에서 우주를 지배하는 존재라기보다 우리와 아주 가까운 곳에 있는 존재며, 땅과 바다와 하늘뿐 아니라 우리 마음이 순수하고 숭고한 순간에 "모든 정신의 중심이자 원천으로, 유일한 휴식처"로 존재하는 것처럼 느껴진다.

이렇듯 나는 철학에서 우리가 보는 건 그림자일 뿐이고 아는 것 역시 일부에 지나지 않지만, 정신은, 정복당하지 않는 정신은 모든 진리를 파악하고, 우주를 있는 그대로 포착하고, 그림자를 실재(reality)로 전환한다는 것을 배운다. 그리고 정복당하지 않는 정신은 소란스런 변화를 영원의 고요 속에서 일어나는 순간들로 혹은 완전을 주제로 무한히 이어지는 글에서 짧은 문구로 느끼게 하고, 악은 "선으로 가는 길에 잠깐 멈춘 것"일 뿐임을 깨닫게 한다. 내 손으로는 우주의 작은 부분만을 움켜쥘 수 있지만 내 정신으로는 우주 전체를 볼 수 있고 내 사유(思惟)로는 우주를 통제하는 선의 법칙을 이해할 수 있다. 이런 생각에서 비롯된 확신과 믿음은 내게 운명을 받아들이듯 삶을 편안히 받아들이라고 가르치고, 실체 없는 의심과 공포에 빠지지 않도록 나를 보호해준다. 정말이지 보이지 않는 것을 믿을 수 있는 자는 축복받은 자다.

세계의 모든 위대한 철학자들은 신을 사랑하고 인간 내면의 선을 믿는 사람들이다. 철학의 역사를 살펴보면 그 시대의 가장 뛰어난 사상가들과 부족 및 민족의 선지자들이 낙관주의자들이었다는 사실을 알게 된다.

철학의 성장은 인간 정신이 살아 있다는 증거다. 외부 세계에는 우리가 역사라 부르는 사건의 거대한 총합이 존재한다. 나는 이 거대한 총합을 바라볼 때 신의 방식으로 형상을 부여한다. 인간의 역사는 진보의 서사시다. 나는 인간의 내면 세계와 외부 세계가 일치하는 지점―서로 교감하는 인간의 신성과 현실에서 반복되는 철학의 교훈을 드러내는 멋진 상징―을 본다. 인류의 역사는 전체를 구성하는 각 부분에서 선의 정신을 드러내지 않고 전체에서 의미를 드러낸다.

과거로 거슬러 올라가 역사의 여명기를 살펴볼 때 나는 인간이 통제할 수 없었던 자연의 힘에서 잔혹한 느낌을 받는다. 당시 인간은 미신적인 공포감에서 만들어낸 것에 불과한 초자연적인 존재의 노여움을 사지 않으려고 애썼다. 인간의 상상력이 변화함에 따라 미개인은 속박에서 해방되어 문명인이 되었다. 이제 인간은 무지에서 빚어낸 무서운 신을 숭배하지 않는다. 인간은 시련을 통해 집을 짓고 자신의 목숨과 가정을 지키는 법을 알게 되었다. 그리고 자신의 영토에 빛과 노래의 신처럼 즐거운 신을 모시는 신전을 세웠다. 인간은 고난 속에서 정의를, 동료들과의 싸움에서 옳고 그름을 판별하는 법을 배우며 차츰 도덕적인 존재가 되었다. 그리고 그리스의 정신에 눈떴다.

하지만 그리스 역시 완전하지 못했다. 낭만적이고 종교적인 이상은 현실과 너무 동떨어진 탓에 결국 그리스는 멸망했다. 그러나 그리스의 이상적 정신은 면면히 이어져 다음 시대를 고귀하게 하는 데

기여했다.

로마 역시 세계에 풍부한 유산을 남겼다. 역사의 부침을 통해 로마의 법률과 규율 잡힌 통치 체제는 위엄 있는 좋은 본보기로 자리매김했고 오랫동안 그 위상을 지켜왔다. 그러나 로마 문명의 뼈와 근육에 해당하던 로마인의 엄격하고 검약한 특성이 허물어지자 로마 역시 무너졌다.

그 다음에는 북방의 새 민족들이 내려와 더욱 공고한 사회를 세웠다. 그리스와 로마의 근간을 이루었던 사람들은 "눈이 어두우면 훨씬 고분고분해지는 고삐 매인 말처럼 밭과 일터에서 지치도록 노동하는" 비참한 환경에서 살아가는 노예들이었다. 그러나 새로 건립된 사회의 근간이 된 사람들은 투쟁하고 경작하고 판단하고 발전하는 자유민이었다. 이들은 친족으로 이루어진 부족에서 탈피하여 국가를 세웠고 어떤 압제도 분쇄하지 못할 자립심을 키웠다. 야만적인 상태에서부터 미개와 극복의 시대를 거쳐 문명에 이르기까지 인류가 서서히 발전해온 역사는 낙관주의 정신이 구현된 것이라 할 수 있다. 새로운 국가가 등장한 시점부터 유럽은 한 세기가 지날 때마다 더욱 나은 모습으로 변모했고 미국의 건립이 요구되는 시점에 이르기까지 계속 발전해왔다.

얼마 전 톨스토이는 한때 세계의 희망이었던 미국이 부와 물욕의 노예가 되었다고 일갈했다. 톨스토이와 그 외의 유럽인들이 현재 미국이 겪는 독특한 시민적 분투를 이해하려면 우리의 이 위대하고 자유로운 나라에 대해 아직 더 많은 것을 알아야 한다. 미국은 여러 국가에서 끌어들인 모든 외국인들을 동화시켜 그들을 하나의 국가 정신을 지닌 하나의 국민으로 융합하는 거대한 과업에 직면했다. 우리는 미국이 지구상 모든 민족으로 구성된 하나의 국민을 만들 수 있는지 없는지 입증할 때까지 비판을 자제할 것을 요구할 권리가 있다. 런던의 경제학자들은 인구 600만 명 가운데 외국 태생이 5천 명이라는 데 경악하며 너무 많은 외국인들이 있는 것의 위험에 대해 열띤 토론을 벌인다. 하지만 350만 명 시민 가운데 외국인 인구가 100만 5천 명인 뉴욕에 견주면 무슨 문제란 말인가? 생각해보라! 미국의 대도시에서 세 명 중 한 명은 외국인이다. 이런 수치만으로도 미국의 위대함을 가늠할 수 있다.

미국이 토지를 일구고 광산을 개발하고 사막에 물을 대고 철도를 놓는 등 물질적 문제 해결에 주력해온 것은 사실이다. 그러나 지금은 이런 일을 새로운 방식으로―국민을 교육하고 기술 인력을 적재적소에 배치함으로써―해낸다. 산업을 통해 얻은 부를 노동자 교육을 위해 투자한다. 그리하여 미국인들은 기술을 익혀 삶을 꾸리고 정신과 영혼으로 물질을 통제한다. 미국 아이들은 틀에 박힌 일에 억척스럽게 매달려야 하거나 노예로 살아가지 않아도 된다. 이는 헌법에 명시되었고, 우리의 제도와 관습이 이를 확고히 했다. 미국인은 땅이 가르쳐주는 최고의 가치를 배운다. 다시 말해 미국인은 이 나라에 높은 계층과 낮은 계층의 구분이 없다는 것과 하느님과 하느님 나라가 모두를 위해 존재한다는 것을 안다.

미국은 이 모든 일을 해내면서도 여전히 이기적이고 여전히 물욕의 신을 숭배하는 듯하다. 하지만 미국은 상업뿐 아니라 자선(慈善)의 본거지다. 시끌벅적한 거리에는 굉음이 요란한 공장과 하늘에 닿을 듯 솟아 있는 창고와 나란히 학교, 도서관, 병원, 그리고 영원히 지속될 아이디어를 형상화한 공원 조각물 들이 서 있다. 미국이 고통을 줄이고 고통받는 자들을 사회에 복귀시키려고 이미 수행한 일들—시각장애인들에게 손으로 볼 수 있는 능력을 길러주고, 벙어리의 입술에 언어를 주고, 저능아의 정신 능력을 향상시키는 등—을 보고도 미국이 물욕의 신만을 숭배한다고 말할 수 있겠는가. 미국에 건너온 모든 이를 도와주고 해마다 모든 나라에서 흘러 들어오는 가난과 고통과 타락의 높은 물결을 낮추기 위해 미국이 동원한 기술과 지혜와 동정심을 누가 측정할 수 있을까? 나는 이 모든 사실을 숙고할 때 톨스토이와 기타 이론가들의 생각과는 달리 미국인이어서 자랑스럽다는 생각을 하지 않을 수 없다. 미국에서 낙관주의자는 현재의 확신과 미래의 희망을 품을 만한 풍부한 이유를 찾을 수 있다. 이 희망과 이 확신은 지구상 모든 위대한 나라에 퍼져나갈 것이다.

이 시대를 과거와 견줘본다면, 우리는 세상을 낙관할 충분한 근거를 통계에서 찾을 수 있다. 우리를 에워싼 의혹과 불안과 물질주의 밑에는 여전히 굳건한 믿음이 은은하게 타오른다. 비관주의자는 문명〔군대에 비유하고 있음〕이 중세에 야영을 하고 난 이후 진군하지 않았다고 생각할 것이다. 다시 말해 비관주의자는 진화의 과정이 중단 없는 행진이 아님을 깨닫지 못한 것이다.

"목적지에 이르렀다가 다시 뒤로 내던져지더라도
굴복하지 않는 세계는 안간힘을 써가며 앞으로 나아간다."

최근에 나는 그의 지식에 도전하는 게 주제넘다고 여겨질 정도로 해박한 사람의 글을 읽었다. 거기서 나는 인간의 역사가 진보한다는 사실을 입증하는 풍부한 증거를 찾아냈다.

지난 50년 동안 범죄는 감소했다. 사실, 오늘날의 기록을 살펴보면 범죄 목록이 훨씬 더 길어졌다는 걸 알 수 있다. 우리의 통계는 지난 시대의 통계보다 더 정확하고 완전해졌고, 50년 전에는 범죄로 생각하지 않았을 경범죄가 많이 등장했기 때문이다. 이는 대중의 양심이 과거보다 더 민감해졌다는 것을 보여준다.

범죄의 정의는 더 엄격해졌고, 처벌은 더 관대하고 이성적인 방식으로 변했다. 눈에는 눈, 이에는 이라는 식의 보복적인 처벌 방식은 거의 사라졌다. 죄인은 병에 걸린 자로 간주된다. 이들은 단지 처벌을 위해서뿐 아니라 사회에 위협을 줄 수 있기 때문에 감금된다. 감금되어 지내기는 하지만 이들은 인간적인 보살핌을 받고 규율을 지킴으로써 정신의 질병을 치유하고 나중에 사회에 복귀했을 때 제 몫의 일을 할 수 있는 능력을 키운다.

대중의 양심이 눈을 뜨고 빛을 향해 나아간다는 또 다른 증거는, 노동계급에게 더 좋은 집을 제공하려는 노력에서 찾을 수 있다. 100년 전이라면 누가 가난한 이들의 집이 위생적이고 편안하고 채광이 잘되는지 등에 관심을 기울여야 한다는 생각을 했겠는가? "좋았던 옛 시절"에 콜레라와 발진티푸스가 온 나라를 휩쓸었고 페스트가 유럽의 수도에 퍼져나갔다는 사실을 잊지 마라.

노동자들의 집과 작업장은 더 좋아졌고, 고용주들은 피고용자들이 생존을 위한 최소한의 금액보다 더 많은 보수를 요구할 권리가 있다는 것을 인정하게 되었다. 현대의 산업적 투쟁의 암흑과 소요 속에서 우리는 어렴풋하게나마 이 투쟁의 근저에 있는 원칙을 식별한다. 모든 인간의 삶과 자유와 행복 추구에 관한 권리의 인정, 버크가 꿈꾸었던 화합, 약자에 대한 강자의 양보, 고용주의 권리는 피고용자의 권리와 밀접한 연관이 있다는 인식, 이런 것에서 낙관주의자는 우리 시대의 낙관적 징후를 목격한다.

국가가 인정하는 국민 한 사람 한 사람의 또 다른 권리는 교육을 받을 수 있는 권리다. 유럽의 개화된 지역과 미국의 모든 도시와 마을에는 학교가 들어섰고, 제일 가난한 노동자의 아이들도 학교에 갈 수 있게 되었으므로 이제 하나의 계급에서만 지식을 입수하고 이용할 수 있는 시기는 지났다. 문명국가에서부터 시작된 평등 교육으로 수많은 문맹자들이 글을 읽을 수 있게 되었다.

교육의 대상은 모든 사람으로 확대되었고 교육의 범위는 모든 진리를 포괄할 정도로 깊어졌다. 학생들은 이제 그리스어, 라틴어, 수학만을 배우지 않고, 모든 영역의 과학―시인의 꿈과 수학자의 이론과 경제학자의 가설을 선박과 병원과 기계(기술자 한 명이 몇천 명 분의 일을 할 수 있게 해주는)로 바꿀 수 있는―을 탐구한다. 오늘날의 학생은 문법을 배웠느냐는 질문을 받지 않는다. 이들은 단지 문법 기계이거나 건조한 과학적 사실의 카탈로그일까? 아니면 남자다운 특성을 습득했는지 여부가 중요한가? 이들이 배워야 할 최고의 가르침은 거대한 공공 문제들을 해결하기 위해 노력하는 것, 진리를 바라보는 새로운 견해들과 새로운 개념들을 기꺼이 받아들일 수 있도록 정신을 개방적으로 유지하는 것, 부의 획득을 위해 분투하느라 시야에서 놓친 고매한 이상을 회복하는 것, 인간과 인간 사이에 정의를 증진하는 것 등이다. 이들은 인간의 노동력을 대체할 수 있는 것들(마력, 기계, 책)은 있으나 인간의 "상식, 인내심, 성실, 용기 등을 대체할 수 있는 것들은 없다"는 것을 배운다.

100년 전 귀머거리 맹인이 처했던 상황과 지금의 상황이 얼마나 달라졌는지를 생각하면 교육이 일궈낸 거대한 성취를 누가 의심할 수 있겠는가? 당시 이들은 막연한 동정의 대상이었고 최하층 거지와 다를 바 없는 처지였다. 모두가 이들을 가망 없다고 보았으며 이런 시각은 이들을 더욱 깊은 절망으로 몰아넣었다. 아위[Valentin Hauy (1745~1822)]가 이들에게 책 읽는 법을 가르쳐주겠다고 나섰을 때 심지어 이들 자신들도 웃음을 터뜨렸다. 사람들이 쓸모없다고 여기고 이들을 해방시키려는 시도를 정신 나간 사람의 변덕쯤으로 여기는 상황에 갇혀 옴짝달싹하지 못했던 이들의 영혼은 얼마나 가여웠던가! 하지만 지금은 상당히 많이 달라졌다. 맹인을 위한 기관과 산업 시설 들이 여기저기서 마치 마술처럼 세워졌고, 듣지 못하던 무수한 사람들이 읽고 쓰는 것은 물론 말도 할 수 있게 되었다. 하우 박사의 믿음과 끈기가 결실을 맺어 곳곳에서 귀머거리 맹인들을 교육하고 이들에게 세상을 살아갈 수 있는 능력을 길러주려는 노력이 이어진다. 내 가슴이 희망으로 벅차오르고 내 정신이 고양되는 것이 아직도 의아한가?

교육이 낳은 최고의 성과는 관용(tolerance)이다. 오래전에 인간들은 자신의 믿음을 위해 죽음을 불사하고 전쟁을 벌이곤 했으나, 이들에게 다른 종류의 용기―형제의 신앙을 인정하고 다른 신앙을 가진 이에게도 양심이 있다는 것을 인정할 수 있는 용기―를 가르치는 데는 오랜 세월이 걸렸다. 관용은 공동체 생활에서 가장 중요한 덕목이며, 모든 인간이 최고로 여기는 것을 보존하는 정신이다. 홍수와 벼락에 의한 어떤 손실도, 적대적인 자연의 힘에 의한 도시와 신전의 그 어떤 파괴도 관용의 부재로 인한 파괴만큼 인간에게서 그렇게 많은 고귀한 목숨과 감정을 빼앗아간 적은 없었다.

나는 의혹과 슬픔을 느끼며 불관용과 편협의 시대를 떠올려본다. 예수님이 조롱을 받으며 십자가에 못 박히는 장면과, 그의 추종자들이 이리저리 쫓겨 다니며 고문을 당하고 화형에 처해지는 장면이 떠오른다. 중세에 미신을 거부한 고귀한 영혼들이 불경죄로 구속되어 죽임을 당하던 일도 생각난다. 이스라엘 자손들은 기독교도임을 사칭하는 자들에게 매도되고 핍박받으며, 이곳에서 저곳으로 끌려다니고, 이 은신처에서 저 은신처로 쫓겨다니고, 중죄인으로 소환되어 조롱받는 수난과 고통 속에서도 놀라울 정도로 굳건히 지켜온 신앙을 고백했다. 유대인을 탄압하는 이런 무시무시한 편협함은 순수한 삶을 기치로 내건 비국교도에게도 똑같이 가해져 알비주아파 교도〔12~13세기에 걸쳐 프랑스 남부의 알비(Albi) 지방에서 일어난 반로마교회파〕와 평화를 사랑하는 발도파 교도〔Vaudois : 가난하고 소박하게 삶으로써 그리스도를 본받아야 한다는 기치 아래 12세기 프랑스에서 일어난 종교 운동의 구성원들〕는 몰살당했고, 그리하여 "이들의 뼈는 차디찬 산지에 묻혀 있다." 이제 그 구름이 서서히 걷히는 모습이 보이고 이 편협함에 저항하는 외침소리가 들린다. 관용의 손이 종교 재판관들로 하여금 함부로 구형하지 못하게 했고 휴머니스트들로 하여금 핍박받는 자들에게 평화의 메시지를 전하게 했다. 사람들은 "이교도들을 불태워 죽여라!" 라고 외치는 대신에 연민의 시선으로 인간의 영혼을 응시하고, 보이지 않는 것에 대해 처음으로 경외하는 마음을 갖게 되었다.

사람들은 형제애라는 개념을 같은 종파나 주의로 연결된 좁은 연합보다 더 넓은 의미로 이해하기 시작했다. 레싱[Lessing(1729~1781) : 종교적 관용을 주장한 독일의 철학자·비평가]같이 위대한 사상가들은 상충하는 종교들이 필사적으로 싸우고 증오하는 것과 다정하게 조화를 이루고 상부상조하는 것 중에 어느 편이 더 신성한지 세상에 도전적으로 질문을 던진다. 인간의 다른 종파에 대한 오래된 편견은 흔들리고, 더욱 너그러워진 정서―형식의 차이로 사람들을 희생시키거나 각자의 신앙에서 찾은 안식과 힘을 이들에게서 박탈하지 않을―의 광휘 앞에서 후퇴한다. 한 시대에 이교였던 것이 다음 시대에는 정교가 될 수도 있다. 단지 관용으로 인해 모든 종파의 신실한 사람들 사이에 형제애가 살아났다. 개신교도와 가톨릭교도 모두 세상 곳곳의 선량한 사람들이 레오 13세[로마 가톨릭교회 교황(1878~1903년 재위)]에게 따스한 찬탄과 존경을 표시하는 것에 만족하면서 애정 어린 교감을 나눈다. 에머슨[Ralph Waldo Emerson(1803~1882) : 뉴잉글랜드의 초절주의(transcendentalism)를 주도했던 인물]과 채닝[William Ellery Channing (1780~1842) : 유니테리언 주의의 사도로 일컬어짐] 탄생 100주년 기념식은 모든 교파의 사람들이 순수한 영혼에 경의를 표한 아름다운 사례다.

이와 같이 우리 시대를 조망할 때 나는 세계의 시민이라는 게 기쁘고, 우리나라를 바라볼 때 나는 미국인이어서 낙관주의자가 될 수 있다고 느낀다. 나는 필리핀에서 미국의 깃발 아래 행해진 불행하고 부당한 일을 알고 있으나, 간혹 정치적 수완이 잘못 행사될 때 국민들이 지닌 최선의 지혜가 제대로 표현되지 못하는 경우가 있다고 생각한다. 나는 율리우스 카이사르를 다룬 역사책에서, 내전 중에 평화를 사랑하는 수많은 목동과 노동자들은 되도록 늦게까지 일한 뒤 소수가 이끄는 군대가 오기 전에 몸을 피해 위험이 지날 때까지 기다렸다가 돌아와서는 낙담하거나 화내는 법 없이 차분하게 피해를 복구한다는 글을 읽은 적이 있다. 이렇듯 통치자들이 실수하고 비틀거릴 때에도 백성들은 근면하고 정직하다. 나는 세계와 이 나라에, 적을 무찌르자는 식이 아닌 새롭고도 훌륭한 애국심이 나타난다는 게 기쁘다. 그것은 전투에서의 애국심보다 더 고차원적인 애국심이다. 수많은 사람들이 사회봉사에 자신의 삶을 바치고, 이런 사람들 덕분에 우리는 옥수수밭이 더는 전쟁터가 되지 않는 시대에 한 걸음 더 가까이 다가간다. 그래서 나는 필리핀에서의 잔혹한 전쟁에 대해 들었을 때에도 절망하지 않았다. 우리 국민의 마음은 그 전쟁에 있지 않다는 것과 언젠가는 파괴자의 영향력이 저지될 게 분명하다는 걸 알고 있었으므로.

214

낙관주의의 실천

모든 신념은 그것이 실제 삶에 미치는 효과에 따라 판단할 수 있다. 낙관주의는 세상을 추동하고 비관주의는 후퇴시킨다. 그러므로 비관주의 철학을 퍼뜨리는 일은 위험하다. 세상에 기쁨보다 고통이 더 많다고 믿으며 이 침울한 확신을 표현해봐야 그 고통이 더 많아질 뿐이다. 그런 면에서 쇼펜하우어는 인류의 적이다. 이 세상을 더할 나위 없이 비참한 곳이라 진심으로 믿는다 해도 인간에게서 자신의 환경과 싸우려는 의욕을 앗아가는 그런 주의를 퍼뜨려서는 안 된다. 만일 인생이 그에게 슬픔과 회한만을 안겨주었다면 그것은 그의 잘못이다. 인생은 공정한 싸움터고, 올바른 목표를 가지고 끝까지 포기하지 않는 자는 성공할 것이다.

비관적인 생각이 일단 마음을 지배하게 되면 생활은 뒤죽박죽되고 모든 게 허무하고 짜증스러워진다. 망각과 전멸 외에는 개인이나 사회의 병을 치유할 방법은 없다. "우리는 먹고 마시며 즐겁게 지내야 한다. 내일 우리는 죽을 것이므로"라고 비관주의자는 말한다. 비관주의자의 관점에서 내 삶을 바라본다면, 나는 파멸한 것이나 다름 없다. 내 눈에 들어오지 않는 빛과 내 귀에 울리지 않는 음악을 찾으려 애써도 헛수고일 뿐이고, 밤낮으로 갈구해도 이룰 수 없을 거라고 그들은 생각한다. 아울러 나 같은 사람은 끔찍한 고독 속에서 두려움과 절망에 휩싸여 지낼 것이라 여긴다. 하지만 나는 행복하게 지내는 것이 나 자신은 물론 다른 이들의 의무라고 생각하기 때문에 어떤 육체적 장애보다도 더 비참한 정신적 고통에서 벗어나려고 노력한다.

희망이나 선량함을 품을 능력이 없다고 해서 누가 감히 무거운 짐을 특권처럼 짊어지고 앞으로 나아가려는 사람의 용기에 그늘을 드리울 수 있겠는가? 낙관주의자는 주춤거리거나 후퇴하지 않는다. 왜냐하면 열을 맞춰 함께 나아가지 못하면 옆 사람에게 방해가 되리라는 걸 알기 때문이다. 그러므로 낙관주의자는 두려움 없이 자신의 자리를 지키며 침묵의 의무를 기억한다. 모든 이의 마음은 저마다의 슬픔으로 이미 충분하다. 그는 자신에게 주어진 환경의 쇠 발톱을 움켜쥐고 그것을 도구로 삼아 자신의 길을 가로막는 장애를 부수며 앞으로 나아간다. 그는 마치 천국과 이승을 세우는 일이 오로지 자신에게 달린 듯 열정적으로 일한다.

우리는 세계적인 철학자들—하느님 말씀을 전하는 분들—이 낙관주의자라는 걸 안다. 하느님 말씀을 실천하고 성취하는 분들 역시 낙관주의자다. 하우 박사님은 로라 브리지먼의 영혼에 이를 수 있다는 굳은 믿음으로 일을 시작했기 때문에 그 길을 찾을 수 있었다. 영국의 법률학자들은 귀먹고 눈먼 사람은 법률적 관점에서 보면 백치라고 주장했다. 하지만 한 낙관주의자가 어떻게 행동했는지 보라. 그는 그 공고한 법률적 원칙을 바꿔놓았다. 그는 그 둔하고 무감각한 소녀의 이면에서 속박된 인간의 영혼을 발견하고, 조용하고도 결연히 그 영혼을 해방시키기 위한 노력을 시작했다. 결국 그의 노력은 성공을 거뒀다. 그는 백치 소녀를 지적인 숙녀로 만들었고, 귀머거리 맹인도 자신의 행동에 책임을 질 수 있는 존재임을 법조계에 입증했다.

아위가 맹인들에게 글 읽는 법을 가르치겠다고 제안했을 때 그는 이 제안이 터무니없다고 비웃는 사람들의 비관주의에 맞닥뜨렸다. 만일 그가 인간의 영혼이 그것을 구속하는 무지보다 더 강하다고 믿지 않았다면, 그가 낙관주의자가 아니었다면, 그는 앞을 못 보는 사람들의 손가락을 새로운 도구로 만들어주지 못했을 것이다. 비관주의자는 결코 별의 신비를 발견하거나, 지도에 없는 땅을 찾아 항해하거나, 인간 정신에 새로운 천국을 열어주는 일을 해내지 못했을 것이다. 성 베르나르두스[St. Bernard(1090~1153) : 시토 수도회 수사, 클레르보 대수도원 설립자 및 대수도원장]는 아주 열렬한 낙관주의자여서, 250명의 개화된 사람들이 십자군 시대의 암흑을 밝게 비춰줄 것이라고 믿었고, 결국 그 믿음의 빛은 서유럽에 새날을 열어주었다. 이탈리아 여러 도시의 가난하고 의지할 곳 없는 사람들을 후원했던 요한 보스코〔John Bosco(1815~1888) : 빈민 교육의 선구자, 살레시우스회 창설자〕는 아직 하느님의 생각(Divine Idea)이 요원할 때 하느님의 생각을 깨닫고 제 동포에게 알렸던 또 한 명의 낙관주의자이자 예언자였다. 사람들은 비웃으며 그를 미친 사람 취급했으나 그는 꿋꿋하게 일을 추진했고 직접 두 손을 걷어붙이고 계속해서 거리의 어린 부랑자들에게 거처를 제공했다. 그는 자신이 추진하는 일이 훌륭한 운동을 촉발하리라고 예언하며 열성적으로 그 일에 매진했다. 심지어 돈이나 후원이 있기 전에도 그의 머릿속에는 훌륭한 학교와 병원 체계가 이탈리아 구석구석으로 퍼져나갈 거라는 근사한 그림이 있었고, 결국 그는 그의 낙관적 예언이 구현된 산살바도르 수도회(San Salvador Society)가 조직되는 것을 보았다. 세갱 박사〔Séguin (1812~1880) : 프랑스 태생 미국 정신과 의사〕가 정신지체아도 가르칠 수 있다는 의견을 내놓았을 때에도 사람들은 그도 백치보다 나을 게 없다고 비웃으며 무관심한 반응을 보였다. 하지만 그 숭고한 낙관주의자는 뜻을 굽히지 않았고 이윽고 마뜩잖아 하던 비관주의자들은 자기들이 비웃던 그가 세계적인 박애주의자가 되는 걸 목격했다. 이렇듯 낙관주의자는 믿고, 시도하고, 이뤄낸다. 낙관주의자는 언제나 밝은 면을 본다. 어느 날 형언할 수 없을 정도로 경이로운 무언가가 나타나 그의 머리 위를 비출 때 그는 그것을 기쁘게 맞이한다. 그의 영혼은 그것을 받아들이고 기꺼이 새로운 발견을 향해 행진하며, 어려움을 이겨내고 새로운 일을 이뤄낼 때마다, 인간의 지식과 행복을 증진시킬 때마다 보람을 느낀다.

이렇듯 우리는 훌륭한 철학자들과 실천가들이 낙관주의자임을 안다. 영향력 있는 문필가들 또한 그들의 책과 삶에서 낙관주의자였다. 비관주의 작가는 자신의 재능에 비해 널리 사랑을 받은 적이 없었으나, 낙관주의 작가들은 단지 삶의 밝은 면에 대해 썼다는 이유만으로 자신의 재능에 걸맞은 존경과 사랑을 받았다. 디킨스, 램, 골드스미스 등 온화한 유머를 구사하는 널리 사랑받는 작가들은 모두 낙관주의자들이었다. 비관주의자 스위프트〔Jonathan Swift(1667~1745):《걸리버 여행기》등을 쓴 아일랜드 풍자작가〕는 걸출한 재능에 비해 그다지 많은 독자를 확보하지 못했고, 사실 그가 우리 시대에 내려와서 새커리〔William Makepeace Thackeray(1811~1863):《허영의 시장》등을 쓴 19세기 영국 문학을 대표하는 소설가〕를 만난다 해도 그 너그러운 낙관주의자(새커리) 역시 그를 정당하게 평가할 수 없을 것이다. 오마르 하이얌〔Omar Khayyam(1048~1131):페르시아의 시인·수학자·천문학자〕의 《루바이야트(Rubaiyat)》가 근대에 명성을 떨치긴 했지만, 우리는 사람들의 주목을 받는 작가가 되려면 미래를 믿어야 하고 근본적으로 낙관적 철학을 갖고 있어야 한다는 것을 원칙으로 정할 수 있다. 그는 이따금 칼라일과 러스킨처럼 고함치고 이의를 제기하고 안타까워할지도 모른다. 그러나 분명 그의 작품에는 인생의 행복과 세상의 선에 대한 기본적인 확신이 그 근저에 흐르고 있을 것이다.

셰익스피어는 낙관주의의 왕자다. 그의 비극은 도덕적 질서에 대한 새로운 깨달음을 준다. 《리어왕》과 《햄릿》에는 더욱 선한 무언가에 대한 기대가 있고, 그른 것을 바로잡고 사회를 복구하고 국가를 새로이 세울 누군가가 마지막까지 남는다. 후기 극 《템페스트》와 《심벌린》은 화해와 융합에 기뻐하고, 내면에서는 물론 외부 세계에서도 선이 승리하는 아름답고 평온한 낙관주의를 보여준다.

만일 브라우닝의 작품들이 읽기가 조금 덜 어려웠다면 그는 틀림없이 이 세기를 풍미한 시인이 되었을 것이다. 나는 그가 "오, 이 가을 아침 친근한 갈색 대지의 함박웃음이여!"라고 감탄할 때 어떤 기쁨을 느꼈을지 알 수 있다. 결함이 있기에 완벽이 있는 것이고, 완전함은 불완전함에서 출발하며, 나날을 충만하게 보내지 못했다는 실패감은 그것을 향한 열망의 증거라고 역설하는 그의 글을 읽을 때면 내 두뇌는 활발히 움직이기 시작한다. 그렇다, 불화는 조화일 수 있고, 고통이 사라지면 건강이 등장할 것이다. 어쩌면 나처럼 귀먹고 눈먼 이들이 더 완벽한 감각으로 보고 들을 수 있을지 모른다! 브라우닝한테서 나는 어떤 경우에도 좋은 면은 있게 마련이라는 것을 배운다. 그것은 나로 하여금 두려움 없이 삶에 도전하고 옳든 그르든 내가 아는 최선의 행동을 하며 앞으로 나아가는 것을 더욱 쉽게 해주었다. 내 마음은 고통과 암흑, 고립 같은, 삶이 부과한 빚을 즐겁게 지불하라는 그의 권고를 자랑스럽게 받아들인다. 당신의 짐을 힘차게 들어 올려라. 그것은 신이 내린 선물이니 당당히 짊어져라.

장차 사람들에게 널리 받아들여질 문인들은 낙관주의자들일 것이고, 작가의 목소리는 흔히 그가 살아온 인생에서 그 메시지가 더욱 강하게 살아나는 법이다. 스티븐슨의 삶은 그가 별세한지 10년 만에 전통이 되었고, 그는 존슨과 램 이후 가장 용감한 문인이자 영웅으로 추앙받는다. 내게도 의기소침하여 포기하고 싶던 때가 있었다. 여러 날 동안 어떤 일에 열심히 매달렸으나 이룰 수 없었기 때문이다. 당혹감 속에서 나는 스티븐슨의 수필을 집어 들었다. 그의 글은 마치 찬란한 햇빛 아래서 산책을 하는 것 같은 느낌이었고, 덕분에 어려운 과업 탓에 낙담했던 마음을 추스를 수 있었다. 나는 용기를 내어 다시 시도했고 나도 모르는 사이에 그 일을 이룰 수 있었다. 그 후에도 나는 여러 차례 실패의 경험을 했지만, 그 불굴의 작가가 내게 "난관에 웃으며 맞서는 방식"에 대한 교훈을 전해주기 전처럼 크게 낙담하지는 않았다.

쇼펜하우어와 오마르를 읽으면, 이들이 세상을 바라보았듯이 세상을 공허하고 허무한 것으로 생각하게 된다. 반면에 그린의 영국 역사를 읽으면 세상이 영웅들로 가득한 것처럼 보인다. 나는 그린의 전기를 읽고 나서야 내가 그린의 역사책을 읽을 때 왜 그렇게 생생한 활력에 흐뭇했는지 알 수 있었다. 나는 그의 활발한 상상력이 삶의 가혹하고 헐벗은 현실을 신선하고 생기 넘치는 꿈으로 바꿔놓았다는 것을 알게 되었다. 그와 그의 부인이 너무 가난하여 불을 뗄 수조차 없자 그는 온기 없는 벽난로 앞에 앉아 불이 활활 타오른다는 상상을 하기 시작했다. 그리고 이렇게 말했다. "상상력을 훈련합시다. 자,

우울한 현실은 잊고 밝은 생각을 불러오도록 해봐요. 눈을 감으면 판에 박힌 철학자들보다 더 많은 지혜를 떠올릴 수 있을 거요."

모든 낙관주의자는 계속 앞으로 나아가며 진보를 촉진하는 반면, 모든 비관주의자는 세상을 답보 상태에 머무르게 한다. 한 나라의 역사에서 비관주의의 결과는 개인의 삶에서와 마찬가지로 나타난다. 비관주의는 가난과 무지와 범죄와 싸우고자 하는 의욕을 꺾을 뿐 아니라 세상에서 모든 즐거움의 샘물을 바싹 말려버린다. 나는 가난한 이들의 용기를 북돋우는 나라를 떠나 3천200만 명의, 인간이라고도 하기 어려운 사람들이 무지와 고통 속에서 체념하여 살아가는 지옥 같은 나라 인도를 방문하는 상상을 해본다. 왜 이들은 이렇게 살아야 하는 걸까? 이들은 몇천 년 동안, 인간은 풀이고 풀은 시들게 마련이고 지구상에 영원히 푸른 것은 없다고 가르치는 자신들의 철학에 희생되었다. 이들은 그늘에 앉아서, 스스로 지배해야 하는 환경의 손아귀에 잡혀 인간이기를 포기하고 뒤에서 조종당하는 극중 꼭두각시들처럼 춤을 추고 이마에 손바닥을 대고 절한다. 그러다 보면 죽음이 찾아와 서둘러 그들을 무덤으로 데리고 간다. 뒤이어 또 다른 꼭두각시들이 "속 빈 열정과 욕구"를 가지고 그 자리를 채우는 식으로, 그 불행의 그늘은 몇 세기 동안 계속되었다.

인도로 가서, 국민들이 진보에 대한 믿음이 없고 어두운 신을 숭배할 때 어떤 문명이 전개되는지 보라. 브라만교의 통제 아래 재능과 야망이 억압되어왔다. 어느 누구도 가난한 이들을 돌보거나 고아와 과부를 보호하려 하지 않는다. 병자는 간호도 받지 못한 채 방치된다. 맹인은 글 읽는 법을 배우지 못하고 귀머거리 역시 듣는 법을 모른다. 이들은 죽을 때까지 길가에 버려진다. 인도에서는 이들의 장애를 전생에 지은 죄에 대한 벌로 간주하므로 맹인과 귀머거리를 가르치는 것을 죄악으로 여긴다. 만일 내가 이 숙명론적인 생각이 지배하는 곳에서 태어났다면 나는 여전히 암흑 속에 있을 것이고 내 삶은 세상과 내 영혼을 연결해주는 어떤 생각도 지나다니지 않는 황량한 사막과 같을 것이다.

힌두교도들은 저항보다는 인내를 미덕으로 생각하기 때문에 외국의 지배에 복종해왔다. 이들의 역사는 바빌론의 역사와 비슷하다. 먼 곳에서 쳐들어온 민족은 주춤거리거나 낮잠을 자거나 멍하니 가만히 있는 사람 하나 없이 눈 깜짝할 사이에 이 나라를 폐허로 만들어놓고, 양식이 될 만한 것과 물이 샘솟는 곳을 모조리 강탈하고, 사람들 중에 참모와 기둥 역할을 하는 인재는 물론, 힘센 사람, 전략가, 재판관, 예언자, 현자, 오랜 세월 지혜와 경험을 쌓은 고령자 등을 모조리 데려가버렸다. 그래서 이 나라에는 남은 이들을 해방시켜줄 사람이 아무도 없었다. 정말로 비애는 이 사람들의 전통이다. 이들은 영혼을 기쁘게 할 정도로 찬란한 이 땅에서 아름다움에 눈 감고 음악소리에 귀를 닫은 채 슬픈 생각에 잠겨 잔뜩 풀 죽은 모습으로 걸어 다닌다. 이들은 악을 선하다고 하고 선을 악하다고 하며 어둠을 빛으로 빛을 어둠으로 여긴다.

다코타 주의 평원에서 세상 사람들에게 양식을 제공하는, 햇빛에 그을려 구릿빛 피부색이 된 서구인들이 노 젓는 사람들과 브라만 교도들에게 어떤 도움을 줄 수 있겠는가? 이들은 인도인들에게 이렇게 말할 것이다. "몇천 년 동안 아무 쓸모없었던 당신들의 철학을 버리고 새로운 눈으로 현실과 삶을 바라보고, 당신들의 브라만(브라흐마나)들과 당신들의 비틀린 신들은 옆으로 치워놓고 세계 보존의 신 비슈누〔힌두교의 주요 신 가운데 하나로 다르마(도덕률)의 원상 복구자로 숭배됨〕를 부지런히 섬기라."

낙관주의는 성취를 이끌어내는 믿음이다. 희망이 없다면 어떤 것도 할 수 없다. 우리의 선조들이 미국 공화정의 기초를 놓을 때 자유로운 공동체에 대한 비전이 없었다면 그 과업을 이뤄낼 용기를 어떻게 낼 수 있었겠는가? 우호적이지 않고 냉랭한 하늘에 맞서, 어디서 미개인들이 튀어나올지 모르는, 눈으로 뒤덮인 새하얀 황야를 가로지르며 울퉁불퉁한 산지를 평평하게 만들고 골짜기를 메우고 강에 다리를 놓고 구석구석에 문명을 전할 수 있었던 건 은은하게 빛나는 약속의 무지개를 보며 희망을 잃지 않았기 때문이다. 비록 개척자들은 그들이 아는 히브리인의 이상에 따라 나라를 세울 수는 없었으나 오늘날까지 면면히 이어져 내려온 모든 사상 및 행동 양식을 정립했다. 이들은 생각하는 지성과 인쇄된 책, 자치 정부에 대한 뿌리 깊은 열망, 왕과 신하를 차별 없이 재판하는 영국의 법률—우리의 사회체계는 이 법률을 기초로 구성되었다—등을 이 황야에 가지고 왔다.

법률이 낙관주의를 토대로 만들어졌다는 것은 중요한 의미를 지닌다. 라틴 국가에서의 재판 절차는 비관적 선입관에 따르기 때문에, 피고인은 무죄를 입증할 때까지 유죄로 간주된다. 반면 영국과 미국에서는 피고인이 더는 자신의 유죄를 부인할 수 없을 때까지 결백하다는 낙관적 가정을 한다. 이런 법 체계에서는 수많은 범인들이 무죄 방면된다는 의견도 있지만, 그편이 무고한 사람이 벌을 받는 것보다 낫다는 데는 이론의 여지가 없다. 비관주의자는 이렇게 주장한다. "인간의 선은 오래가지 못한다! 모든 것은 끊임없는 상실을 통하여 결국 혼란에 이른다. 설령 악한 존재에 선한 생각이 있다 해도 그 힘이 약해서 세상은 파멸로 치닫게 마련이다." 그러나 지구상에서 가장 이성적이고 합리적이고 법을 잘 지키는 두 나라의 법률은 인간의 선함을 당연하게 보고 죄를 입증할 증거를 요구한다.

낙관주의는 성취를 이끌어내는 믿음이다. 세계적인 선각자들은 비관적이지 않았다. 만일 이들이 비관적이었다면 이들의 원칙은 외면당했을 것이다. 톨스토이의 비난은 비관적인 탓에 그 영향력을 잃는다. 만일 그가 미국의 결점들을 분명히 알고 미국이 그 결점들을 극복할 능력이 있다고 믿는다면 우리 국민들은 그의 비난을 듣고 자극을 받을지도 모른다. 그러나 사람들은 희망 없는 예언에 등을 돌리고, 국민의 좋은 특질을 언급하며 아무도 항변하거나 부인할 수 없는 악덕만을 공격하는 에머슨의 말에 귀를 기울인다. 사람들은 또한 의심과 분쟁과 어려움 속에서도 흔들리지 않은 강인한 사람 링컨의 말에 귀를 기울인다. 그는 어렴풋한 성공의 기미를 포착하고는, 굳건한 의지로 끝까지 희망을 버리지 않고 국민들에게 용기와 힘을 불어넣었다. 절망의 시기를 지나면서도 그는 "다 잘되고 있습니다"라고 말했고 수많은 사람들은 그의 확신에 의존했다. 이런 사람이 잘못을 지적하고 혹평하면 국민들은 그의 말에 귀를 기울이고 그의 지시에 복종하지만, 습관적인 비관론자의 탄식은 귓등으로 듣는다.

우리의 신문은 이를 명심해야 한다. 신문은 현대의 설교단이라 할 수 있고, 신문에 실린 설교자들에 따라 그 성격과 영향력이 좌우된다. 부당한 조치에 대한 신문의 항의가 효력을 발휘하려면, 99일 동안에는 격려와 응원의 말을 하고 100일째에 비판할 때 100배의 효과를 낼 수 있을 것이다. 이것은 링컨의 방식이었다. 그는 국민을 알았고, 그들의 선의를 믿었다. 국민 대다수의 정의와 지혜를 믿었던 것이다. 그 특유의 꾸밈없고 솜씨 좋은 연설에서 그는 "모든 사람을 영원히 속일 수는 없습니다"라고 말하며 인간에 대한 믿음이라는 그의 위대한 신조를 표현했다.

비관적이지 않은 예언자는 존경을 받는다. 이스라엘의 피난민들을 고향으로 되돌아가게 하기 위한 이사야의 행복한 예언은 악인들의 지배에서 사람들을 해방시키기 위한 예레미아의 비탄보다 훨씬 더 큰 효력을 발휘했다.

성탄절에 사람들은 예수 그리스도가 선의 예언자로 이 땅에 오셨다는 것을 기억할까? 그의 즐거운 낙천성은 타들어가는 입술을 축인 물과 같고, 그 낙천성이 최고로 표현된 것이 바로 산상수훈에서 여덟 가지 참 행복을 가르치는 말씀이다. 예수가 오랜 세월 서구의 정신을 지배해온 것도 그의 낙관주의 때문이다. 19세기 동안 기독교인들은 그의 빛나는 얼굴을 응시하며 모든 존재는 선을 향해 나아간다는 것을 깨달았다. 사도 바울 또한 가장 험난한 장애 너머에, 모든 한계가 완전한 이해의 빛 속에서 사라지는, 무한한 천국의 지평선이 펼쳐진 것을 보았다. 맹인으로 태어난다면 암흑이 가져다준 보석을 찾아라. 그 보석은 오빌〔Ophir : 구약성서에 순도 높은 양질의 금을 산출하는 지역으로 나옴〕의 금보다 더 고귀하다. 그것들은 사랑과 선량함과 진실과 희망이고, 그 가치는 루비나 사파이어 이상이다.

예수와 사도 바울은 평화와 이성의 메시지를 전하고, 물건이 아닌 사상에 대한 믿음을, 정복이 아닌 사랑에 대한 믿음을 설파했다. 낙관주의자는 인간의 행동을 군대에 의해 통제되는 것이 아니라 도덕의 힘에 의해 다스려지는 것으로 여긴다. 그리고 알렉산더와 나폴레옹의 영토 정복이 뉴턴과 갈릴레오와 성 아우구스티누스의 조용한 영향력보다 오래가지 못한다고 생각한다. 사상은 총과 칼보다 힘이 세다. 그것은 소리 없이 퍼져나가 인간은 그것들로부터 풍성한 결과를 수확하고 신께 감사한다. 하지만 군대의 성취는 "오늘 천막을 치고 야영을 하지만 내일은 몇 개의 작은 구덩이와 짚더미만을 남기고 전부 철거되고 사라지는" 그들의 천막 병영과 같다. 이런 낙관론은 2천 년 전 예수님의 신조였다. 성탄절은 낙관주의를 경축하는 날이다.

낙관주의자는, 여전히 진압되지 않은 악이 많다는 사실을 모르지 않지만 마음 가득 희망을 품고 산다. 그는 불멸하는 신의 정의와 인간의 존엄성을 믿기에 낙담은 그의 신조에 들어설 자리가 없다. 진보하는 과정에서 멈춰 서게 될 때가 있을지 모르나 그것은 단지 힘찬 도약을 하기 전에 잠깐 숨을 고르는 휴지기에 불과하다. 시간이라는 관절은 탈골되지 않는다. 실제로 몇 차례 이런 일이 일어난 적이 있었지만, 우리의 신을 모신 신전이 무너졌을 때에도 우리는 더 높고 신성한 곳에 새 신전을 세웠다. 만일 우리가 인간의 육체적 능력 가운데 몇 가지를 잃는다 해도 우리는 그 능력 대신에 화를 가라앉히고 상처에 붕대를 감는 고귀한 영혼을 얻는다. 인간의 모든 과거의 업적은 우리의 것이고, 예전에 꿈꾸던 것들은 우리의 현실이 되었다. 거기에 우리의 희망과 믿음이 있다.

내가 진실하고 열렬한 마음으로 낙관주의를 믿을 때 내 상상 속에서 "미래의 구름 커튼은 한층 더 찬란한 승리의 빛깔로 빛난다."

헬렌 켈러에게 책을 읽어주는 설리번 선생.

서로 경쟁하는 체제와 강국들의 치열한 싸움과 혼란에서 벗어나, 영국이니 프랑스니 독일이니 미국이니 하는 구분도 없고 이 나라 사람 저 나라 사람 하는 구분도 없이 인류라는 하나의 가족, 평화라는 하나의 법률, 조화라는 하나의 필요, 노동이라는 하나의 수단, 하느님이라는 하나의 지도자만 존재하는 더 밝은 영적 시대가 서서히 다가오고 있음을 나는 안다.

낙관주의자의 신조를 다시 정리해본다면 이렇게 말할 수 있을 것이다. "나는 신을 믿는다. 나는 인간을 믿는다. 나는 영혼의 힘을 믿는다. 나는 우리 자신과 다른 이들을 격려하는 것, 그리고 하느님의 세상에 대한 어떤 비관적인 말도 참아야 하는 것을 우리의 신성한 의무라 믿는다. 왜냐하면 하느님이 선하게 만들어놓았고 무수한 사람들이 선하게 유지하려고 분투해온 이 세상에 대해 불평할 권리는 어느 누구에게도 없기 때문이다. 다른 이가 고통받을 때 그 누구도 마음 편히 살 수 없는 시대에 더 가까이 다가가려면 우리는 이렇게 행동해야 한다." 이것이 내 신조다. 그런데 이 모든 것을 좌우하는 행동 규약이 하나 더 있다. 그것은 덮쳐오는 모든 폭풍우에도 이를 지키는 것, 역경과 재난에도 이를 중요한 원칙으로 삼는 것이다. 낙관주의는 인간의 영혼과, 피조물을 선하게 만드셨다고 선언하신 하느님의 영혼 사이에 조화를 이루는 것이다.

사흘만 볼 수 있다면

1

우리는 누구나 얼마 남지 않은 시한부 삶을 선고받은 주인공이 등장하는 가슴 졸이는 이야기를 읽어본 적이 있습니다. 남은 기간이 길면 일 년, 짧으면 24시간일 수도 있습니다. 이 가여운 운명에 처한 사람이 마지막 나날을, 또는 마지막 시간을 어떻게 보낼지 독자들은 관심을 가지고 지켜봅니다. 물론 여기서 말하는 주인공은 행동 범위가 엄격히 제한된 사형수가 아니라 자유롭게 자기 행동을 선택할 수 있는 자유인입니다.

이런 이야기를 읽다 보면, 우리가 이와 비슷한 상황에 처할 경우 어떻게 해야 할지 생각해보게 됩니다. 죽음을 앞둔 사람으로서 마지막 시간들을 어떤 사건, 어떤 경험, 어떤 관계 들로 채워야 할까요? 살아온 날을 되돌아보며 어떤 행복한 일과 어떤 후회스러운 일을 떠올리게 될까요?

이따금 나는 내일 당장 죽게 될 사람처럼 하루하루를 산다는 건 훌륭한 삶의 규칙이 될 수 있으리라는 생각을 해봅니다. 이런 마음가짐으로 살아간다면 삶이 얼마나 소중한지 절절히 느낄 수 있을 테니까요. 우리는 하루하루를 온화하고 활기차게, 그리고 열렬히 감사하는 마음으로 살아야 합니다. 우리 앞에 수많은 나날이 끝없이 펼쳐져 있다고 여길 때는 흔히 감사의 마음을 잊게 됩니다. 물론 '먹고 마시고 즐겨라' 하는 쾌락주의자의 좌우명을 가지고 살아가는 사람도 있겠지만, 대부분의 사람들은 언젠가 틀림없이 죽게 되리라 생각하며 살아갑니다.

이야기에 등장하는, 불행한 운명에 처한 주인공은 대체로 마지막 순간에 행운의 여신의 구원을 받고 가까스로 살아납니다. 이로 인해 가치관이 완전히 뒤바뀐 주인공은 삶의 의미와 그 영원한 정신적 가치를 더 깊이 깨닫게 됩니다. 죽음의 그림자를 안고 살아가거나 살아온 사람들은 자기가 하는 모든 일에서 기쁨과 즐거움을 느끼는 것을 우리는 흔히 목격합니다.

그러나 대부분의 사람들은 살아 있는 것을 너무 당연하게 여깁니다. 언젠가는 틀림없이 죽는다는 것을 알면서도, 대개 죽음은 먼 미래의 일이라고 여기지요. 한창 건강할 때에는 죽음을 상상하기 어렵습니다. 사람들은 죽음을 생각하는 일이 거의 없어요. 수많은 날들이 끝없이 펼쳐져 있다고 생각합니다. 그래서 하찮은 일에 전전긍긍하느라 소중한 삶을 무심히 흘려보내고 있다는 것을 인식하지 못하지요.

이렇듯 우리는 모두 무심한 태도로 신체 기능과 감각들을 사용합니다. 들을 수 있는 것이 얼마나 고마운 일인지 아는 이는 귀가 안 들리는 사람뿐이고, 볼 수 있는 것이 얼마나 다채로운 축복인지 아는 이는 눈이 안 보이는 사람뿐입니다. 특히 어른이 되고 나서 시각과 청각을 잃은 경우에는 그 소중함을 더 절실하게 깨닫게 됩니다. 하지만 시각이나 청각을 잃어본 적이 없는 사람은 이 축복받은 능력을 충분히 활용하지 못합니다. 그들의 눈과 귀는 집중하지도 않고 감사의 마음도 없이 모든 장면이나 소리를 그저 막연하게만 받아들입니다. 잃어버리고 나서야 내가 가진 것의 소중함을 알게 되고, 병이 나고 나서야 건강의 소중함을 깨닫게 된다는 옛말도 있지요.

누구나 갓 성년이 되었을 때 며칠 동안 귀머거리나 장님이 되어보는 경험을 할 수 있다면 인생에 큰 축복이 될 것이라는 생각을 자주 합니다. 암흑을 경험해보면 시각의 고마움을 더 절절히 느끼게 되고, 고요는 소리를 듣는 기쁨을 일깨울 테니까요.

가끔 나는, 눈이 보이는 친구들에게 무엇을 보는지 시험해보곤 합니다. 얼마 전 친한 친구 한 명이 나를 찾아왔는데, 그 친구는 마침 숲속을 오래 산책하고 돌아온 뒤였어요. 그래서 나는 그녀에게 숲속을 거닐면서 무엇을 보았느냐고 물었지요. "별거 없었어"라고 친구는 대답하더군요. 그런 대답에 익숙하지 않았다면 그 말을 믿을 수 없었겠지만, 나는 오래전에 이미 눈이 멀쩡한 사람들도 보는 게 별로 없다는 사실을 알고 있었습니다.

한 시간 동안 숲을 거닐면서 어떻게 특별한 것을 하나도 보지 못할 수가 있지? 나는 혼자 생각했습니다. 눈이 안 보이는 나는 촉감만으로도 흥미로운 것을 몇백 가지나 발견할 수 있는데 말입니다. 나는 절묘하게 대칭을 이룬 나뭇잎의 모양새를 손끝으로 느끼고, 매끄러운 자작나무 껍질과 우둘투둘 거친 소나무 껍질을 사랑스럽게 어루만집니다. 봄이 오면, 자연이 겨울잠에서 깨어나는 첫 신호인 움트는 새순을 찾을 수 있으리라는 희망에 가슴 설레며 나뭇가지를 살며시 더듬어봅니다. 벨벳처럼 보드라운 꽃잎의 감촉을 느끼며 기뻐하고, 꽃잎이 나선형으로 겹겹이 둘러져 있다는 것을 발견하며 놀랍니다. 이렇게 자연의 경이로움은 내게 모습을 드러내지요. 가끔, 운이 좋으면, 자그마한 나무에 살며시 손을 댔을 때 목청껏 노래하는 한 마리 새의 행복한 떨림을 느낄 수 있습니다. 손을 펼쳐 손가락 사이로 시원한 시냇물을 흘려보내는 기분은 또 얼마나 상쾌한지요! 수북하게 쌓인 솔잎이나 푹신한 잔디는 내게 호화로운 페르시아 양탄자보다 더 반갑습니다. 이렇듯 계절이 펼쳐 보이는 야외극은 끝없이 이어지는 가슴 벅찬 드라마이고, 그 활력과 생동감이 내 손끝을 타고 흐릅니다.

때로 내 마음은 이 모든 것을 눈으로 직접 보고 싶다는 열망으로 소리를 지릅니다. 만져보는 것만으로도 이렇게 큰 기쁨을 얻을 수 있는데, 눈으로 직접 보면 얼마나 더 아름다울까! 하지만 볼 수 있는 눈을 가진 사람들은 의외로 보는 게 별로 없는 것 같습니다. 세상을 가득 채운 다채로운 색상과 움직임의 파노라마를 당연한 것으로 여깁니다. 아마도 인간이란 자기가 가진 것에 감사하지 못하고 가지지 못한 것을 갈구하는 존재인가 봅니다. 이 빛의 세계에서 시각이라는 선물이 삶을 충만하게 하는 수단이 아니라 그저 편리한 도구로만 사용되고 있다는 것은 참으로 안타까운 일이 아닐 수 없습니다.

내가 만일 대학 총장이라면 '눈 활용법'이라는 강좌를 필수 과정으로 개설하겠습니다. 이 강좌의 교수는 학생들에게 우리가 무심코 지나치는 것을 진정으로 볼 수 있다면 삶이 얼마나 기쁨으로 충만해질지 보여줄 겁니다. 이를 통해 학생들의 잠들어 있는 둔한 기능을 일깨울 겁니다.

2

내게 단 사흘 동안 볼 수 있는 기회가 주어질 때 내가 무엇을 가
장 보고 싶어 할지 상상해본다면 이를 가장 잘 설명할 수 있을 것 같
습니다. 내가 상상하는 동안 여러분도 단 사흘간 볼 수 있다면 눈을
어떻게 쓸지 생각해보세요. 셋째 날 밤이 다가오고 다시는 태양이
떠오르지 않으리라는 것을 안다면 여러분은 그 소중한 사흘을 어떻
게 보내겠습니까? 눈길을 어디에 머물게 하고 싶습니까?

물론 나는 암흑 속에서 지낸 여러 해 동안 내게 소중했던 것들이
가장 보고 싶을 거예요. 여러분도 자신에게 소중했던 것들을 오래도
록 바라보고 싶겠지요. 곧 닥쳐올 암흑의 시간으로 그 기억을 함께
가지고 갈 수 있도록 말이에요.

기적이 일어나 내게 사흘 동안 볼 수 있는 시간이 주어지고 나서
다시 암흑 속으로 되돌아가야 한다면 나는 이 사흘을 세 부분으로
나눠 쓰겠습니다.

첫째 날에는 내 곁에서 친절과 상냥함으로 내 삶을 가치 있게 만
들어준 사람들을 보고 싶습니다. 우선 나는, 내가 아이였을 때 오셔

서 내게 바깥세상의 문을 활짝 열어 보여주신 나의 사랑하는 앤 설리번 메이시 선생님의 얼굴을 오랫동안 바라보고 싶습니다. 그저 선생님의 얼굴 윤곽만을 바라보고 기억 속에 간직하는 데서 그치는 게 아니라 선생님의 얼굴을 찬찬히 살펴보면서 나 같은 사람을 교육하는 어려운 일을 해낸 공감 어린 다정함과 인내심의 생생한 증거를 찾아낼 것입니다. 선생님의 눈빛 속에서 어떤 어려움 앞에서도 굳건하게 버틸 수 있었던 강한 품성과 내게도 자주 드러내곤 하셨던 온 인류에 대한 동정심도 보고 싶습니다.

나는 '영혼의 창'이라는 눈을 통해 친구의 마음을 들여다보는 게 어떤 것인지 알지 못합니다. 그저 손끝으로 얼굴 윤곽만을 '볼' 뿐이니까요. 나는 웃음과 슬픔, 그리고 겉으로 드러나는 여러 감정을 감지할 수 있습니다. 나는 친구들의 얼굴을 만져 그가 누구인지 압니다. 하지만 이런 감촉만으로는 그들의 성격이 정확히 그려지지 않습니다. 물론 나는 다른 수단을 통해, 즉 그들이 내게 표현하는 생각과 그들의 행동이 내게 드러내는 것을 통해 그들의 성격을 알고 있습니다. 그러나 그들을 더 깊이 이해하려면 다양한 생각과 상황에 대한 그들의 반응을 관찰하고, 그들의 눈빛이나 안색에 순식간에 스치는 표정을 눈으로 볼 수 있어야 합니다. 하지만 나는 그럴 수가 없습니다.

가까운 친구들에 대해서는 잘 알고 있습니다. 이 친구들은 여러 달, 여러 해를 나와 함께 보내면서 내게 자신의 모든 면을 속속들이 드러내 보여주기 때문입니다. 하지만 가끔 만나는 친구들에 대해서는 제대로 알기 어렵습니다. 악수할 때의 느낌, 그리고 내 손끝으로 그들의 입술을 더듬어 알아내거나 그들이 내 손바닥을 톡톡 두드려 전하는 말 몇 마디로 전해지는 인상에 의존할 수밖에 없기 때문입니다.

눈이 보이는 여러분처럼, 미묘한 표정의 변화나 근육의 떨림, 손의 움직임 같은 걸 보고 다른 사람의 본성을 재빨리 파악할 수 있다면 얼마나 더 편하고 만족스러울까요? 하지만 여러분은 친구나 지인의 내면을 들여다볼 생각을 해본 적이 있나요? 눈이 보이는 사람들 대부분은 얼굴의 겉모양을 쓱 훑어보고는 그걸로 됐다고 여기지 않나요?

예를 들어, 당신은 친한 친구 다섯 명의 얼굴을 정확히 묘사할 수 있습니까? 할 수 있는 사람도 더러 있겠지만, 대다수는 그럴 수 없을 겁니다. 시험 삼아, 나는 결혼한 지 오래된 남자들에게 자기 아내의 눈동자 색깔을 물어본 적이 있습니다. 대다수 남편들이 당황해하며 혼동하다가 모르겠다고 실토했지요. 하긴 새 옷과 모자를 사거나, 집 안의 가구를 옮겨놓아도 남편이 알아채는 법이 없다는 게 아내들의 오래된 불평이 아니던가요?

볼 수 있는 사람들의 눈은 일상적인 주위 환경에 곧 익숙해져서 사실 놀랍거나 근사한 것만을 봅니다. 하지만 가장 근사한 장면을 볼 때조차 그들의 눈은 태만합니다. 법정 기록을 살펴보면 목격자들이 보는 게 얼마나 부정확한지 알 수 있습니다. 동일한 사건에 대한 목격자들의 증언은 그 수만큼이나 다양합니다. 남들보다 더 많이 보는 사람도 있겠지만, 시야에 들어오는 모든 것을 보는 사람은 거의 없어요.

아, 사흘 동안 볼 수 있는 기회가 주어진다면 무엇을 봐야 할지 얘기하던 중이었지요!

첫째 날은 무척 바쁠 것 같습니다. 사랑하는 친구들을 모두 불러 들여 그들의 얼굴을 오래도록 들여다보면서 그들 내면의 아름다움이 밖으로 어떻게 드러나는지 그 증거들을 찾아내어 내 마음속에 새길 것입니다. 또한 아기 얼굴에 시선이 머무르게 한 채 사람이 살아가면서 겪게 되는 갈등을 아직 모르는 순진무구한 아름다움도 바라보고 싶습니다.

그리고 내가 기르는 충직하고 믿음직한 개들의 눈도 들여다보고 싶습니다. 의젓하고 영리한 스코티종 다키와 건장하고 이해심 많은 그레이트데인종 헬가의 따뜻하고 부드럽고 쾌활한 우정은 내게 정말 큰 위안이 되거든요.

분주한 그 첫째 날에 나는 집 안의 작고 소박한 물건들도 보고 싶습니다. 내 발밑에 놓인 따스한 깔개의 색깔과, 벽에 걸린 그림들, 그리고 하나의 평범한 집을 아늑한 보금자리로 만들어주는 자질구레하고 친근한 소품들을 볼 것입니다. 또한 나는 내가 읽은 점자책들을 경탄스러운 눈길로 바라볼 것입니다. 눈이 보이는 사람들이 읽는 인쇄된 책들을 볼 때에는 한결 더 흥미진진한 눈빛이 되겠지요. 내 인생의 기나긴 밤 동안 내가 읽었거나 누군가 내게 읽어준 책들은 나를 인간의 삶과 영혼의 가장 깊숙한 곳까지 이끌어준 찬란히 빛나는 등대였으니까요.

앞을 볼 수 있게 된 첫째 날 오후에는, 오래도록 숲을 산책하면서 자연의 아름다움에 흠뻑 취해보고 싶습니다. 볼 수 있는 사람들 앞에 끝없이 펼쳐진 자연의 장대한 아름다움을 몇 시간 만에 받아들이려면 필사적으로 애써야 할 것 같네요. 숲속 산책에서 집으로 돌아오는 길에는 근처에 있는 농장에서 끈기 있게 밭을 가는 말들(어쩌면 트랙터만 보게 될지도 모르겠어요!)과 흙 가까이에서 살아가는 농부들의 잔잔한 행복을 볼 수 있으면 좋겠어요. 거기에 더해 다채로운 빛으로 물드는 저녁놀의 장대한 아름다움까지 볼 수 있다면 더 바랄 게 없겠습니다.

땅거미가 내려 주위가 어두워지면 나는 인간이 만들어낸 불빛을 통해 세상을 보는 경험을 함으로써 두 배의 기쁨을 누리게 될 것입니다. 천재적인 인간은 자연이 어둠을 선포한 뒤에도 계속해서 볼 수 있게 하려고 전구를 발명했습니다.

볼 수 있게 된 첫째 날 밤, 나는 그날 하루 동안의 기억이 머릿속 가득 차올라 좀처럼 잠을 이루지 못할 것입니다.

3

그다음 날(볼 수 있게 된 두 번째 날)에는 새벽에 일어나 밤이 낮으로 변하는 가슴 설레는 기적을 바라보겠습니다. 태양이 아직 잠들어 있는 대지를 깨울 때 그 웅장한 빛의 파노라마는 얼마나 경이로울까요.

이날은 세상의 과거와 현재를 빠르게 훑어보는 데 쓰겠습니다. 만화경처럼 펼쳐지는 변화무쌍하고 흥미로운 시대의 진보와 인류의 진화 과정을 보고 싶습니다. 하루 만에 이 많은 것을 보려면 어떻게 해야 할까요? 물론 박물관에 가야겠지요. 나는 가끔 뉴욕의 자연사 박물관에 가서 거기 전시된 물건들을 손으로 만져보곤 했습니다. 하지만 그곳에 전시되어 있는 지구의 압축된 역사와 그 주민들, 원시 자연환경에 그려 넣은 동물이며 인간들을 내 눈으로 직접 보고 싶었습니다. 예를 들면, 작은 체구와 강력한 두뇌를 가진 인류가 등장하여 동물의 세계를 정복하기 훨씬 이전부터 이 지구 위를 누비고 다녔다는 공룡과 마스토돈의 거대한 뼈대들이며, 동물과 인류의 진화 과정을 생생하게 보여주는 전시물들과 인류가 이 행성에 안전한 보금자리를 만드는 데 사용했던 연장이며 도구들을 말이지요. 물론 이 외에도 수많은 자연사의 모습을 직접 내 눈으로 보고 싶습니다.

이 글을 읽는 분들 중 이처럼 영감을 불러일으키는 박물관에 가서 한눈에 조망할 수 있도록 재현해놓은 생물체의 면면을 본 사람이 얼마나 될지 궁금해지는군요. 물론 대다수는 그럴 기회가 없었을 겁니다. 하지만 기회가 있었는데도 제대로 활용하지 못한 분들도 많을 거라 여겨집니다. 정말이지 그곳은 눈여겨볼 만한 것들로 가득한 장소입니다. 늘 볼 수 있는 여러분은 거기서 여러 날 동안 유익한 시간을 보낼 수 있겠지만, 시각이 허락된 가상의 시간이 단 사흘뿐인 나는 재빨리 훑어보고 지나갈 수밖에 없을 테지요.

다음 행선지는 메트로폴리탄미술관입니다. 자연사박물관이 세상의 물질적인 측면을 보여준다면 메트로폴리탄미술관은 인간 영혼의 헤아릴 수 없이 무한한 측면들을 보여줍니다. 인류 역사를 통틀어 예술적 표현에 대한 욕구는 음식과 안식처, 종족 번식에 대한 욕구만큼이나 강렬했습니다. 이곳 메트로폴리탄미술관의 넓은 전시실에는 이집트와 그리스, 로마의 정신이 표현된 예술품들이 전시되어 있습니다. 나는 손으로 조각품을 쓰다듬어보았기에 고대 나일 강 유역의 신들과 여신들을 잘 알고 있습니다. 파르테논 신전의 프리즈〔frieze : 건축물의 윗부분에 부조로 새긴 띠 모양의 장식〕를 본떠 만든 모조품도 손끝으로 느껴보았습니다. 또한 돌격하는 아테네 전사들의 율동적인 아름다움도 느껴보았지요. 아폴로와 비너스, 그리고 날개 달린 사모트라케의 여신 니케의 조각상은 내 손끝에서 친구가 되었습니다. 턱수염이 나고 주름으로 울퉁불퉁한 호메로스의 형상이 정겹게 느껴지는 것은 그 역시 눈이 안 보인다는 게 어떤 느낌인지 아는 장님이었기 때문이겠지요.

전부터 나는 내 손으로 생동감 넘치는 로마와 그 후대의 대리석 조각품들을 쓰다듬어보곤 했습니다. 미켈란젤로의 웅장하고 영웅적인 모세 석고상을 어루만져보기도 했습니다. 로댕의 힘도 느껴보았고, 고딕 목각품에 깃든 헌신적인 정신에 감탄했습니다. 손으로 만질 수 있는 이런 예술품들은 내게 의미 있게 다가옵니다. 하지만 이것들도 원래는 손으로 만지기보다 눈으로 보게끔 만들어진 것이어서 내게는 드러나지 않는 아름다움에 대해서는 그저 추측할 수밖에 없습니다. 그리스 화병의 소박한 곡선미에 경탄하면서도 어떤 무늬가 그려져 있는지는 알 수 없으니까요.

그래서 볼 수 있게 된 이 둘째 날에는, 예술을 통해 인간의 영혼을 탐색하고 싶습니다. 손끝으로 알던 것들을 이제 눈으로 보고 싶습니다. 더욱 멋진 일은, 고요한 종교적 헌신이 깃든 이탈리아 초기의 그림에서부터 열광적인 상상력으로 그려진 근대의 그림에 이르기까지 장대한 회화의 세계가 내 앞에 전체적으로 그 모습을 드러낸다는 것입니다. 나는 라파엘, 레오나르도 다빈치, 티치아노, 렘브란트의 캔버스를 자세히 들여다볼 것입니다. 베로네세[Veronese(1522~1588) : 이탈리아의 화가]의 따뜻한 색조를 음미해보고 엘 그레코[El Greco(1541~1614) : 그리스 크레타 섬 태생의 스페인 종교화가]의 신비를 탐색하고, 코로[Corot (1796~1875) : 프랑스의 화가]의 그림에서는 자연에 대한 새로운 시선을 찾아내고 싶습니다. 아, 볼 수 있는 여러분은 여러 시대의 예술 작품에서 정말 많은 의미와 아름다움을 찾아낼 수 있겠네요!

예술의 전당을 방문하는 그 짧은 시간에 나는 여러분에게 열려 있는 그 위대한 예술 세계의 일부분도 제대로 감상할 수 없을 겁니다. 그저 피상적인 인상만을 얻을 수 있을 테지요. 예술가들은 예술을 진정으로 깊이 감상하려면 우선 보는 눈을 길러야 한다고 말합니다. 선과 구성, 형태, 색상 등의 장점을 알아보려면 수많은 경험을 통한 학습이 필요하다고 말이지요. 만약 내가 볼 수 있어서 그런 흥미진진한 공부를 시작할 수 있다면 얼마나 행복할까요! 그러나 내가 듣기로, 볼 수 있는 사람들 대다수에게도 예술 세계는 탐험되지 않고 빛도 비추지 않는 깜깜한 어둠이라고 합니다.

나는 아름다움의 열쇠를 간직한 메트로폴리탄미술관을 제대로 보지 못한 채 떠나야 한다는 게 무척 아쉬울 것입니다. 하지만 볼 수 있는 사람은 아름다움으로 들어가는 열쇠를 찾기 위해 굳이 메트로폴리탄미술관까지 갈 필요가 없습니다. 작은 미술관이나, 작은 도서관의 서가에 꽂힌 책들에도 똑같은 열쇠가 있으니까요. 하지만 나는 단 사흘간만 볼 수 있다고 가정했으므로 당연히 가장 짧은 시간에 가장 많은 보물을 열어 보일 수 있는 열쇠가 있는 이곳을 선택해야겠지요.

볼 수 있게 된 둘째 날 저녁에는 연극이나 영화를 보고 싶습니다. 지금도 나는 온갖 연극 공연장에 가지만 연극에 등장하는 배우들의 동작에 대해서는 친구가 손바닥에 써줘야만 알 수 있습니다. 햄릿의 매력적인 모습이나 엘리자베스 시대의 화려한 장식물에 둘러싸인 채 덤벙대는 폴스타프를 직접 내 눈으로 보게 된다면 얼마나 좋을까요! 우아한 햄릿의 몸동작 하나하나, 쾌활한 폴스타프의 거들먹거리며 걷는 모습을 눈으로 쫓을 수 있다면 얼마나 좋을까요! 보고 싶은 연극은 너무나 많은데 주어진 시간에 볼 수 있는 연극은 단 한 편뿐이니 어떤 걸 골라야 할지 참 난감한 처지에 놓이겠군요. 눈이 보이는 여러분은 보고 싶은 연극을 맘껏 볼 수 있습니다. 연극, 영화, 멋진 광경 등을 보면서 그 색채와 우아함, 율동을 감상할 수 있게 해주는 시력의 기적에 고마워하는 사람이 여러분들 중 몇 명이나 될까요?

나는 손으로 만질 수 있는 범위 안에서만 율동적인 움직임이 주는 아름다움을 누릴 수 있습니다. 나는 자주 마룻바닥을 울리는 진동으로 음악의 비트를 감지하곤 했기 때문에 리듬의 즐거움을 조금은 압니다. 하지만 파블로바[Anna Pavlova(1881~1931) : 러시아의 발레리나]의 우아한 발레 동작은 그저 막연하게 상상해볼 수 있을 뿐이지요. 상상컨대, 율동적인 움직임이야말로 세상에서 가장 유쾌한 광경일 겁니다. 손끝으로 대리석 조각상의 선을 따라갈 때 그 율동미를 조금이나마 이해할 수 있었어요. 정적인 우아함이 이토록 아름다운데, 동적인 우아함을 보는 기쁨은 얼마나 짜릿할까요!

나의 가장 소중한 기억들 중 하나는, 조지프 제퍼슨이 그가 사랑한 배역인 립 밴 윙클의 몸짓과 대사를 연기할 때 나에게 자기 얼굴과 손을 만져도 좋다고 허락해준 일입니다. 덕분에 나는 연극의 세계를 조금이나마 이해할 수 있었고, 그 순간의 기쁨은 결코 잊지 못할 겁니다. 아, 내가 놓치는 부분이 얼마나 많은가요! 보고 들을 수 있는 사람은 연극 공연이 펼쳐지는 동안 대사와 동작이 한데 어울려 빚어내는 공연을 보고 들으면서 얼마나 큰 기쁨을 얻을 수 있을까요! 한 편만이라도 연극을 볼 수 있다면, 내가 읽었거나 수화 알파벳을 통해 전해 들었던 수많은 연극의 장면들을 머릿속에서 상상하는 법을 알게 될 것입니다.

이렇게 해서 둘째 날 밤에는 희곡 작품 속의 위대한 인물들이 눈앞에 어른거리다 잠 속으로 밀려들어오겠지요.

4

다음 날 아침, 나는 새로운 기쁨을 발견하게 되기를 열렬히 바라며 새벽을 맞이할 것입니다. 날마다 새벽은 눈이 보이는 사람들에게 끊임없이 새로운 아름다움을 드러낼 것이라고 확신합니다.

볼 수 있는 기적이 내게 주어진다고 상상한 조건에 따르면, 이날은 셋째 날이자 마지막 날이군요. 볼 게 너무 많아서 후회나 아쉬움 따위로 낭비할 시간이 없습니다. 첫날은 생물이든, 무생물이든 언제나 내 곁에 있어준 내 친구들을 봤고, 둘째 날은 인간과 자연의 역사가 내 눈앞에 펼쳐졌습니다. 오늘은 분주히 오가며 일하는 사람들 속에서 현재의 평범한 일상을 구경하고 싶습니다. 뉴욕만큼 왕성한 활동과 다양한 환경이 존재하는 곳을 어디서 또 찾을 수 있겠습니까? 그래서 나는 이 도시를 행선지로 정합니다.

나는 롱아일랜드 포리스트힐스(Forest Hills)의 한적한 교외에 있는 내 집에서 출발합니다. 푸른 잔디와 나무와 꽃으로 둘러싸인 이곳에는 아담한 집들이 있는데, 집집마다 아이들과 안주인의 목소리와 움직임으로 행복한 기운이 넘쳐납니다. 이곳은 도시에서 열심히 일한 사람들이 평화롭게 쉬는 안식처이기도 합니다. 나는 차를 타고 이스트 강(East River)에 놓인 레이스 모양 철제 구조물을 가로질러 가면서 인간의 두뇌가 비상한 능력과 창의성으로 빚어낸 새롭고 놀라운 광경을 바라보게 될 것입니다. 강 위에서는 배들이 통통대며 바쁘게 오갑니다. 활력이 넘치는 쾌속선도 있고 증기를 뿜어대는 묵직한 예인선도 있습니다. 앞으로도 볼 수 있는 날이 많다면 며칠이고 강물 위에 펼쳐지는 유쾌한 움직임을 구경하면서 보내고 싶습니다.

앞을 바라보면 동화책에서 막 솟아나온 듯 뉴욕 시의 환상적인 고층건물들이 솟아 있습니다. 얼마나 경이롭고 근사한 광경인지요! 반짝이는 첨탑이며 강철과 돌로 된 거대한 제방 등 마치 신들이 자신들을 위해 세워놓은 것 같은 구조물들이네요! 이 활기찬 광경 속으로 날마다 몇백만 명 사람들이 들고 나며 생활합니다. 하지만 이런 광경에 두 번 눈길을 주는 사람은 몇이나 될까요? 안타깝게도 거의 없을 겁니다. 그들에겐 너무 친숙한 것들이어서 이 멋진 광경이 보이지 않으니까요.

나는 거대한 건축물들 중 하나인 엠파이어스테이트 빌딩 꼭대기에 서둘러 올라갑니다. 바로 얼마 전에 내 비서의 눈을 통해 거기서 내려다보이는 시내 전경을 '보았기' 때문입니다. 내가 상상하던 모습과 실제 풍경이 같은지 보고 싶은 마음에 가슴이 벅차오릅니다. 내 앞에 펼쳐진 광경에 실망하지 않으리라 확신합니다. 그것은 내게 또 다른 세계의 모습일 테니까요.

이제 나는 도시를 둘러보기 시작합니다. 우선 번잡한 길모퉁이에

서서 그저 사람들을 바라보며 그들의 삶을 이해해보려고 애씁니다. 그들의 얼굴에서 웃음이 보이면 나도 행복해집니다. 진지한 결의가 보이면 나 역시 자랑스러워집니다. 고통이 보이면 측은해집니다.

나는 5번가를 따라 천천히 걸어갑니다. 특정한 대상에 초점을 맞추지 않고 아웃포커스로 변화무쌍하게 물결치며 흘러가는 색채만을 봅니다. 사람들 무리 속에서 움직이는 여자들의 옷 색깔은 아무리 봐도 질리지 않을 만큼 아주 아름답고 화려한 광경일 겁니다. 하지만 내 눈이 보인다면 나도 다른 여자들처럼 스타일이나 옷 하나하나의 재단에 지나치게 관심을 기울인 나머지 무리 속에 스민 색채의 아름다움을 알아채지 못했을 테니까요. 또한 나는 툭하면 진열창 앞에 서서 그 안에 진열된 물건들을 구경하는 상습적인 윈도쇼핑족이 되었을 겁니다. 눈으로 진열장 안의 갖가지 아름다운 물건들을 보는 것만으로도 무척 즐거울 테니까요.

이제 5번가에서부터 파크 애비뉴, 슬럼가, 공장 지대, 아이들이 뛰어노는 공원 등을 둘러보며 시내 관광을 합니다. 외국인 거주 지역도 방문하여 국내에 머문 채 해외여행하는 기분을 내보겠습니다. 사람들이 어떻게 일하고 살아가는지 더 깊이 탐구하고 더 넓게 이해하기 위해 내 눈은 행복한 모습은 물론 비참한 모습에도 열려 있습니다. 내 마음은 사람들과 물건들의 이미지로 가득합니다. 내 눈은 사소한 것 하나도 가볍게 보아 넘기지 않습니다. 시선이 머무는 모든 것에 다가가 자세히 알아보려고 애씁니다. 어떤 광경은 유쾌해서 마음을 행복으로 가득 채우지만, 또 어떤 광경은 너무나 비참하고 애처롭습니다. 나는 이 비참한 광경에 눈을 감지 않습니다. 그것 역시 삶의 일부이기 때문이지요. 그것에 눈감는 것은 마음과 정신을 닫아버리는 것과 같습니다.

볼 수 있게 된 세 번째 날이 이제 끝나갑니다. 남은 몇 시간에 추구할 진지한 일들이 많겠지만, 그 마지막 날 저녁에 나는 또 극장으로 달려가 웃기고 재미난 희극을 보면서 인간의 영혼에 깃든 희극적인 요소를 감상하고 싶습니다.

자정이 되면 일시적이나마 암흑에서 벗어날 수 있었던 기간이 끝나고, 다시 영구적인 암흑이 내게 닥쳐오겠지요. 물론 그 짧은 사흘만에 내가 보고 싶은 것을 전부 볼 수는 없었을 겁니다. 어둠이 다시 내릴 때에야 비로소 나는 아직 보지 못한 게 얼마나 많은지 깨닫게 되겠지요. 하지만 내 머릿속은 찬란한 기억들로 가득 차서 아쉬워할 틈이 없을 거예요. 그 후부터는 물건을 만질 때마다 그것을 바라보던 눈부신 기억이 떠오를 테니까요.

광명의 사흘을 어떻게 보낼지에 관한 짤막한 이 계획은 여러분이 곧 눈이 멀게 되리란 걸 알았을 때 세울 프로그램과 일치하지 않을지도 모릅니다. 하지만 이것만은 확신할 수 있습니다. 만약 여러분이 정말 그런 운명에 처한다면 여러분의 눈은 전에는 보지 못했던 것들을 보게 될 것이고, 곧 들이닥칠 기나긴 밤을 위해 그 기억들을 저장할 겁니다. 여러분은 이전과 같은 방식으로 눈을 사용하지는 않게 될 겁니다. 보이는 모든 것들이 소중하게 다가올 테니까요. 여러분의 눈은 시야에 들어오는 모든 것을 어루만지듯 찬찬히 바라볼 것입니다. 그때 비로소 여러분은 진정으로 보게 될 것이고, 새로운 아름다움의 세계가 여러분 앞에 그 모습을 드러낼 것입니다.

볼 수 없는 내가 볼 수 있는 사람들에게 해줄 수 있는 한 가지 조언은, 볼 수 있다는 축복을 충분히 활용하게 해줄 한 가지 충고는, 마치 내일 눈이 안 보이게 될 사람처럼 여러분의 눈을 사용하라는 것입니다. 다른 감각들에도 같은 방법을 적용할 수 있습니다. 마치 내일 들을 수 없게 될 것처럼 음악 소리며 새의 노랫소리, 오케스트라의 웅장한 선율을 들어보세요. 마치 내일 촉각을 잃게 될 것처럼 만지고 싶은 것에 손을 대보십시오. 마치 내일 냄새를 맡을 수 없게 되고 다시는 맛을 느낄 수 없게 될 것처럼 꽃향기를 맡고 음식을 음미해보세요. 이렇게 모든 감각을 최대한 활용하세요. 세상이 여러분에게 드러내는 아름다움과 즐거움의 면면을 자연이 부여한 여러 접촉 수단을 통해 한껏 누리십시오. 하지만 이 모든 감각 중에서 가장 큰 기쁨을 주는 것은 단연 시각입니다.

옮긴이의 말

누구나 살아가노라면 크고 작은 어려움에 맞닥뜨리게 된다. 태어날 때부터 불리한 조건을 떠안아야 하는 경우도 있고 예기치 못한 순간에 느닷없는 사고를 겪게 되기도 한다. 헬렌 켈러처럼 생후 19개월 만에 열병의 후유증으로 눈멀고 귀먹어 말조차 못하게 된 경우라면 너무나 지독하여 거의 절망적이라고 생각하기 쉽다. 하지만 헬렌은 정상인들보다 더 행복하고 의미 있는 삶을 살았다. 어떻게 그럴 수 있었을까? 주위에서 많은 도움을 받기도 했지만, 무엇보다 그녀 자신의 끈기와 노력, 삶과 인간과 세상에 대한 낙관적인 자세가 그녀의 삶을 행복으로 이끌었던 것이다.

"나는 눈과 귀와 혀를 잃었지만, 내 영혼을 잃지 않았기에 그 모든 것을 가진 것이나 다름없다."

"행복의 한쪽 문이 닫히면 다른 쪽 문이 열린다. 그러나 우리는 흔히 닫힌 문을 오랫동안 바라보느라 우리를 향해 열려 있는 다른 쪽 문을 보지 못한다."

"희망은 인간을 성공으로 이끄는 신앙이다. 희망이 없으면 아무

것도 이룰 수 없다."

이런 명언을 남긴 헬렌 켈러는 과연 세상에 대한 그치지 않는 호기심과 사랑으로 희망을 일구어나갔다.

이 책 전반부 〈내가 살아온 이야기(The Story of My Life)〉는 헬렌 켈러가 래드클리프 대학 2학년 때 영작문 교수의 권유로 쓰기 시작한 자서전이다. 태어나서부터 명문 래드클리프 대학에서 공부하기까지 삶의 굽이굽이에서 어떤 일들을 겪고 생각하고 느꼈는지 생생하게 펼쳐진다.

눈으로 볼 수 없고 귀로 들을 수 없는 사람은 마음으로 느낄 수 있는 감각이 더 발달한 듯하다. 그녀의 묘사에는 범인(凡人)의 글에서는 볼 수 없는 섬세한 영혼의 떨림이 스며 있다. 탁월한 수필가로 꼽히는 명성에 걸맞게 생생하고 아름다운 묘사가 읽는 맛을 더해준다.

우리는 집 안보다 볕이 드는 숲을 더 좋아하여, 늘 야외에서 책을 읽고 공부를 했다. 그래서 어린 시절에 받은 수업마다에는 그윽한 솔잎 향과 달콤한 머루(야생포도) 향이 스며 있다. 그러니까 나는 야생 튤립나무의 상쾌한 그늘에 앉아 모든 사물에는 배우고 생각할 거리가 있음을 알게 되었다. 만물의 아름다움을 통해 그 유용성을 깨닫게 되었던 것이다. 목청껏 울어대는 개구리며, 내 손에 잡혀서도 기죽지 않고 새된 소리로 노래하는 여치와 귀뚜라미, 솜털에 싸인 작은 병아리, 갖가지 들꽃들, 산딸나무꽃, 제비꽃, 과일나무 등 윙윙거리거나 붕붕거리거나 지저귀거나 피어나는 모든 것이 내 교육의 중요한 부분을 이루었다. 나는 껍질을 갓 터뜨린 목화다래에 손을 대보고 그 부드러운 섬유와 솜털에 싸인 씨앗을 만져보았다. 그리고 나지막이 쏴쏴 소리를 내며 옥수숫대 사이로 불어가는 바람결이며, 긴 잎사귀가 서걱거리며 흔들리는 것이며, 목초지에서 내 망아지를 붙잡아 입에 재갈을 물릴 때 녀석이 화를 내며 콧김을 내뿜는 것을 느끼곤 했다. 아, 그때 녀석의 숨결에서 나던 향긋한 토끼풀 냄새가 너무도 생생하게 되살아난다!

이따금 새벽에 일어나 정원에 나가보면 풀과 꽃에 굵은 이슬방울이 고스란히 맺혀 있었다. 손에 느껴지는 장미꽃의 보드라운 감촉이나 아침 미풍에 살랑대는 나리꽃의 고운 움직임을 아는 사람은 아마 거의 없을 것이다. 간혹 내가 따는 꽃 속에 있던 곤충을 잡게 될 때가 있었는데, 그럴 때면 이 작은 생명체가 외부의 압력을 감지하고 소스라치게 놀라 날개를 비비며 희미한 소리를 내는 게 느껴지곤 했다.

그리고 무엇보다 감동적인 장면은 암흑과 침묵의 세계에 갇혀 있던 헬렌이 설리번 선생님을 만나 언어를 배우게 되는 대목이다.

우리는 우물을 뒤덮은 인동덩굴 향기에 이끌려 오솔길을 따라 내려갔다. 누군가 물을 끌어올리고 있었고 선생님은 물이 뿜어져 나오는 꼭지 아래 내 손을 갖다 대셨다. 차가운 물줄기가 나의 한 쪽 손 위로 쏟아져 흐르는 동안 선생님은 나의 다른 쪽 손에 처음 에는 천천히, 두 번째는 빠르게 '물'이라고 쓰셨다. 나는 선생님 의 손가락이 움직이는 것에 온 정신을 집중한 채 가만히 서 있었 다. 잊고 있던 무언가가 갑자기 희미하게 떠오르는 것을 느꼈다. 생각이 되돌아오는 감격에 전율이 일었다. 언어의 신비가 내 앞 에서 베일을 벗는 순간이었다. 그제야 나는 '물'이 내 손 위로 흘 러내리는 그 차갑고 놀라운 물질을 뜻한다는 것을 알았다. 그 살 아 있는 단어가 내 영혼을 깨우고 내 영혼에 빛과 희망과 즐거움 을 안겨주었다. 내 영혼이 드디어 자유를 얻은 것이다! 사실 장애 물이 여전히 남아 있었지만 그것들은 시간이 흐르면 자연히 사라 질 터였다.

뜻이 통하지 않아 심술궂은 장난을 일삼고 난폭하게 성질을 부리 던 아이가 언어를 배우게 되면서부터 세상과 조화를 이루기 시작한 다. 애정과 친교를 거부하던 한 소녀는 세상에 대한 호기심과 경이 감에 전율하며 하나하나 새로운 것들을 배워나간다. 자연의 아름다 움을 누구보다 잘 이해했으며 보이는 세상 너머의 본질을 꿰뚫어볼 줄 아는 혜안을 지닌 그녀는 책 읽기를 좋아하여 책을 통해 다양한 세상과 인간의 정신세계를 깊이 알아갔다.

헬렌의 곁에는 늘 자애롭고 상냥하게 새로운 세계로 이끌어주는 설리번 선생님이 있었다. 헬렌은 설리번 선생을 이렇게 묘사한다.

이렇게 나는 실생활을 통해 하나하나 배워갔다. 처음에 나는 그저 가능성을 지닌 어린아이에 불과했다. 그 가능성을 펼치고 계발해준 분은 선생님이었다. 선생님이 오시자 내 주위 모든 것이 사랑과 기쁨을 내뿜고 의미를 띠기 시작했다. 선생님은 모든 것에 존재하는 아름다움을 알려줄 기회를 그냥 흘려보내는 법이 없었을 뿐 아니라 내 삶을 행복하고 유익하게 만들기 위해 늘 생각하고 행동하고 모범을 보이며 노력하셨다. (중략)

아이를 교실로 데리고 가는 건 어느 선생님이나 할 수 있는 일이지만, 그 아이로 하여금 배우도록 하는 건 선생님이라고 해서 누구나 할 수 있는 일이 아니다. 아이는 공부를 하든 놀든 자기가 자유롭다고 느끼지 않는 한 즐겁게 배울 수 없다. 벅찬 승리감과 가슴이 내려앉는 실망감을 느껴본 뒤에야 재미없는 과목도 의지를 가지고 시작할 수 있고 지루한 교과서를 용감하게 펼쳐 들고 즐겁게 공부할 수 있다.

헬렌 켈러라는 위대한 인물이 있을 수 있었던 건 그녀 자신이 토로하듯 설리번이라는 훌륭한 교사의 사랑과 헌신이 있었기에 가능한 일이었다. 어둠 속에 갇힌 한 인간의 영혼을 해방시키는 일의 숭고함과, 그 과정에서 이루 말로 다할 수 없는 인내와 노력이 있었음을 느낄 수 있었다. 아이가 깨우칠 시기를 기다릴 줄 아는 참을성과 아이의 흥미를 유발하기 위해 생활 속에서 주제를 찾아내는 교육 방식 역시 인상적이었다.

이 책의 후반부에 실린 〈낙관주의(Optimism)〉는 여태껏 국내에 소개된 적이 없었던 헬렌 켈러의 주옥같은 수필 중 하나로, 이 글에서 그녀는 자신의 낙관주의가 어디에서 기인하는지 논리적이고 명쾌하게 풀어낸다.

깊고 신실한 낙관주의, 그것은 인간 개개인의 내면에 신이 존재한다는 굳은 믿음에서 비롯되는 것이리라. 신은 멀고도 닿을 수 없는 곳에서 우주를 지배하는 존재라기보다 우리와 아주 가까운 곳에 있는 존재며, 땅과 바다와 하늘뿐 아니라 우리 마음이 순수하고 숭고한 순간에 "모든 정신의 중심이자 원천으로, 유일한 휴식처"로 존재하는 것처럼 느껴진다.

헬렌은 자신의 낙관주의를 내면의 낙관주의, 외부 세계에 대한 낙관주의, 실천적 측면에서의 낙관주의 세 부분으로 나누어 설득력 있게 규명한다. 곳곳에는 대학 졸업반의 생각이라고는 믿기 어려울 만큼 깊이 있는 시선과 통찰력이 반짝인다.

교육이 낳은 최고의 성과는 관용(tolerance)이다. 오래전에 인간들은 자신의 믿음을 위해 죽음을 불사하고 전쟁을 벌이곤 했으나, 이들에게 다른 종류의 용기―형제의 신앙을 인정하고 다른 신앙을 가진 이에게도 양심이 있다는 것을 인정할 수 있는 용기―를 가르치는 데는 오랜 세월이 걸렸다. 관용은 공동체 생활에서 가장 중요한 덕목이며, 모든 인간이 최고로 여기는 것을 보존하는 정신이다. 홍수와 벼락에 의한 어떤 손실도, 적대적인 자연의 힘에 의한 도시와 신전의 그 어떤 파괴도 관용의 부재로 인한 파괴만큼 인간에게서 그렇게 많은 고귀한 목숨과 감정을 빼앗아간 적은 없었다.

그리고 마지막으로 헬렌 켈러가 자신의 눈이 뜨여 사흘동안 세상을 보게 되었다고 가정하고 쓴 아름다운 수필 〈사흘만 볼 수 있다면 (Three Days to See)〉이 이 책에 실려 있다.

1880년에 태어나 1968년에 죽기까지 만 88세의 삶을 살다 간 헬렌 켈러는 이 책에 수록된 시기 이후에 많은 업적을 남겼다. 장애인의 복지와 여성의 참정권 확보를 위해 애썼으며 자본주의의 모순을 지적하는 사회주의자로서도 많은 활약을 했다는 그녀의 후기(後期)의 생애에 관해서도 자세히 살펴보고 싶은 궁금증이 일었다.

설령 삶의 길모퉁이에서 혹독한 시련을 만나게 되더라도 희망을 놓아버리지 않고 끊임없이 노력하면 극복할 수 있다는 것을, 아니 더 많은 것을 느끼고 깨달을 수 있다는 것을 몸소 보여준 헬렌 켈러를 떠올리며 힘을 내도록 하자. 고통이나 시련이 반드시 나쁜 것만은 아니다. 어쩌면 그 시기를 통과해야만 삶의 깊이와 존재의 진리에 도달할 수 있을지 모른다. 너무나 암담하여 더는 견딜 수 없다고 여겨지는 지점에서 희망은 떠오른다. 고통의 끝에서 실오라기 같은 희망의 빛을 보게 되는 것이다. 그 지점에서 우리는 눈물을 닦고 떨쳐 일어나 희망을 향해 힘차게 걸어 나가야 한다. 그 순간 헬렌이 느꼈던 것처럼 자신의 내면에 이미 모든 힘의 원천이 있었다는 것을 경험하게 될 것이다.

김명신

261

옮긴이 **김명신**

이화여자대학교 영어교육학과를 졸업하고 중·고등학교 영어교사로 재직했으며 현재 전문번역가로 활동하고 있다.

옮긴 책으로는 《폭풍의 언덕》, 《테스》, 《작가들의 정원》, 《한편이라고 말해》, 《교사로 산다는 것》, 《나의 스승 설리번》, 《젊은 교사에게 보내는 편지》, 《야만적 불평등》, 《마초로 아저씨의 세계화에서 살아남기》, 《탐정 레이디 조지아나》, 《미스터 핍》, 《왜 여성의 결정은 의심받을까?》 등이 있다.

헬렌 켈러 자서전

1판 1쇄 발행 2009년 3월 10일
1판 11쇄 발행 2023년 11월 1일

지은이 헬렌 켈러 ｜ 옮긴이 김명신
펴낸곳 (주)문예출판사 ｜ 펴낸이 전준배
출판등록 2004. 02. 12. 제 2013-000360호 (1966. 12. 2. 제 1-134호)
주 소 04001 서울시 마포구 월드컵북로 21
전 화 393-5681 ｜ 팩스 393-5685
홈페이지 www.moonye.com ｜ 블로그 blog.naver.com/imoonye
페이스북 www.facebook.com/moonyepublishing ｜ 이메일 info@moonye.com

ISBN 978-89-310-0633-9 03840

문예출판사® 상표등록 제 40-0833187호, 제 41-0200044호

028070 400502 02807